家族に
役立たずと
言われ続けた
わたしが、
魔性の
公爵
騎士様の
最愛になる
まで
Runa Naruta
Presents

「背中を……お借りしても、いいですか?」

Contents

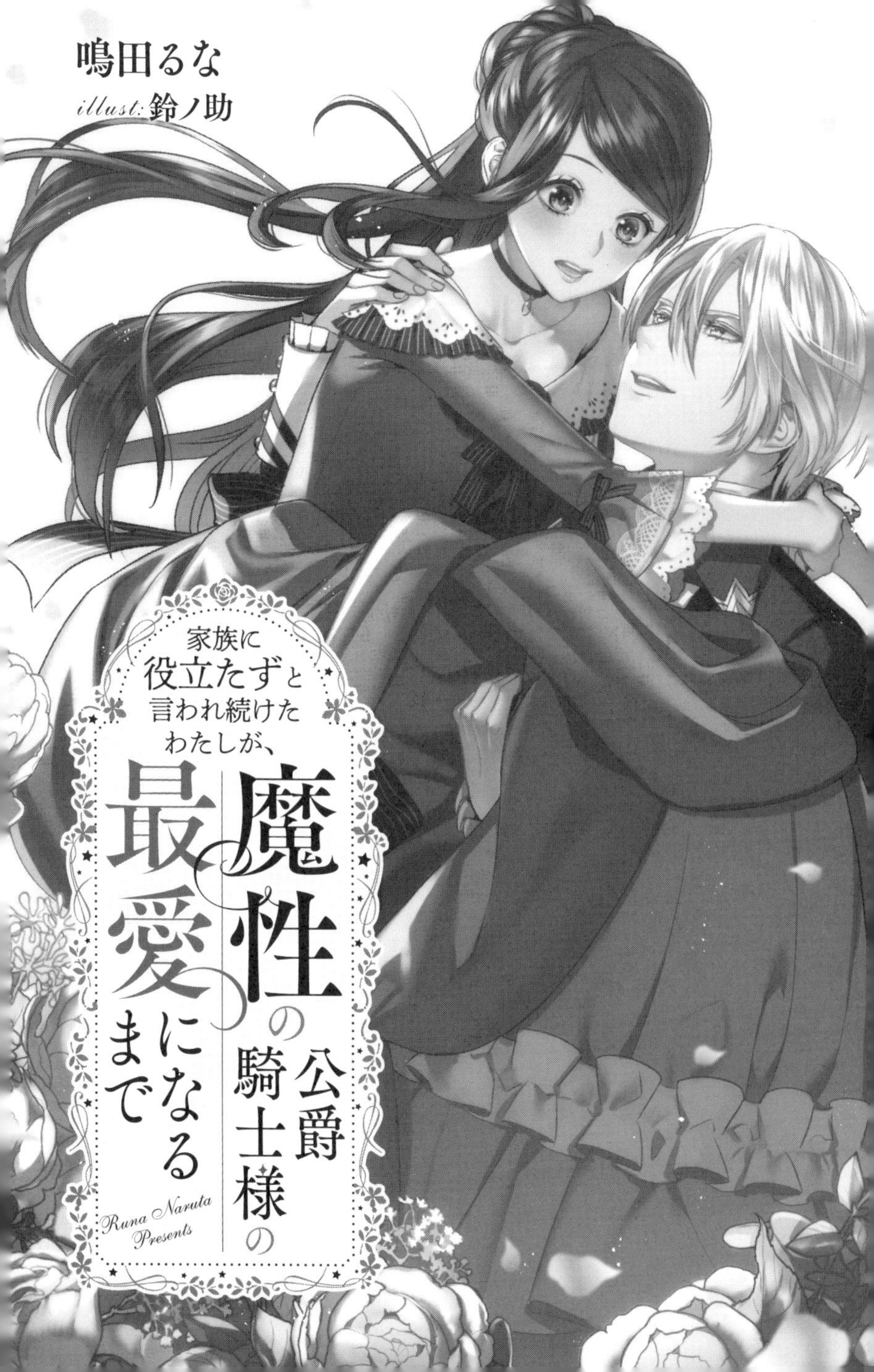

鳴田るな
illust: 鈴ノ助
家族に
役立たずと
言われ続けた
わたしが、
魔性の
公爵騎士様の
最愛になるまで
Runa Naruta
Presents

第一章 ★ 偶然の出会い

「酷いわ、姉さま！　あたしはラティーが食べたいって言ったじゃない！」

タルコーザ家の妹は、いつも通りの癇癪《かんしゃく》を起こした。買ってきたばかりの果物が床に散らばって、姉――エルマの足下が汚れる。

「申し訳ございません、キャロリンさま。でも、この時期にラティーは買えません。だから代わりにブルードゥを――」

「姉さまはあたしを飢え死にさせる気なのね！」

わあっと大声で泣き喚《わめ》かれ、エルマは途方に暮れた。

（もう晩ご飯を食べた後だから、デザートがなくても大丈夫だと思うけれど……）

エルマの妹キャロリンは、我儘《わがまま》で気まぐれなのだ。

先週は、「ブルードゥが食べられないなら家出する！」と暴れ回り、エルマに怪我をさせた。

今日は八つ当たりの前に買い物に出たが、ラティーは夏の高級品だ。秋も深まるこの季節、その辺りの市場で見つかるわけがない。

しかし妹は泣き続ける。キャロリンは欲しい時に欲しいものが与えられなければ、けして納得しなかった。

まもなくバタンと、勢い良く扉が開いた。よろよろとふらつきながら歩み寄ってきた赤ら顔の男は、父親のゼーデンだ。酒臭い息を吐き出して、妹にだらしない表情を向ける。

「おお、可愛いキャロ。どうしたのだ？」

「パパ！　姉さまがまた、あたしに意地悪《いじわる》をするの！」

「なんだと！　この性悪の役立たずめが！　おまけに床まで汚して！」

睨《にら》みつけてきた父親は、いつでもキャロリンの味方だ。酒瓶を握った手が振り上げられるのを見て、エルマは体を竦《すく》める。

「申し訳、ございません。あの……探し回ったけど、ラティーは季節が違うから、どこにも置いていなかったんです。それに、たとえ売っていたとしても、高すぎてとても買えな――」

「黙れ！　キャロが欲しいと言えば、何が何でも手に入れてくる。そんな常識すら理解できないから、お前はできそこないなのだ。大体、今日は帰ってくるのが遅すぎた。この屋敷の掃除も終わっていないのに、常識というものがないのか？　姉としての自覚は、いつになったら出てくるんだ‼」

「も、申し訳ございません……。でも――」

「聞き苦しいだけの言い訳など、聞きたくない！　まずは家族に誠意を見せるべきだろうが‼」

振り回された酒瓶が顔を掠《かす》め、エルマは竦み上がった。こわばる体を動かして両手をつき、未だ残骸《ざんがい》が飛び散ったままの床に額を擦《こす》りつける。

「キャロリンさま、ゼーデンさま……この度は愚鈍《ぐどん》でのろまなわたしがご迷惑をおかけし、誠に申し訳ございませんでした……」

「ふん、役立たずめが。今日はラティーが見つかるまで、帰ってこなくていい！　金が足りないとかいう下らん言い訳も聞きたくない、足りなければ自分でなんとかしろ！　わかったら家を出て行け。今すぐにだ‼」

両手で顔を覆ったままの妹が、姉の醜態《しゅうたい》にくすくすと笑い声を漏《も》らしている。

これがエルマ＝タルコーザの日常だった。

タルコーザ一家は、父と姉妹で構成されている。父、ゼーデン＝タルコーザは、出来が良く将来有望な妹のキャロリン＝タルコーザを、昔から贔屓《ひいき》していた。プラチナブロンドの髪に、空色の目。鈴が転がるような声。天使のように愛らしく美しいキャロリンの手は、常に真っ白に保たれている。おまけに風の魔法の才能もあった。

最近、父が借金してまで王都の屋敷に引っ越したのも、キャロリンを社交界にデビューさせ、良い所の男に嫁がせるためなのだ。

ゼーデンは昔からこう言っていた。

「ワタシ達は貴族なのだ。キャロリンに魔法が使えることがその証拠。それなのに、エルマ——お前が全部を台なしにした。お前が出来が悪く生まれてきたせいで、苦労した母親は早死にし、ワタシ達は本来の居場所を追い出された。何もかもお前のせいだ、劣って生まれ、足を引っ張るしか能のないお前のせいで、ワタシ達家族は不幸なんだ‼」

エルマの容姿はさほど目立つものではなく、もちろん魔法の才能もない。昔のことはあまりよく覚えていないが、母のことを思うと、懐かしさと同時に罪悪感で胸が焼ける。

母はエルマが無能なせいでたくさん働かざるを得ず、病死した。

だからエルマは、残された家族に誠心誠意、償《つぐな》い続ける必要がある。二人をさまづけで呼び、敬《うやま》わなければならない。言いつけを何でも守り、もし破った場合は、おしおきを受けなければならない。

姉はできそこないで無能で、母を殺した悪い子なのだから。


エルマはあの後もガミガミ言われながら、散らばった部屋を片付けた。二人の寝支度まで整えると、もう用はないとばかりに家を追い出される。

すっかり外は暗く、つぎはぎだらけのぼろ服に隙間《すきま》風が染みた。

（どうせ探し回っても、ラティーはどこにもない。今夜、寒さをしのげる場所を考えないと……）

こうやって夜中に放り出されるのは、今回が初めてではない。以前は寝場所を確保するために、橋の下までとぼとぼ歩いて行く必要があった。

幸いなことに、引っ越し先は広い庭つきの屋敷だ。建物は大分古いが、ゼーデンとキャロリンの過ごす場所は、昼間エルマがピカピカに磨いておいた。

（これだけ広いお屋敷なら、敷地内にどこか寝られそうな場所がないかしら。そういえば庭に、四阿《あずまや》があったような。屋根を探してみよう――）

生《お》い茂った雑草の中を歩き出そうとしたエルマだが、ふと足が止まる。耳を澄ませていた彼女が安堵《あんど》して歩き出そうとした瞬間、再び音がした。エルマの立てたものではない。

（気のせいじゃない――だれか来る！）

一家が引っ越してくるまで、ここは幽霊《ゆうれい》屋敷だったと聞く。

肝《きも》試しの子ども達でも押しかけてきたのだろうか。

いや、ならず者の寝床になっていたのだとしたら。

（でも、お父さまもキャロリンさまも、もう寝てしまっているわ。どうしたら――！）

迷っている間に、気配は近づいてくる。エルマは咄嗟《とっさ》に、木の後ろに身を隠した。

こっそり様子を窺《うかが》っていると、侵入者は二人いるらしいとわかった。

片方は腰に剣を下げた黒髪の男性だ。身なりなどから、騎士ではないか？　と推測できた。

もう片方も、背の高さや体格から、男性のように思う。どうやら頭に被《かぶ》り物――覆面をしているようで、道を照らすためなのだろう、灯りを片手に持っていた。

「呼び出しの用件はわかっているな？」

「いや」

騎士が口を開くと、覆面の人物は短く応じた。やはり男だったようだ。低く掠《かす》れて引っかかるような声は、けして聞き取りやすい喋《しゃべ》り方ではないのに、不思議と耳に残る。

エルマの視線は、自然と覆面の男の方に引き寄せられた。

「とぼけるのか！　ミリアを誑《たぶら》かしておいて、心当たりがないだと⁉」

「……ミリア？　誑かした？」

「そうだ！　この人を惑わす〝氷冷《ひれい》の魔性〟めが！」

顔を隠している男は淡々とした口調だが、黒髪の騎士の方は、随分と感情を高ぶらせているらしい。声の荒げ方や体の揺らし方が、どこか父ゼーデンを連想させ、エルマの心臓がきゅっと締め付けられた。

（もしかしてあの人、酔っ払っているのかしら……）

険悪な雰囲気だ。このまま立ち聞きを続けるのは良くないことだろうが、移動しようとすると、気がつかれずに立ち去るのは難しいかもしれない。かといって、揉め事の間に、無関係な人間が出て行くのも憚《はばか》られる。

（お願い……何事もなく帰って……）

エルマが両手を握りしめて祈っていると、黒髪の男が唸《うな》り声を上げる。

「おれは三日前、ミリアと約束をしていた。それなのに、迎えに行ったら、彼女はあんたといた。頭に布を被った騎士なんか、あんたしかいない。見間違えるもんか！」

「…………。確かに数日前、女性と……というか、人と会話した記憶はある。だがそれ以上のことは何も起きていない。君の恋人が、私に誘惑されたと言ったのか？　そもそも誰かすら、わからないんだが――」

「嘘をつけ！　ミリアのことがわからないはずがない！　一番可愛くて愛嬌があって、男は誰だって夢中になる！　苦労してようやくこぎつけた、初めてのデートだったはずなのに……」

「落ち着いてくれ。私はただ事実を確認したいだけだ」

「あんな笑顔を他の誰かに向けている所なんか見せつけられて、まともに話なんか……畜生《ちくしょう》、全部あんたが悪いんだあっ‼」

騎士はいきなり剣を引き抜くと、覆面の人物に斬りかかった。エルマは口を押さえて悲鳴を我慢し、ぎゅっと目を閉じる。耳に痛い、引き裂くような音が辺りに響き渡った。

「は、離せえっ！」

が、聞こえてきた悲鳴に違和感を覚える。震えながら恐る恐る瞼《まぶた》を上げて、エルマは目を丸くした。

腕をねじり上げられ、地面に倒れ伏しているのは、黒髪の騎士――襲いかかった方だった。膝で背中をしっかりと押さえつけているのは、見事な銀髪の男だ。

「みだりに剣を抜くな、愚か者」

一拍ほど遅れて、はらりと顔から布の切れ端が落ちる。印象的な低い声を耳にして、エルマは突如現れたかに見えた銀髪の正体を察した。

（先ほど、布を被っていた人……布だけが斬られたのね）

目が吸い寄せられるままに観察すれば、寒気を覚えるほど、おそろしく整った見目だった。顔だけではなく、体のどこもかしこもが、計算し尽くされたように均整が取れている。

「事情によっては、制裁を受けることも覚悟していた。私は知らない間に他人を傷つけていることがあるらしいから。しかし、さすがに逆恨みまでわざわざ背負ってやるつもりはない。ミリアという人と何も起きていない。というかそもそもその相手を知らない。君は私をどうこうする前に、まず彼女と話をするべきだと思うが」

麗《うるわ》しい男が冷ややかに言葉を連《つら》ねれば、騎士は見苦しくもがくのをやめた。

相手が力を抜いたのを確認してから、銀髪の男は静かに体を離す。それから数歩下がり、くるりと背を向けた。

「今日、私は何も見なかったし、何も聞かなかった。だから君も、振り返らずにそのまま帰れ。〝氷冷の魔性〟の虜《とりこ》になんか、なりたくないだろう？」

騎士は呻《うめ》きながら立ち上がり、落とした剣を拾いに行った。先ほどの乱闘で力量の差を痛感したのか、頭が冷えたのか――最初の剣幕はどこへやら、肩を落としたまま とぼとぼと、頼りない足取りで去って行く。

（良かった……どちらも大きな怪我をしなくて）

エルマはほっと胸を撫《な》で下ろした。ちょうどその、気が緩んだ瞬間――体に入っていた力が抜けてしまったせいだろうか。すっかり忘れていた空腹の虫が、盛大に自己主張をした。

突然の物音に、ぱっと男が振り返る。エルマと銀髪の男は、互いの顔をはっきり見てしまった。

（しまった……！）

銀色の双眸《そうぼう》に射竦《いすく》められ、全身が熱くなるのを感じた。

心臓が心配になるほどの早鐘《はやがね》を打つ。まるで血が沸騰《ふっとう》しているかのような錯覚を覚え、頭がくらくらしそうになる。聞いたことのない楽器の音が聞こえ、嗅《か》いだことのない香りが鼻をくすぐる。この世ではない場所に、気持ちが連れて行かれそうになる。

（――深呼吸。息をして！）

とにかく、何かおかしなことが起きていることはすぐにわかった。意識が持っていかれかける寸前、エルマは大きく息を吸って吐き出す。

父も妹も、エルマが感情的になるのは大嫌いだ。昔は二人に理不尽なことをされると、どうして、と憤《いきどお》るような気持ちもあったのかもしれない。けれど繰り返し、エルマが全部悪いのだ、と言い聞かされているうちに、そういうものだと思うようになった。

エルマが何か強い感情を抱くのは悪いことだ。速やかに落ち着かなければならない。

（大丈夫。いつもと同じ。ゆっくり呼吸をしていれば、いつものわたしになる。辛くもない。痛くもない。何も感じない、いつものわたしに……）

心の中で自分に言い聞かせているうちに、不自然な熱と衝動が収まっていく。

最後に大きく息を吸ってから、エルマはいつもと同じように、少し頭痛の残る頭を下げた。

「申し訳ございません。けして覗《のぞ》き見するつもりではなかったのです。たまたま、その……居合わせてしまって。立ち去ろうとも思ったのですけど、お邪魔してはいけないと迷っているうちに――あの。本当に、悪気はなかったんです。でも……」

つぎはぎだらけの服をぎゅっとつかんだまま、しどろもどろの言葉が萎《しぼ》んでいき、途切れる。

（お父さまやキャロリンさまなら、とっくに怒鳴《どな》られている頃だわ。なのに、どうしていつまでも黙っているの？　それとも先ほどの光景は……見間違い？　引っ越しで疲れて、幻覚でも見たの？）

恐る恐る顔を上げてみれば、男は相変わらずそこにいた。しかし、奇妙な格好で硬直している。片手で自分の顔を庇《かば》うように手を出し、もう片方の手は……飛びかかってくる何かに備えるような感じ、とでも言おうか。エルマに対して攻撃をしようというより、むしろエルマから自分を守ろうとしているような姿勢に見えた。

（…………？）

思っていたのと異なる光景に、エルマは言葉を失った。

長い沈黙を経て、ようやく男が口を開く。

「……なんとも、ならないのか？」

「え……？」

彼は顔を隠した指の隙間から、エルマのことを窺《うかが》っているらしい。

困惑した彼女は、次に納得し、それからまた困る。

（ああ、そうか。立派な服を着ていらっしゃる人だもの。こんなにみすぼらしい格好、見たくもないということなのでしょう。でも、どうしよう。そんなに怒らせてしまっているなら、どうやって謝罪すればいいのかしら。やはり最低限、地面に額を擦りつけて……）

悩んでいる間に、男が動いた。ゆっくり――いや、おっかなびっくりという様子で、顔の前に上げていた手を下げていく。

「…………」

「…………」

再び、二人は無言で見つめ合った。

乱闘騒ぎで照明は消えてしまっていたが、代わりにちょうど、雲間に隠れていた月が顔を覗かせ、彼の姿を照らしていく。

エルマは息を飲んだ。あるいは、ため息を零《こぼ》した。

――絶世の美男子。そう表すのがふさわしい外見だった。大層凝《こ》り性の芸術家が、美しさを追求して作り上げた傑作。そんな風に説明された方が、よっぽど納得できそうな姿なのである。

月明かりに照らされた髪は、宝石のような光沢を放ちながら、上質な絹地を連想させる柔らかさで揺れていた。涼《すず》しく冷ややかな目元も、闇の中でうっすらと淡く輝く銀色の目も、高くまっすぐな鼻筋も、引き結ばれた唇も、滑《なめ》らかな肌も――顰《ひそ》められた眉までもが、ことごとく全て麗しい。

一面銀色の彼だが、ほとんど左右対称の顔に、一つだけ違う部分があった。右目の下の泣き黒子《ほくろ》。踏み荒らされていない雪原がごとき一面の白の中に、ぽとりと一色黒が落ちている。けれどそれは彼の魅力を損なうことはなく、むしろより引き立てているのだった。

先ほどの言葉を思い出す。

『〝氷冷の魔性〟の虜になんか、なりたくないだろう？』

エルマも随分じっくりと相手を眺めていたが、男の方もかなり時間をかけて、上から下まで視線を往復させていた。彼はエルマを信じられない目で見つめ、やがて掠れた声を漏らす。

「――君、は」

半ば呆《ほう》けていたエルマは、男の声で我に返った。慌てて不躾《ぶしつけ》な視線を下に逸《そ》らす。

「私の顔を見て、何ともならないのか？」

独り言のようではあったが、おそらくエルマに対する問いだった。何度か瞬きしてから、エルマは首を傾げる。

「なん、とも……？」

「おかしな気持ちになっていないのか？」

「おかしな気持ち……」

「私を自分のものにしなければ気が済まない――みたいな」

「…………」

エルマは思わず、また彼の顔を見てしまった。ものすごい美形だ。そして真顔だ。なんという目力。

確かに尋常《じんじょう》でない美男子だとは思う。ケチのつけようがない完璧な美貌だ。が、なんというか、良いものを見せてもらったという感覚だけで、それに対して自分がどうこうしようという気には全くならない。

（キャロリンさまなら、こんな素敵な人とお付き合いしたい、なんて考えるかもしれないけど……）

しかし、「ちっともそうは思わない」と答えかけた寸前、それもまた失礼なのではと思い至る。

「あの……見たこともないほどお綺麗《きれい》で……いいえ、殿方《とのがた》に言うべきことではないのかもしれませんけれど。でも、あの……あ、あなたが素晴らしいのは、本当で。ですから、わたしごときが触れていいものではない、というか……」

「私は綺麗、なのか？」

「…………………。え？」

しどろもどろ、なるべく素直に答えようとしていたエルマは、思いがけない言葉に虚《きょ》をつかれた。

自分が綺麗かと、今この人は尋ねたのだろうか。どう頑張っても悪口が浮かばない、完璧な美貌を持っている男が。

（……からかわれているのかしら？）

当然、そんな疑いが心に浮かぶ。

しかし、目と目が合う彼は相変わらず真顔だ。皮肉のような雰囲気も見られない。ただ純粋に、真面目一徹《いってつ》で発言している。しかも更に、重ねてきた。

「別に何を言われても怒らないから正直に教えてくれ。君の目に、私はどう映っているんだ？」

（正直に……）

エルマは途方に暮れかけたが、男は急《せ》かす様子もなく、ただお行儀良く返事を待っているつもりらしい。

最終的に、彼女は目力に半ば根負けするように、小さくぽそりと切り出した。

「綺麗な方だと、思います。今まで見たことがないほど」

先ほどの繰り返し。言葉にするとなんとも陳腐《ちんぷ》で平凡だが、結局はそれが最も適切に思える感想だった。

するると、男はなんとも言えない表情になる。

「……きれい」

あくまで言葉を繰り返しただけ、怒っているのとは少し違うように見える。かといって、喜んでいる風でもない。エルマはびくつきながら、ほとんど消えかけの声で問いかけた。

「そんな風に言われるのは、お嫌いですか？」

「好きではなかったが……今は、ちょっと違うかもしれない」

彼はしばし考え込むように瞳を揺らしてから、またエルマを見つめてくる。

「……君の目から見て、私は人間に見えるか？」

奇妙な男だ。それに奇妙なことばかり聞いてくる。

（謎かけでもされているのかしら……）

話を遮られないのも、静かな言葉をかけられ続けるのも、エルマ＝タルコーザには今まであり得ないことだった。不安はずっと抱いているままなのに、不思議と答え続けてしまう。

エルマは彼の顔を見つめ、頭から爪先まで視線をさまよわせた。それからもう一度、淡く銀色に輝く目を見つめる。

「違うのですか？　角も牙も翼も尾も、ないように見えるのですが……」

すると答えた瞬間、彼の表情がふわりとほころんだ。

「そうか。俺はちゃんと人間に見えるのか。そうか……」

彼の澄ました真顔は、なにもかも凍らせてしまう氷のようだった。

それなのに、一瞬だけ零れた笑顔は、どんよりした雲間から待ちわびていた日が顔を覗かせるような、温かく懐かしい輝かしさがあった。

（素敵だけど……心臓に悪い笑顔だわ……‼）

再び体が熱くなりそうになったエルマは、慌てて胸を押さえ、深呼吸する。息を整えている間に、辺りを見回し、首を傾げた男が声を上げる。

「それで、君はこんな所で何をしていた？　ここは有名な幽霊屋敷なんだろう？　遊びに来たという様子にも見えないが……まさか自分が噂《うわさ》の幽霊だとか、言い出さないだろうな」

「え？　あ……えっと……」

最初よりいくらかうちとけたような雰囲気だ。ひとまず不愉快にさせずには済んでいるらしいが、家のことを尋ねられるのはあまりよろしくない。

最近引っ越してきたのだ、程度の話はできるだろうが、その後のうまい説明が思いつかないのだ。父か妹が起きているなら、さっさと呼びに行って大人しくしていればいいだけなのだが、エルマ一人で対処するとなると、何をしても不正解なように思えて動けない。

（どうしよう……わたしはただ、なるべく大事にならないよう、そっと帰ってほしかっただけなのだけど。父と妹がいない間に、興味を持たれるのは困るわ。どうすればいいのかわからないのに。ああ、隠れていれば良かったのに。お腹を鳴らしてしまうなんて、本当にわたしったら

（……！）

視線をさまよわせていたエルマは、ふと男の手元に目をとめた。そこには先ほど剣で引き裂かれた、布の残骸が握られている。

（これだわ！）

エルマの頭にあるアイディアが浮かんだ。

「あの、その布……」

「……これがどうかしたか？」

「破れたままでは、困るのではないでしょうか」

「うん？　まあ……困るには、困るんだが」

「わたし、すぐに直せます」

大きく息を吸い込み、心を奮い立たせて言えば、男は目を見張った。それからふっと、悪戯《いたずら》っぽく口元に弧を描く。それだけでまたものすごい色気が溢《あふ》れだしてきて、エルマは薄目になってしまう。

「ただの布ではないぞ。魔法が編まれている。それでもできると？」

「大丈夫です。……と、思います」

探るように見られ、プレッシャーでくらりとしそうになるのを、なんとか堪《こら》えた。

「あの……それで、不躾《ぶしつけ》かとは存じますが、お願いがあるのです」

「お願い？」

「はい。……その布をわたしが今ここで上手に直せたら。先ほど勝手にお話を聞いてしまったことも、ここでお会いしたことも、全てなかったことに、していただけないでしょうか……」

父と妹に怒られない最善手を考えるなら、「エルマと会ったことを忘れて帰ってもらう」以外の選択肢はない。

だが、理由もなく追い返すのは難しそうだ。

そこでエルマは、少しは腕に覚えがある技術を生かし、相手の問題を解決する——という提案を、解決の糸口にしてみようと考えたわけである。

男は無言だった。いや、唖然《あぜん》としている。口が開きっぱなしだ。

（やっぱり……わたしなんかが、出過ぎたことを、）

早速後悔し、発言を撤回しようとしたエルマは、思いがけない物音に飛び上がった。どきどきしながら男に目を向ければ、彼は口元を手で押さえているではないか！

（今……声を上げて、笑った……？）

「君は変わっていると、よく言われないか？」

「……申し訳、ございません」

しんと心が凍えたような感じだった。

お前には常識がない、どうして普通にできないんだ——エルマにとって、「変わっている」とは、彼女を責める言葉なのだ。

急に態度をこわばらせた彼女に、男は微笑みを、困ったような表情に変えた。言葉を探すのだが思うようにいかないらしく、最終的に気まずそうに目を逸らし、手元の布を差し出してきた。

「その……とりあえず、やりたいと言うのなら、止めないから。本当に直せるなら……君のお願いも、考えてみよう」

エルマは一瞬、何を言われているのか理解できなかった。言い出したのはこちらではあるものの、自分の提案が受け入れられるなんて、普通起こらないことだからだ。

差し出されている布を見てようやく、男が自分に仕事を任せてくれる気なのだと理解する。

「ありがとうございます――」

早速受け取ろうとしたのだが、うまくいかない。相手がずっと持ったままなのだ。

困惑したエルマが思わず上目遣いになると、じっと見つめ返される。先ほどより近い。吸い込まれそうな銀色は、磨きぬかれた鏡のようにエルマを映している。これだけ近くで目が合っていると、逸らすのもなんだか難しくて、エルマは瞬きすら忘れて固まった。

(オオカミに睨まれたネズミの気持ちが、今ならわかる気がする……)

「この手が届く距離でも、大丈夫なのか。こんな日が来るなんて……」

男はそんなことを呟《つぶや》いて、ようやく布を離してくれた。

一度こちらの手を離した方がいいのだろうか、と考えていたエルマは慌てて布をつかまえ、なんとか落とさずに済む。手元に目を落とすと、そちらに注意が移った。

(これ……かなりの高級品だわ……！)

男はぱっと見ただけで、高級感が伝わる服を着ていた。そしてその持ち物も、触った瞬間、あまりの手触りの良さに震えてしまいそうになる。

布は優しい柔らかさを感じさせつつ、ひんやりとして、つるつるもしている。見た目の繊細さよりしっかりしているようで、手では破くことができないように思う。

指先にぴりっと走る感触に、エルマは更に目を見張った。魔法が編み込まれているのだ。

（布も見たことのない珍しいものだけど、かけられている加護の魔法も……すごい。こんなに強くてきれいな編み方は初めて。これが貴族の方が使う、本物の魔法なのね……）

ただしその美しい魔法は、斬られた断面でぶつりと途切れてしまっている。エルマは思わず顔をこわばらせた。

（布だけではなく、魔法まで切っているなんて……斬りつけた人は騎士の格好をしていたけれど、本当に騎士さまの剣で人を襲ったの……？）

かけられた魔法をも裂いてしまう武器を向けられるだなんて、想像するだけでぞっとする。本人に傷がなくて良かった。

一通り裂けている部分の感触を確かめ終わると、今度は月明かりにかざして観察してみる。どうやら生地には裏表がある。片面を上にすれば月明かりが透けて見え、もう片方を上にすると透けなくなるのだ。

（そういえば、前にお針子だった頃、一緒に働いていた人達が噂していたかしら。特別な編み方と魔法を重ねることによって、外側からは見えにくく、内側からは見えやすい……そんな特殊な布を作ることができるんだって）

「どうした？　やはり無理か？」

いかにもものの珍しげに、目を丸くして布を弄《いじ》り回しているエルマの様子を見守っていた男が、からかうように声をかけてきた。けれど彼女に微笑みを返され、今度は男の方が瞠目《どうもく》する。

「確かに難しいでしょう。けれど、不可能ではありません」

「月が出てきたとは言え、夜だし、かなり暗いぞ？　本当にそんな――」

「大丈夫ですよ。暗いのは、慣れていますから」

倉庫、屋根裏、地下室、橋の下。彼女の居場所は大抵薄暗い。手元が見えにくいなんていつものことだ。針仕事なら経験もあるし、無能な彼女も人並み程度にはできる。

エルマはつぎはぎだらけのエプロンから、掌《てのひら》程度の大きさの裁縫《さいほう》道具入れを取り出した。頻《ひん》繁《ぱん》に物を壊すタルコーザ一家の世話をするのにも、必須道具と言っていい。

その場に腰を下ろし、早速仕事に取りかかった。しっかりとずれないように調整し、裏からも表からも縫い目が見えないように針を進めていく。

先ほどたっぷり触らせてもらった時に、完成のイメージまで作り上げている。あるべき場所に、あるべきものを。歪《ゆが》んだ部分を直し、整え、なぞっていく。物の修理や修繕は、役立たずと呼ばれ続けるエルマの数少ない特技だった。

訝《いぶか》しげな顔をしていた男は、エルマが黙々と作業を始めると、はっとしたように口を開く。

しかし、彼女の真剣な表情を見ると、邪魔をしてはいけないと気がついたようだ。彼もまた、音を立てないように、ゆっくりその場に腰を下ろした。銀色の目でじっと、彼女の横顔と、迷いなく滑らかに動く手、みるみる繋《つな》がっていく布を観察している。

そのうちに、小さな鼻歌が始まった。夜風に吹き消されてしまいそうなほどささやかなそれは、エルマの集中が深まった時に出てくる、無意識の癖だ。

男は手を頬につき、心地良い微《かす》かな音に聞き入っていた。


ぷつ、と仕上げに糸を断ち切る音で、エルマははっと気がついた。呆然と瞬きしてから、できあがった布をそっと顔の前に広げる。

(我ながら、会心《かいしん》の出来かも……！)

こんな上質な布、平民街ではまずお目にかかる機会がなかった。以前少しだけ触らせてもらった機会を思い出しながら針を通す時間の、なんと充実していたことか。

仕上げられた達成感と、もう終わってしまったという落胆がこみ上げてくる。

「驚いたな。本当に仕上がったのか？」

見知らぬ男の声が聞こえて、エルマは飛び上がりそうになった。

集中して作業すると、その他のことが目に入らなくなるのだ。布のことばかり考えていたせいで、一瞬依頼人の存在を完全に忘れきっていたのである。

「お待たせしてしまい、申し訳ございません……！」

この集中の癖のせいで、エルマは時々、父と妹を激怒させてしまうことがある。作業中、父と妹が用事で呼びつけようとしても、気がつけないからだ。

（わたしったらまた、失敗を……）

青くなっていく彼女を見て、男は不思議そうに首を傾げた。

「うん？　ああ……全然退屈しなかったぞ？　とても楽しかった」

「でもわたし、何もお相手できなくて……」

「縫い物をしていたんだから当たり前だろう。針仕事なんてそういえば普段なかなかじっくり見る機会がないから、すごい手さばきだなと思って見ていた」

やっぱりこの男、相当変わっているように思う。不快ではないし、怒らせずに済んだらしいことにひとまず安堵はしたものの、なんとも据わりの悪い感覚にエルマはもぞもぞ手をすり合わせた。

「見せてもらっていいか？」

「――！　は、はい。どうぞ……」

針が残っていないか最終チェックを済ませてから、そっと手渡す。

男は受け取った布を、何度もさすり、裏返して確認している。先ほどのエルマみたいだ。

（うまくできたと、思うけど……）

特に縫い目の辺りを念入りに調べ終わると、彼は頭から布を被った。

時間をかけて出来栄えを見られるのは、心臓に悪い。そして顔が見えなくなると表情もわからなくなり、これはこれで緊張する。

「……切れた部分を、なるべく目立たないようにしたのですが」

「うん。近くで見ればさすがにわかるが、遠目には全く問題ないと思う」

ひとまず及第点には到達できたようだ。エルマはほーっと胸を撫で下ろす。

「すっかり礼を言うのが遅れた。本当にありがとう。助かった」

「…………。⁉」

男が右手を差し出してきて、エルマは最初きょとんとした。次に、かけられた言葉を頭が理解すると、衝撃のあまりよろめく。

「……大丈夫か？」

「な、なんでもないです、お構いなく……！」

急にふらついたことを心配されて、顔が赤くなる。

（いやだ、どうしよう……嬉《うれ》しい……！）

エルマを支配したのは感動だ。じわっと胸の奥から溢れて、体中を温かく包み込む。冷えた指先で押さえてみても、すぐには収まってくれそうにない。

「それで、こういう時はいくら出せばいいのだろう？　相場に疎《うと》くてな。教えてほしい」

「……相場？」

ぺちぺち掌で頬を叩《たた》いていたエルマが目を点にすると、相手も首をひねっている。

「無料というわけにはいかないだろう。さぞかし名のある職人と――」

「ま、待ってください。わたしはそんな、ただの雑用係で……」

「…………。布の補修だけならともかく、一度切れた魔法を元に戻すなんて、誰にでもできるものではないはずだが」

「買いかぶりです……何か誤解していらっしゃるのではありませんか。わたしなんてただ、ほんの少し手先が器用なぐらいで、それだけしかできなくて……」

その気になれば竜巻すら起こせる妹キャロリン。掌から電撃を放つことのできる父ゼーデン。二人に比べて、エルマには何もない。だからこそ、身を粉にして働く必要がある。

そう理解しているのに、どうも男は釈然としない様子だった。

「それに、あの……わたしは、ただ……あの、お願いを……」

「……ああ！　そうか、そんな話をしていたんだった。しまったな、余計なことを言うんじゃなかった」

元々エルマが布を直すと申し出たのは、男に今日のことを忘れて帰ってもらうためである。今の所、タルコーザ家のできそこないとは思えないほど順調な経過を辿《たど》ってきた。が、やはり所詮《しょせん》エルマはエルマでしかないのだろうか。

恐る恐る約束の存在を思い出してもらった所、男は唸り声を上げて考え込んでしまった。また不穏な雰囲気に戻ってしまった空気の中、エルマは両手を握りしめて祈る。

（せめて咎《とが》められるなら、父と妹に迷惑をかけることなく、自分だけに……）

と、布越しではあるが、彼がこちらを見た。息を飲んで飛び上がると、大きなため息を吐かれてしまう。

「そう心細い顔をしないでほしい。私とて一応騎士のはしくれ、約束は守る。先ほど確かに言った。君がこれを直してくれたら、お願いを聞くと。だが……困ったな。これはとても困った。こんな完璧に仕上げられたら、もう大人しく帰るしかない。が……」

（布が直ったら、これ以上ここに用はないように思えるのだけど……？）

一体彼は何を悩んでいるのだろう。エルマは見当がつかず、途方に暮れる。

何か閃《ひらめ》いたらしい男が、「思いついたぞ」とぽんと手を打った。

「こうしよう。私は君の願い通り、今日は大人しく帰る。が、うっかりここに落とし物をしてしまうんだ。見当たらないあれはどこにいっただろう、と探し回った結果、偶然またやってきてしまい、君と再会する。うん、これならお願いを破っていないし、私の望みも叶《かな》えられる。完璧だな」

「…………………」

エルマの思考が停止した。彼が今何を言ったのか理解できなかった。というか、常識と理屈が理解を拒絶したような気がした。

彼女が固まっている間に、男はごそごそ懐《ふところ》をまさぐった後、エルマの手に何か握らせてくる。手の造形すら度肝を抜かれそうになる美しさだが、やはり男性なのだ、エルマの小さな手はすっぽり包まれてしまう。

「今日は本当にありがとう。そして、できれば――いや絶対にまた会おう。では」

驚きすぎて、というか展開についていけなくて、声すら出てこない。

持たされた物を見て更にぎょっとした。指輪だ。派手な装飾ではないが、月の光に照らされるときらきらと七色に輝きを放ち、見たことのない宝石か——下手をすると魔石で作られているのではないかと思われる。どう控えめに見積もっても貴重品だ。

それがなぜか、今エルマの手の中にある。ちゃっかりしっかり持たされた。

(落とし物……落としてない。指輪……また会おう。今何が起きたの？　何が起こっているの⁇)

エルマが多くの疑問に脳内の思考回路を汚染され、棒立ちになっている間に、覆面の男は背を向け——たかと思ったら、戻ってきてまた何かを取り出す。

「ああ、あと、これも。貰《もら》い物だが、私より君の方が必要そうだ。女性はすぐ痩《や》せたがるが、度の過ぎた減量法は良くないと思うぞ？」

ぽん、と指輪を持っているのと逆の手に握らせられたのは、果皮が赤くつぶつぶした果物だった。一つだけではなく、ぽんぽんぽんぽん——と五つほど、無造作《むぞうさ》に落とされるのを慌てて受け取る。

ラティー、と視界に入った赤い果物の名前を、エルマの知識が思い出させる。今の時期はもう出回っておらず、仮に売られていたとしても到底手が出せない高級品。今日、妹が「どうしても食べたい！」と暴れ、父に「見つかるまで戻ってくるな！」と追い出されることになった原因。

(なんで、わたしのてに、らてぃー、が)

エルマは今度こそ放心した。腰が抜けなかっただけでも賞賛に値するように思う。

そして彼女の口から魂が抜けている間に、覆面の姿はどこにも見えなくなってしまっていた。

くしゃみをしかけ、体が冷え切っていることに気がついて、エルマは今日の寝床を探さねばならなかったことを思い出す。

（――きっと夢。こんな荒唐《こうとう》無稽《むけい》なこと、夢に決まっている。寒くて、お腹が空いているから、幻覚を見てしまったのね。わたし、わかるわ。朝になったら、この指輪も、ラティーも消えてなくなるの。今日はもう寝よう……）

とにかく疲れていた。眠たくてたまらない。

エルマは雑草をかき分けて雨風をしのげそうな場所まで辿り着くと、倒れるように眠りに就いた。


翌朝、寒気でエルマは目覚めた。無事発見できた四阿に屋根と簡易的な壁はあったものの、そろそろ夜の寒さが身にこたえる季節だ。

震えながら体を起こすと、見慣れない物が視界に映った。ハンカチの上に置かれた指輪と、ラティーだ。

（ゆ……夢じゃなかった……！）

昨晩のことはあまりにも現実離れしていて、きっと疲れた自分の作り出した妄想なのだと思った。

ところが朝になっても、恐るべき落とし物（とおまけ）は残っている。震える手で触っても、泡と消えるようなこともない。

（どうしてこんな……わたし、すごく良くないことをしたのでは……？）

しかし考えるべきは、常に過去より今、そして未来のことだ。

エルマは唸りながら、まず食べ物を見つめた。おそらくは魔法で新鮮な状態を保たれているのだろう。うっかり一晩放置してしまったが、みずみずしさがなくなる様子はない。

（朝ご飯に出せば、お父さまとキャロリンさまは満足してくれるかしら。いえ……そもそもこれ、本物なの？　ちゃんと食べられる物なのかしら？）

日頃からひもじい思いを経験している身としては、食べ物を粗末にしたくない。が、こんな明らかに怪しい物を果たして舌の肥えた家族達に出していいものか。とは言え、もし本当に本物のラティーなら、捨てるなんてできない。

（前に見たことがあるだけで、味はわからないけど……毒味ぐらいなら）

エルマは注意深く、一番小さな実を手に取り、爪を使って皮を剥《む》く。ぷりりとした白い果肉が顔を見せ、甘酸っぱい香りが鼻をくすぐった。自然と口の中が潤《うるお》ってくる。

（……匂いと見た目は問題なさそう）

ごくっと唾《つば》を飲み込み、思い切って口に入れる。舌が未知に触れた瞬間、驚きで目を丸くした。

（甘い！　それと、少し酸っぱい？　なんだか癖があって、独特な風味……なんて不思議な食感！）

滅多《めった》に味わうことのできない甘味に、エルマは両頬を押さえ、目を閉じて幸せを噛みしめた。

大切に、なるべく時間をかけて楽しませていただいてから、ほっと息を吐き出す。

（少なくとも、吐いてしまうような味でもないし、お腹が痛くなるようなこともないみたい。良かった、これならきっと、キャロリンさまも食べてくれるし、お父さまも喜んでくれるかも……）

残る問題は指輪だ。薄暗い朝日の下でも、やっぱり虹色に光り輝いている。豪華な装飾こそないものの、エルマのようなつぎはぎだらけのぼろ服を着た貧相な娘の持ち物としては、どう見ても合っていない。

（落とし物……探す……そう、確かそう言っていた。あの人は本当にもう一度ここに来るつもりなのかしら？　でも、こんな綺麗な指輪、その辺りにも置いておけないし、お父さまやキャロリンさまにも見つかると、それはそれで問題になりそう……）

ため息を吐き出したエルマは、いったん落とし物とラティーを手に、自分の部屋に戻ることにした。

この屋敷では、階段下の狭い物置がエルマの私室だ。足音を忍ばせ、二人を起こさないように気をつけて、裏口から入って行く。エルマが勝手に光をつけることは許されないから、目を細め、手探りで調べる。

（確かこの辺に……あった！）

探し物は毛糸だ。それで簡易的なネックレスを作り、指輪に通して首に下げる。

（良かった。これならなくさずに済むし、妙な物を持っていると見とがめられることもないでしょう）

部屋に戻ってきたついでに、体を拭《ふ》いて着替えを済ませ、身なりを整えた。

（……ちょうどいい時間みたい）

果たして、甲高い呼び鈴が鳴り響く。父の部屋からだ。今日も忙しい一日が始まる。

エルマは大きく深呼吸してから、階上に向かった。


「ところでできそこない。なぜ家の中にいる？　昨晩はラティーを見つけるまで帰ってこなくていいと言ったはずだが、お前の頭ではそんなことも覚えていられないのか？」

朝の支度を済ませた父は、思い出したようにエルマをいびり始めた。

しかし今日は、うなだれるだけの彼女ではない。そっと無言でラティーを出した瞬間、勝ち誇ったようだった父が目を剥《む》いた。妹のキャロリンは、空色の目を大きく見開く。

「まあ……本当にラティーだわ。ふうん……」

キャロリンはどことなく面白くなさそうにそう呟いてから、ひょいと一粒口に入れる。無言でもしゃもしゃと口を動かす様子を見て、エルマはぎゅっとスカートを握りしめた。

（キャロリンさまが美味しいと言ってくれたら、いいのだけど……）

「お前。これをどうやって見つけてきた？」

キャロリンを見つめていると、ぎろりと父に睨み付けられた。エルマは体を縮こまらせる。

「あの……たまたま、困っている人にお会いして。お手伝いをしたら、お返しにくださったのです」

「あんな夜遅くに？」

「はい……」

　昨夜のことを――覆面をした男と出会って、布を直したらラティーをくれました、なんて正直に話しても、まず信じてはもらえないだろう。エルマ本人だって、物的証拠がなければ夢だと確信するような出来事だったのだ。だから詳細は述べなかった。

　とはいえ、追及されたらさすがにありのままを話すしかない。一体何を言われるだろう……と不安な眼差《まなざ》しで見守っていると、父は鼻を鳴らした。

「なるほど。卑《いや》しい雌犬めが、誘惑して戦利品を得てきたというわけだな。お前のような痩せぎすの不細工でも、相手にする好き者もいるものよ」

　エルマはきょとんと瞬きした。最初、意味が理解できなかった。体を売ってきたのだろう――そう言われているのだとわかった途端、大きく目を見開く。唇が震え、視界が歪んだ。

（偶然に貰ったものでも、褒めてくれるかもなんて思い上がり。それはわかっていた。でも……まさかそんな風に言われるなんて）

「フン。最近は何をしても全く反応がなかったが、まだそんな顔もできるのではないか」

　傷ついたエルマの表情を見て、父はニヤニヤと下卑《げび》た笑みを浮かべる。その横では、あっという間にラティーを全部平らげたキャロリンが口を尖《とが》らせた。

「あら。何よ、これだけ？　もう食べ終わっちゃった。全然足りないんだけど。姉さま、もっといっぱいラティーをちょうだい。ね、昨日だって見つけられたのなら、簡単なことでしょう？」

エルマは妹の言葉に、「え」と間抜けに口を開いた。父が勢い良く両手を叩き、笑い声を上げる。

「妙案だ！　できそこないには屋敷の片付けが終わってから、また買い物に行ってもらおう。夕方までにラティーを買ってこられなければ、お前の晩飯は抜きだ。いいな？」

エルマは思い出した。実際に与えられた仕事をこなせるかは、問題ではないのだ。家族達は、エルマに無能であることをこそ期待する。エルマのせいで、がこの家の合言葉。期待も、頑張りも全て無駄。感情を殺し、人形のように従い、怒鳴り声と嘲笑は黙ってやり過ごすべきなのだ。

（そうだ……余計なことをしてはいけない。わたしは無能で、役立たずで、お母さまはそのせいで死んで……だからせめて、二人に尽くさなければいけなくて……）

「返事はどうした、できそこない！」

「――はい。申し訳ございません……」

父の怒鳴り声に、エルマは慌てて応じ、思考はふっとかき消えた。

◇◇◇

大分日も傾いた頃、とぼとぼとエルマは市場を歩いていた。

屋敷中の掃除を任された上に、それ以外もこまごま用事を言いつけられ、一日で全て片付けることはできなかった。おかげで昼ご飯は抜きだ。朝ご飯も結局、あの味見したラティーぐらいしかまともなものを食べていない。

この状態で食べ物を買いに行くのは辛かったが、父と妹の目から逃れられると思うと、ほっとするような気もした。

軒先の一つで足を止め、店先に並べられた果物を吟味《ぎんみ》する。いくら見回してもラティーはないし、あっても今日のお金では買えない。今日もたくさん陳列されているブルードゥを前に、深くため息を吐く。

「きっと、買うだけ損ね……」

「何が損なんだ？」

どこかで聞いた、掠れて耳に引っかかるような声がした。

エルマは何気なく背後に目をよこして、ブルードゥに戻し、そして再度、勢い良く振り返った。

（そ……そんなばかな……！）

ものすごく見覚えのある覆面姿が、どういうわけかそこに立っている。

くら、とエルマの視界が歪んだ。体が傾く。

そのまま地面に倒れていきそうになった所、腕をつかまれた。瞬きして視界を取り戻せば、覆面の男がぼやけた視界に映り込む。

「どうした？　具合が悪いのか？」

「大丈夫です。いつもの立ちくらみで……」

おそらく、空腹によるものだ。今心臓が止まるかと思うほど驚いたのもあったが、少しふらつく程度ならよくあることだった。

そして立ちくらみの方は慣れているのだが、覆面姿の方はそうではない。昨晩からの鮮明な幻覚が継続しているのだろうか。それはさすがに無理がある。大体、幻ならふらついた体を支えたりはできないだろう。

ぐるぐる考えていたら、また目が回る気がしてきた。

（道の端にでも寄って、休めばすぐ……）

エルマはそう考えるのだが、動けない。男がじっとこちらを向いたまま、手を離そうとしないためだ。

「あの……えっと、手を――」

「顔が真っ青だ。大丈夫ではないだろう。医者を呼ぼう」

「……！　そ、そんな、大袈裟《おおげさ》なものじゃないんです。その辺りに座っていれば、治りますから」

「それは専門家が決めることだ。素人《しろうと》判断は良くない――」

「ほんとうに、お医者さんはいりませんから！」

消え入りそうだった口調が、つい強くなる。

昔、同じように空腹で倒れたことがあった。親切な人が医者に連れて行ってくれたのだが、うっかり病院のベッドで眠ってしまったのが悪かった。

目覚め次第、引き止められるのを振り切って大急ぎで帰ったものの、出迎えた父と妹の怒りはすさまじかった。エルマは二人に散々痛めつけられた後、窓もない倉庫に丸一日閉じ込められた。

その間、食事も水も許されなかった。

あれ以来、エルマにとって医者にかかるとは、命をかけることとほぼ同義になっている。

つかまれていた腕が自由になり、エルマはほっと息を吐き出した。

しかし次の瞬間、足下の感覚が消え、ふわっ、と体が浮く。

エルマはきょとんとし、何が起きたのか悟ってからはぎょっとする。

「な、何をして――!?」

「軽いな！　やっぱり君、痩せすぎなんじゃないか？」

男はエルマのことを横抱きに抱え上げてしまったのだ。

真っ赤になって抗議しようとするが、全く抵抗が通用しない。布の下には女性的にすら見える顔立ちを隠しているくせに、力強さはしっかり男性のそれであった。

「医者はまあ、嫌う人間もいるからな。で？　座っていれば治るんだろう？」

「こういうのは、座っているとは言いません……！」

「うん？　だから座ることのできる場所に移動しようと思っていたんだ。それともこのまま休んでいくか？　私は構わない。これはこれで楽しい」

「構ってください、楽しまないでください、結構です！　それに、自分で歩けます……！」

「そういうことはまともに両足で立てるようになってから言え。生まれたての子馬のようにガクガクしていたぞ？」

「そこまで震えていません――!?」

一生懸命両手をつっぱって胸板を押していたエルマだったが、はっと周囲を見回した。往来の人間達が、好奇の目をこちらに向けている。

（…………!!）

体を小さくして視線を避けようとすると、自然としがみつくような格好になってしまった。

そうこうしている間に、男は大股で歩みを進め、手近な飲食店に足を踏み入れる。

「君、奥の席は空いているか。この人の具合が悪くなって、少し落ち着いて座っていられる場所を貸してほしい。もちろん注文もする」

掃除の手を止めて振り返った店員の愛想笑いが、身なりの良さそうな覆面を見て凍り付く。

次に、彼が抱えている粗末な格好の娘の姿を、思わず二度見した。開いたままの口からは、いつまで経《た》っても営業文句が飛び出てこない。

「……空いていないのか？」

少し待ってから男が再度声をかけると、止まっていた時が動き出した。大慌ての店員は、胡乱《うろん》な客の希望通り、人目につきにくい奥側のテーブル席に案内する。

男はエルマを椅子に下ろすと、さらっと向かい側の席を確保した。ついでに飲み物の注文も済ませ、まもなくジュースが運ばれてくる。当然のようにエルマの分もあったので、彼女は驚き、うろたえた。父や妹と外出すると、エルマが貰えるのは水だけなのに。

「飲むといい。喉がすっとする」

「あの……でも……」

「苦手な味か？　では別の——ああ、そうか。他人の頼んだ物を口に含むのが不安であれば、自分で何か注文するといい。気を悪くしてはいないから安心しろ。むしろ、勝手にやってしまってすまなかった」

「ちが、あの、えっと……！」

やっぱり何かこう、ズレている人だ。悪人ではなさそうなのだが、ちょっと——いや大分強引だし、色々予想外を突いてくる。

（……でも、下手な抵抗を続けるより、ある程度あちらに合わせた方が、早く帰れそうな気がしてきた……）

もうここまで来てしまったら、注文せずには帰れまい。

出されたジュースは遠慮することにして、エルマは一番安いお茶をそっと注文した。来るのを待っている間、ふと向かいの人物を見ていて思いつく。

（そういえばこの人、頭に布を被っているけれど……飲んだり食べたりってできないのではないかしら？）

どうするんだろう、と目を向けると、ちょうど男が果汁入りのコップに手をつけた所だった。彼はもう片方の手で布をめくり、その下にコップを持った手を滑り込ませているようだ。

（ああ、なるほど……）

感心するのと共に、面倒そう、と素朴な感想も抱いた。少なくとも、外で飲み食いするのに適している格好とは言えなさそうだ。

ちょうどそこで、男がこちらを向いた。目が合ったように感じて、エルマは慌てて頭を下げる。

「その……お礼を言うのが遅くなりました。気をつかっていただき、ありがとうございました。一杯いただいたら、帰ります」

「別に大したことは――茶を一杯？　それだけ？」

「はい、お茶を一杯だけ」

本当はこうして店で休んでいること自体、父を怒らせる行為だろう。もしこの場を見られたら、サボっている暇があったら倒れるまでラティーを探せ、と激怒するはずだ。

（そうだ、ラティー！）

「あの……昨日はごちそうさまでした。とても美味しかったです」

「ん？　ああ！　良かった、口に合って。それより、やはり茶一杯というのは……せめてこう、何か食べていかないか？　一口だけでも」

「あまり帰りが遅いのは、良くないので……」

「医者が駄目なのもそういうことか。随分と厳しい家に仕えているんだな」

男はある程度、エルマの事情を察してくれたようだ。

ほっと息を吐いたエルマのお腹が、きゅー、と音を立てた。慌てて手で押さえるが、それがかえって音源を特定してしまうと後で気がつく。

（も、もう！　昨日といい、どうしてこう……！）

男は深く息を吐き、ゆるゆるとかぶりを振った。

「そんなことなんじゃないかと思った。君、あまり食べていないな。先ほどの立ちくらみも、貧血だろう？」

「いえっ、あの、お構いなく！　本当に、大丈夫ですから……！」

大きなため息を吐き、メニューに手を伸ばした男を、エルマは大慌てで止めた。そのまま居心地悪く身を縮こまらせていると、彼は首を傾げる。

「もしや、極端に食べられるものが少ない体質か？」

「い、いえ……」

「ではやはり、痩せたくて痩せている？」

「えっと……」

答えにくくなったタイミングで、ちょうど頼んでいたエルマのお茶が運ばれてきた。会話を中断しても不自然ではない上、飲めば少しは空腹をごまかすことができるだろう。

エルマは店員に感謝しつつ、この後の作戦を考える。

（別の話題にできないかしら。言いつけが守れないから食事を抜かれているだなんて、よその人に話すことではないもの）

「あの、そんなことよりも。あなたのことをお伺いしたいのですが」

「私のことか？　何でも……は色んな都合上無理な気がするが、答えられることなら話そう。何が聞きたい？」

（……質問されたくなければ、こちらから質問してしまえば、というのは安直だったかもしれないわ。どうしてこの人、待っていましたという態度なのかしら……？）

エルマは思わぬ相手のリアクションに若干怖《じゃっかんお》じ気《け》づきそうになるが、深呼吸し、気を取り直した。

「そもそも、どうしてここにいらっしゃるのでしょう……？」

「……君を休ませるために来たわけだが？」

「そういうことでは、なく。昨日の今日で、偶然、なのかもしれません、けど、どうしてこんな短期間に再会できたのか、と……」

「ああ、そんなの。ただ、君に会おうと思って城を抜け出――」

言葉が途切れ、男は咳払いした。

「――というのは言葉の綾《あや》で、ちゃんと後で許可は取るから安心してほしい」

（今の言葉のどこに安心する要素が）

「私が今日ここにいるのは、落とし物を探しに来たからだ。無性に探し物を追い求めて心当たりのある場所を歩いていたら、たまたま君に会ってしまったというわけだ。幸運な偶然という奴だな。うん。何ら不自然ではない」

（それ、先日仰《おっしゃ》っていた通りのこと……つまり計画的行動ですよね。偶然とは言わないのでは……）

質問をしたのに問題が更に増えた気がするのはなぜなのか。

エルマは間をごまかすために飲み物を口にする。

(怖い……聞いたら全て答えてくれそうなことが、逆に怖い。お城？　抜け出してきた？　……これ以上、知ってはいけない気がする。戻れない深みにどんどんはまっているような)

この問題を掘り下げるのはよろしくないと察知したエルマは、次の話題に移ることに決めた。

(そうだ、落とし物と言えば……真っ先に思い出すべきだったのに。肌身離さずにいて良かった！)

服の下、首から下げていた指輪を取り出そうと、いそいそ襟《えり》のボタンに手をかける。

男がぎょっとしてガタッと椅子を引いたが、指輪に意識を向けているエルマは気がつかない。

「ちょうど良かったです、忘れないうちに――あの、どうかなさいましたか？」

「いや。何でもない。ははは。一瞬、またかと思っ――いや、すまない。君はそんな人じゃないのに、本当に申し訳ない」

顔を上げたエルマが不審の表情を向けると、彼は椅子に戻ってきた。若干逃げ腰姿勢のまま、手を組み、やけに神妙な態度でしみじみと述べる。

「それにしても、そんな場所から物を取り出すだなんて……君はこちらの予想外のことばかりするな。新鮮だ」

「………」

それはこちらの台詞《せりふ》です、との言葉を飲み込んで、エルマは指輪をテーブル上にそっと置いた。

「お返しします……」

わざわざ翌日探しに来たぐらいなのだ、きっと大切な物なのだろう。

ところが男は手を伸ばそうともせず、じっと覆面越しに落とし物を見下ろしている。

「返すのか？」

「……はい？」

「本当にそれを、返してしまっていいのか？」

たぶん覆面の向こうでは、例の真剣な真顔なのだろう。

思わずエルマは、また自分が間違えたことをしでかしたのだと反省した。タルコーザ家の仲間外れは常にミスをする。今回も、明らかに貴重品であろう借りた指輪を返そうなどと、甚《はなは》だ常識知らず――。

（――いいえ！　考え直そうとしてみても、やっぱり返す方が常識的ではないかしら。この件に関してだけは、わたし、間違っていないはず！）

相手があまりに堂々としているのと、普段の癖で流されかけたが、それでも違和感の方が圧倒的に勝《まさ》った。落ち着くために大きく息を吸ってから、エルマは確認する。

「昨日の今日で探しにいらっしゃったということは、とても大事な物なのですよね？」

「まあ、うん。大事か大事じゃないかの問いを向けられたら、まあ、大事なんだが」

「それなのに、返さないでほしいと仰るんですか？」

「………………」

男は考え込むように腕を組んで黙ってしまった。

エルマはしばし、動きがあるか見守っていたが、そのまま時が過ぎる。

そこで彼女は無言のまま、すっ――とテーブル上に手を滑らせ、指輪を相手の方に押しやる、もとい差し出した。

男は大きな手を伸ばし、受け取――ったかと思ったら、こちらにすすっと押してきた。エルマの前に指輪が戻ってくる。

（な、なぜ……！　なぜそうも、ぐいぐい渡してこようとするのかしら。わたしなんかが持っていていい物ではないように思うのだけれど……）

エルマはごくっと唾を飲み、また、すすすっと指輪を差し戻し返した。彼女にしては随分はっきりした自己主張と言えよう。

相手が返却に対して相当前向きな姿勢であるらしいと理解した男は、腕組みして唸った。と思えば、ぽんと手を叩いた後、懐をごそごそやり始める。

ぼーっと眺めていたエルマだが、・・・奇妙な既視感にピンときた。

「もしかして、今度は別の物を落として行こうとしていますか……？」

「……ダメか？」

「ダメです！　……だと、思います」

「しかしそうすると、君と接点がなくなってしまうじゃないか」

エルマは大きく目を見開いた。ついでに口も開いた。しばし沈黙が落ちる。

男もまた、黙ったままエルマをじっと見つめているようだった。特に彼女の目の中を覗き込んでいるうち、ふと首を傾げた。

「…………？」

彼の手が、吸い寄せられるようにエルマの顔に伸びていき――そっと頬に触れる寸前。

お互い我に返った二人は、同時に席から立ち上がり、あわあわと手をさまよわせる。

「な……ななな、なにを、」

「す、すまないこれは……！」

真っ赤になったエルマは、目の前のコップにわずかにお茶が残っていることに気がついた。ぐいっと一気に飲み干し、大急ぎで荷物をまとめる。

「わ、わたし――もう帰ります！　ごちそうさまでした！」

逃げ出すように店を出ようとしたエルマは、直前で支払いのことを思い出す。大急ぎで財布を引っ張り出そうとする――その手首をパシッとつかまれた。

「待って。行かないでくれ。このまま終わりたくないんだ」

エルマはびくっと震え、男の方に顔を向ける。

捕《つか》まえた手を離さないまま、彼は店内をそっと見回す。少なくとも見える範囲には、客も店員もいない。彼はもう片方の手で、布を上げた。昨晩月明かりの下で見た美貌がまた顔を覗かせる。銀色の目が、淡く光り輝いていた。

見つめ合うとまた、エルマの体が熱くなっていく。握られている手が、火でもつけられたようだ。暴れそうになる熱を、目を閉じて集中し、意識して押し殺す。

再び目を開けた時、ぽつ、と男が口を開いた。

「やっぱりそうだ。どういうわけか、君には私の〝魔性〟が効かないらしい」

「……ましょう、ですか？」

「普通の人間は……なんというか。私の顔、特にこの目を直視できないんだ。魅入られて、おかしくなってしまうから」

他の人間がこんなことを言えば、失笑されて終わるだろう。

だが尋常でなく整った容姿を持つ男が言うと、説得力が違った。彼と見つめ合って平常心を保てなくなってしまう人間の姿が、容易に想像できるからだ。彼に微笑まれただけで、のぼせたような、酒を飲んだような状態になる人間が出ると言われたら、むしろ深く納得してしまう。

実際にエルマだって、おかしな感覚は体験しているのだ。

（それで、いつも顔を隠す布を……）

そういえば最初に会った時、彼は喧嘩《けんか》をした相手に背を向けていた。あれは布を斬られて顔が出てしまったから、見られないようにしていたのか。相手が大人しく去ったのも、直視すればただでは済まない顔面事情を知っていたからだったのかもしれない。

それにエルマと目が合った時、真っ先に顔、特に目元を隠そうとしていた理由もわかった。

「昨日、月明かりの下とは言え、君は私の顔を見てしまった。それなのに、抱きついてくることも、押し倒そうとしてくることも、いきなり服を脱ぎ出すこともなく、普通に接してくれた。それどころか、この布だって直してくれた。こんなことは、両親以外で初めてで……だから、これきりにしたくない。君のことをもっと知りたい」

「えっと……あの……」

「迷惑をかけたいわけじゃないんだ。今日はもう時間がないなら、これ以上邪魔はしない。だけど、また会いたい。ここでもいい。家でもいい。君の好きな場所でいい。落とし物なんかなくても、話がしたい。駄目か？」

「こ、困ります。そんなこと言われても……」

「困る。が、駄目ではないんだな？」

「う、うう……！」

エルマはこの男との再会を穏便に済ませ、さっさとお互い、なかったことにして別れようと思っていた。一杯のお茶に付き合ったのも、それでこの件が落ち着くなら、と考えてのことだ。

しかし、相手が予想外に、諦めてくれる気配を全く見せない。

落とし物の件であれば多少強気になれたエルマだが、基本的には自己主張ができない性分だ。否と強く言うことに慣れていない。というより、家族からは拒絶の態度を見せることを禁じられている。しかも、全く予想もしなかったことを言われ、どうすればいいのかわからなくなってしまった。

（お父さまとキャロリンさまの知らない所で、わたしの勝手は許されない。だけど……どうしよう、どうすればいいの？　わからない。ああ、困っている人を見過ごすこともできないけれど、ここまで大事になるなんて。慣れないことなんてするから。そもそもラティーを――）

はっとエルマは思いついた。この状況を動かす妙案を。

しかし、なんだか昨日も似たような場面を見た記憶がある。浅慮《せんりょ》はやめておけ、熟考すべきだ、と頭のどこかで冷静な自分が警告するのだが、いかんせん彼女はこの時点で軽度のパニック状態、わけがわからなくなっていた。

おまけに、帰りが遅くなれば、父の酷い折檻《せっかん》が待っている——という焦燥感《しょうそう》が、更に判断力を鈍らせた。帰らなくちゃ、手を離してもらわなくちゃ、という思いで頭がいっぱいになる。

(——今はもう、これしかない！)

「ラティー、を……」

「うん？」

「今、ラティーを持っていらっしゃいますか？」

「え？　いや……昨日はたまたま貰い物を押しつけられて……あ、でも変な相手ではないんだ。いや間違いなく変人ではあるが——そんなことはどうでもいいか。それで、そのラティーがどうかしたのか？」

「あれをもう一度……今度は籠《かご》一杯。今日中にご用意していただけるのなら——」

(もう一度、お会いします)

だんだんと言葉が小さく萎《しぼ》んでいき、最後の部分に至っては口に出せなかった。勢いで語り出したはいいものの、実際自分の耳で言葉を聞いていると、大分おかしなことを口走っている自覚が身に染みてきたからだ。

(でも、ラティーは季節外れの高級品。しかも日も傾いてきたこの時間に、今日中に籠一杯だなんて、用意できるはずがない。こんな非常識なことを言う無礼な人間には、これ以上関わろうとしないはず……）

ぎゅっとつぎはぎだらけのエプロンを握りしめた。せっかくエルマを怒鳴りつけない人間に出会えたのだ。正直、突き放すような態度を取るのは辛い。

だが、タルコーザ家の事情を思えば思うほど、なおさら彼をこれ以上深入りさせてはいけない気がした。

しかし、エルマは見誤っていた。目の前にいる男が、大体常に彼女の予想を超えてくる人物であった、ということをわかっていなかった。

「ラティー……君はあれが、そんなに好きなのか？」

「わたしではないですが。必要としている人がいるのです」

「ふむ。まあ何にせよ、用意すれば助かると」

「え、ええ……そうです、けど」

「わかった。なんとかしてみよう」

（どうして「無理だ」とか「恥知らず」とかの言葉が出てこないのでしょう……⁉）

かなり前向きに、まるで充分実現可能なものを前にしているかのような相手の態度に、エルマは激しく動揺する。おかしい。そんな無理難題を言ってくるお前なんかもう相手にしていられない、と怒って背を向けてくる所だったはずなのだが。

「しかし籠一杯を準備するとなると……この場ですぐとは、さすがにいかないな。今日中なんだろう？　どこに届ければいい？」

「あの……申し上げた方が言うのもどうかとは思いますが、その――」

不穏な雲行きだ。これは今からでも撤回した方が、と危機感を覚えたエルマだったが、時既《すで》に遅し、だった。

「君の家は？　あの幽霊屋敷か？」

「えっと……お屋敷には、はい。確かに、いますけど……」

「なら決まりだな。それじゃ念のためこれはもう一度預けておく。ラティーと交換だ」

ひょいと投げてよこされた物を咄嗟《とっさ》に受け取ってしまい、エルマは悲鳴を上げかけた。返却したはずの指輪がまた手の中に収まっているではないか。

男はエルマが慌てている間に、さっさと店内を歩いてしまった。入り口で最後に、一度だけ立ち止まる。

「今日中にラティーを持ってこられたら、君は私と友達になる。約束だからな？」

きっと覆面の下では笑顔なのだろうと感じられる。

彼の姿が見えなくなってから、はっ！　と我に返った。後悔しきりだが、完全に後の祭りだ。

(どうしてこうなるの――!?)

◇◇◇

エルマはとぼとぼ家路についていた。

あの後、店員に尋ねてぎょっとした。まさか支払いまで、知らない間に済ませられていたとは。

（自分のお茶代は払うつもりだったのに、お店に入った時点でお会計が済んでいただなんて……）

抜けているのか抜け目ないのか、色んな意味でつかみどころのない男だ。いや、こちらにはつかんでおくつもりはないのだが、あちらがグイグイ押しつけてくるというか。

その最たる物が今、服の下で揺れ、小さく存在を自己主張している。

（指輪……戻ってきてしまった……）

一度ならず、二度目の落とし物（落とした本人自称）だ。もういっそ、こちらから返しに行ってしまおうか。

そこでエルマは気がついた。自分は現状、相手のことを一切知らない。名前すら聞いていないことを改めて思い出し、愕然《がくぜん》とする。

（わたし、全然知らない人からラティーを貰って、指輪を押しつ――落とされて。そしてまた、今日中にラティーを……貰うの、かしら……？）

彼が何者なのか、全く心当たりがないわけではない。言動や身なり、持ち物などの情報から、お城の関係者で、しかも相当偉い人なのだろう……と推測はできる。あの外見だし、〝氷冷の魔性〟という呼び名もあっただろうか。人に聞いて回れば、辿り着くこと自体は可能――というか、容易ですらあると思う。

（でも、わたしのような小娘がお城に押しかけた所で、まず門前払いされるでしょうね……）

そして追い返される途上で指輪を取り上げられたり、父や妹まで巻き込んだり、最悪、盗んだのではと牢屋に連れて行かれたりしたら……。

下手なことをするよりは、このまま男がやってくるのを待つことが、一番被害がない。ような、気はする。

（……考え込むと頭痛がするわ。目が回りそう）

彼は本気で、今日中にラティーを持ってくるつもりなのだろうか。少なくともやる気は見せていた。しかも実際、「また会おう」と言った翌日、エルマの背後に立っていた人物だ。そもそも懐からラティーを取り出せる時点で、おかしいことを思い知るべきだった。

（ああ、家に帰りたくない……でも帰らなければならない……色々な意味で……）

浮かない気持ちのままであろうと、足を動かしていればいずれは家に到着する。

案の定、帰宅したエルマは手ぶらであることを散々責められた。その上、いつ呼び鈴が鳴らされるか、男の来訪に気が気でない分、日頃よりも更に失態続きだった。物は落とすし、献立の注文は間違えるし、挙げ句怒ったキャロリンの風でスパッと額が裂けても、頭からだらだら血を流したまま気がつかない。

が、珍しくこの大惨事が功を奏《そう》したらしかった。あまりにも気もそぞろなエルマの様子に、さすがにやりすぎたと父ゼーデンが感じたようなのだ。

「おい、できそこない。お前は今日もろくな成果を出さなかったが、今朝のラティーだけは悪くなかった。そこで、晩飯ぐらいは許してやろうと思う」

「父さま、なんでよ！　姉さま、さっきからぜんぜんなっていないわ！　いつもみたいに、気絶するまでひっぱたいてやったらいいじゃない！　ねえ‼」

「キャロ、可愛い娘や。お前の魔法でもう傷ができているだろう？　時に寛大な心を見せるのも、貴族社会で生きていくのには大切なことなんだよ。たまには鞭《むち》だけでなく、飴《あめ》もくれてやらねばな」

　爛々《らんらん》と目を血走らせていた妹は、父に宥《なだ》められると、渋々引き下がった。

　頭に血が上《のぼ》ると風の魔法で家の中を散らす妹を、父はおおむね持て余し、甘やかして好き勝手させている。しかし時折、爆発しそうになるのを宥めることもあった。特に、エルマが本当に〝壊されて〟しまいそうになると、このように〝優しく〟なることがある。

　無給でこきつかえる雑役女中が得がたいのか、一応はまだ家族と思ってくれている証《あかし》なのか──エルマに父の真意はわからない。考えることにも、疲れてしまった。何も考えず、言われたことに従う──それが一番害がないから、正しい。正しいことのはずなのだ。

　夕食後は、寝支度関連の用事も、最低限度しか命じられなかった。いつもなら父と妹が寝た後、床だの食器だのを磨けと言われるのだが、今日はもういいからと階段下に追い払われる。

「明日はちゃんとキャロの機嫌を取るのだぞ、できそこない」

　最後にしっかり釘を刺してから、父はバタンと寝室のドアを乱暴に閉めた。

　暗闇の中、エルマは手探りで自室に戻り、狭い空間の中に座り込む。

しばらくそのまま耳を澄ませていた彼女は、屋敷が眠りに包まれた気配を感じると、そろそろと立ち上がる。

（……結局、誰も来なかった）

ラティーは届かず、指輪はまだ手元にある。少し額が切れたが、手当はしたし、晩ご飯にまでありつけた。引っ越してきてから一番平和な夜でもあった。

それなのにこの、ぽっかり胸に穴が空いたような……何かが足りない感じは、どうしたことだろう？

（何も起こらない。それが一番いいことのはずなのに……）

大きな音を立てないように注意しながら、玄関まで進んで行く。柱時計はコチコチと時を刻んでいた。今日ネジを巻き直して、時間を合わせた古時計だ。いつの間にかすっかり夜も更けて、十二時に針が迫る。

エルマはフラフラと家の扉に近づいた。そっと体重をかけて開けば、夜風が吹き込んで体が震える。冷えた拍子につきりと額が痛み、布を当てた部分に手を添える。

見上げた空には、今日も月が浮かんでいた。長い一日が終わる。そしてきっと明日から、また忙しく、代わり映えのしない日々が戻ってくるのだ。

（……これで良かったんだ、きっと。指輪は、今度詰め所に届けよう。今日も、そうするべきだった。落ちていたので拾いましたと言って、それで……）

そこでエルマはぎくりと体をこわばらせた。

コチコチ響く音と、風が草木を揺らす音。この真夜中に聞こえているのはそれだけのはずだ。

(――気のせいじゃない)

エルマの心はその場にとどまっていたいはずなのに、体が勝手に外に滑り出した。よろめくように、音のする方に歩いて行く。

まもなく、庭の草木を押し分けて、覆面姿の男が現れた。

「良かった！　もう寝ているというか、そもそもここに誰かがいることが疑わしかったが――この時間まで待っていてくれたんだな。ほら、ぎりぎりだけどまだ日付は変わっていない。約束通りのラティーだ」

彼はエルマに抱えていた籠を差し出し、覆《おお》いを取ってみせる。はたしてそこには、みっちりたっぷり詰め込まれた籠一杯のラティーがあった。

エルマは呆然と受け取って、信じられない光景を見つめる。十二時を告げる時計の音が、背後で鳴り響いた。

辺りは月明かりに淡く照らされ、庭の草木が夜風にさざめいている。手の中には籠一杯のラティーがあった。日付が変わる前に届けられた。全て注文通りだ。

「……それはどうしたんだ？　たんこぶか？」

男が額を示して聞くが、正直それどころではない。

エルマは籠を片手で持ち直し、もう片方の手で思いっきり自分の頬を引っ張った。

なぜか痛い。もう一度引っ張った。じんじんする。

「……夢ではないぞ？」

頬を押さえて無言でいる彼女の様子に、男がぽそっと呟く。

エルマははっと口を開いた。驚いて、慌てて、嬉しくて。

（だってまさか本当に……こんなことが）

「もちろん作り物でもないし、粗悪品でもない。何なら食べてみてくれ」

うまく言葉が出てこないでいると、男はエルマが受け取った物に疑いを抱いていると考えたのだろうか。いそいそとハンカチを取り出して手を拭《ぬぐ》い、大量のラティーのうちの一つを取る。

美しい手が美しく果皮を剥き――とは、残念ながらいかなかった。

彼はどうも、率直に言って不器用だ。たぶん、こういったことに慣れているエルマがやった方がずっと早いし、綺麗に仕上がる。

しかし溢れ出す真剣なオーラを前にしては、「そのぐらいで」とか「かわりましょうか？」と申し出るのも不躾なように思える。エルマはそっと、終わるまで見守った。

「………………」

手も、皮の残骸も、残された実も、べたべたででこぼこだ。

本人も出来栄えが微妙なのはわかっているのだろう、しょんぼりしている。

「ありがとうございます、いただきます」

しかしエルマは、そういったことには躊躇《ちゅうちょ》しなかった。残飯や腐った物、時に泥水すら口にしてきた者には、充分過ぎるほどのごちそうだ。

彼女が自分の手を出すと、男は一拍間《ま》を置いてから、ラティーをのせてくる。

口の中に入れた果物は、昨日よりも更に甘く感じた。じわ、と目頭が熱くなる。エルマは慌てて目元を拭ったが、相手もかなりぎょっとしたらしい。

「どっ、どうした？　そんなにまずかったのか？　それか怪我が痛むのか⁉」

「違います、あの……嬉しくて。それにこれは、大したことありませんから……」

額を押さえ目を押さえ、エルマは答えようとする。

悲しいわけではないのに、一度ほろりと零れ落ちると涙が止まらない。堪えようとするとむしろ酷くなってしまって、おろおろあわあわさせていることが申し訳なかった。

「……その。すまない、慣れていなくて。うまくできなかったと思うんだが」

「でも本当に、美味しくて。きっと今まで食べた、どんなものよりも……」

せっかくのラティーを汚すわけにはいかない、と慌てると、察したらしい男が一度籠を受け取ってくれる。

それでエルマは両手で顔を覆うことができた。涙と一緒に、溢れ出してくる、遠い、遠い昔。

幻のような幸せの記憶が、溶けて流れていくようで。

『エル――。こっちにおいで。ほら、今日はお父さまが切ったんだよ！　食べてごらん』

（昔……お母さまがまだ生きていて、お父さまは優しかった。料理を作って、食べさせてくれたの。お父さまはお料理が上手じゃなくて、でもわたしのために果物を切ってくれたのが嬉しくて……形はでこぼこだったけれど、とても甘くて美味しかった。そんなことが、あったかしら……）

しばらくの間そのままでいると、やがて感情の渦は収まっていった。

エルマが落ち着いたのを見計らい、男が小さく声をかけてくる。

「……大丈夫か？」

「すみません……落ち着きました」

エルマはごしごしと目元を拭い、改めて男に向き直ると、深く頭を下げた。

「ラティーを持ってきていただき、ありがとうございました。約束を……守らないと、いけませんね」

ぎこちなく微笑みを浮かべると、男はしどろもどろに目を泳がせているようだ。

「その、なんだ。別にこう、無理にとは」

「とんでもございません！　今日のお茶も、既にいただいてしまっています。何か、お返ししませんと……」

「いや、あの、な。私も嫌がる女性に無体《むたい》を強いるつもりは、けして」

「わたし……いやがっては、いません。ただ……その。たくさん、驚きはしましたけど」

「そ……そうなのか？　すまない、人の感情に疎《うと》くて。本当にわからないから、駄目な時ははっきり駄目と言ってほしい……」

彼が急速に弱腰になったのは、エルマが突然泣き出したせいだろう。

しかしエルマとしては、こちらの希望を叶えてもらった上に醜態をさらし、困らせてしまったのだ。これ以上の不義理はできない。もじもじと手をすりあわせ、上目遣いに見上げた。

「あの……それで。ええと……お友達、でしたっけ……？」

「う、うん……ああ、でも、別にな？　ただの知り合いでも、私は……」

「友達にしろ、知り合いにしろ。わたし達にはきっと、最初にしなければいけないことがありますね」

きょとんとした相手に向かって、エルマはそっと、手を差し出す。

「初めまして。わたしは、エルマ＝タルコーザと申します。ラティーをくださった親切な方……あなたのお名前をお伺いしてもよろしいでしょうか？」

男は固まっていたが、はっとなって握手に応じようとする。

しかし出しかけた手を一度引っ込め、さっと辺りを見回した。おんぼろ屋敷は夜の眠りに包まれていて、ここには二人しかいない。

彼はそっと、布をめくり上げた。銀色の目で直接、エルマを見つめる。

エルマもじっと彼を見上げ、微笑んでみせた。笑う機会は少ないから、男の目に映る自分の顔はかなり引きつっているようにも見える。それでもエルマは微笑んだまま、じっとそのまま待ち続けた。

一度近づいた指先が、触れて離れた。エルマもこうしたことには慣れていないが、相手もそうなのだろう。

彼女の方から促すように再度手を開くと、ようやく自分の手を重ねてきた。やはり大きくて、逞《たくま》しい。

「――ユーグリーク」

掠れた低い声が、言葉を紡ぐ。エルマが手元から目を上げると、息を吸い、改めて男は名乗った。

「ユーグリーク＝ジェルマーヌだ」

「ジェルマーヌさま……」

「他人行儀なのは嫌だ。名前の方で呼んでほしい」

名字の方を口にしたら、素早く訂正されてしまった。彼の銀色の目は、どうやら期待に輝いている。

エルマは消え入るように、小さく言ってみた。

「……ユーグリーク、さま？」

「うん。君はエルマ……エルマ。覚えた。エルマ」

何の変哲もない名前なのに、男が大事そうに発音すると、なんだか別の言葉に聞こえる。

嬉しそうに何度も繰り返され、エルマは思わず恥ずかしくて俯《うつむ》いてしまう。その拍子、視界に映り込んだラティーの存在を思い出す。

（……そうだ。また明日、これをお父さまとキャロリンさまに見せることになるのだろうけど……）

二度も同じことがあれば、さすがに詳しい説明を求められるに違いない。

偶然の出会いからラティーを貰って友達ができた……なんてことを話して、父は、妹はわかってくれるのだろうか。エルマ本人だって、いまひとつ実感がないのに。

考えているうちに、もう一つ素朴な疑問が浮かんでくる。

「ところで、お友達というのは……具体的に、何をすればいいのでしょう……？」

そもそも最初、エルマからの提案は「ラティーを持ってきてくれたら（もう一度会う）」だった。

それが、省略された後半部分を補った男の言葉では「友達になる」にちゃっかり変わっていた。

友達という言葉を知らないわけではない。親しい他人同士の関係を示すのだと、知識としては知っている。ただ、ずっと家族に尽くしてきたエルマには、そういう存在が今まではなかった。だから友達になる、とは何をするのかが、具体的に浮かんでこない。

が、問いかけてみた男の方も、明確なプランを持っていたわけではなさそうだった。きょとんと目を丸くした後、首を傾げ、口元に手を当てて考え込んでいる。

「……別にその、私に友達がいないわけではないんだからな」

エルマがじっと見つめていると、もの問いたげな視線に耐えかねたのだろうか、一度そんな言葉を挟んだ。

それでエルマは逆に、

（お顔のことがあるから人間関係で苦労されているんですね……）

となんとなく悟ってしまう。実際、痴話喧嘩に巻き込まれている所だって目の当たりにしているのだし。

「……とりあえず、色々と話をしたい」

「話、ですか……」

「その……この前みたいに、飲食店に行ったり、とか……」

なんとなく、エルマにも友達のイメージができてきた。そうなるとまた新たに思うこともある。

「話すとは……何を話せば、いいのでしょう……？」

風が二人の間を吹き抜けていった。そのまま無言の時間が過ぎた。

「考えてくるから、次に会う時までの宿題にさせてくれ」

「はい」

ものすごく真剣な真顔で言われたので、エルマも同じように神妙に返してしまった。

「そうだ、次。次は……君はいつなら時間が空いている？」

「空き時間……あまり、そういうものはなくて。それと、もしお店に行くのなら、お出かけには許可を取る必要があって……」

「そうか。どうも時間の融通のきかない主人なんだな。……この家に住んでいるのか？」

「ええと……」

おそらく彼は、エルマを使用人と思っているのだろう。どう説明したものか、とエルマは逡《しゅん》巡《じゅん》した。

「今度ちゃんと、挨拶した方がいいかな。昨日は呼び出しがあったし、今日は今日中にという約束だったから、この時間になってしまっているが。書状も出して、正式に……」

　エルマは俯《うつむ》いていたが、ぎゅっとエプロンをつかみ、意を決して彼を見上げた。

「わたしの方から、一度家の人に、あなたの話をさせてください。ラティーのことも、伝えないといけませんし、外出許可もいただかないと……」

　このエルマに初めてできた〝友達〟との関係は、今まで通り黙っているのが一番波風立たないのだろう。

　だが、彼はエルマの無理難題に応じ、誠実に約束を果たしてくれた。そんな人を、無下《むげ》に扱いたくない。

（それに、わたしのことはともかく、ラティーを持ってきてくれるような人のことは、お父さまもキャロリンさまも、そんなに酷い態度は取らないはず……）

「そうか……。うまくいけばいいんだが、その……君の主人は大分気難しそうに思う。私のことを話したら、君が困るようなことにはならないか？」

「……わかりません。その可能性もあります。けれど――」

「話さないわけにもいかない、か。なるほど、ラティーを欲しがっていたのはその人なんだな」

　エルマが口ごもった所を、男は概《おおむ》ね正しく察してくれたようだ。

「わかった、まずは君の主人が何を言うか待ってみよう。どうやって返事を聞こうか……君は毎日、あの市場に買い物に行くのか？」

「毎日ではありませんが……雨が降れば、ほぼ確実に」

もちろん買い物が一番手っ取り早いのだが、その気になれば家に届けてもらう、という手段もある。父がエルマをわざわざ外出させるのは、たぶん走り回らせることの方が目的なのだ。だから悪天候の日は、エルマは決まって買い物に行くことになる。

「それなら、次の雨の日、この前お茶を飲んだ店で話をしよう……いいかな？」

「……はい」

「良い結果になることを祈っているが……もし困ったことになったら、王城に来てくれ。力になりたい」

「ありがとうございます」

人生初めての友達ができて、エルマの気持ちは大分前向きになっていた。家族に自分から話をしてみよう、と考えられる程度には。

「……君は忙しそうだし、今日はこれで帰ろう。私が我慢できなくなる前に、雨が降ることを祈っている」

男が笑いを浮かべると、エルマの心にふわりと温かな風が吹いた。彼女も目尻を下げる。

「はい――雨が降ったら、会いましょう」

「うん。……エルマ。雨が降ったら、また」

男を見送り、ラティーを大事にしまって自分の寝る準備をしている最中、エルマは〝落とし物〟を返しそびれていたことに気がついた。

しかし、少し前までの焦りのようなものはない。

（次に、雨の降る日……）

彼は約束を守る人だ。だからまた会えるし、その時に。

「……ユーグリークさま」

なんだかおまじないみたいだ。名前を呼ぶだけなのに、心がほんのりと温かくなる。

エルマはそっと胸を押さえ、固い床に体を横たえて、幸せな気持ちで目を閉じた。

◇◇◇

「――お父さま。お話があるんです」

「なんだ、できそこない」

エルマが話を切り出したのは夕食後だった。

朝や昼は、キャロリンの社交界デビューのための準備でせわしなく、何か言い出しても「うるさい、後にしろ！」と遮られてしまう可能性が高い。話をするなら夕食後が最も適しているだろう、と考えた。

この前はラティーを出すことの方が目的だったが、今日は話を聞いてもらう方が本題なのだ。

夕食後の、寝支度を始めるまでのんびりと一服している間、二人はいつもエルマに一言二言厄介な仕事を言いつける。裏返せば、彼らはその時暇ということではないか。

今日は注文していたドレスの出来を確かめに行った日で、父もキャロリンもいたく満足していた。いつも以上に気をつかって並べた食事にも、何もコメントはない。

一日中様子を見ていたエルマは、今ならば、と思い切って声を上げた。そっと籠を持ってきて、覆いを取り払う。

「昨日には間に合いませんでしたが……ラティーを、貰ってきました」

大量の高級果実は、屋内灯に照らされて、宝石のようにきらきらと光り輝いた。

父はぽかんと口を開ける。

緊張でからからに渇いた喉に無理矢理唾を飲み込んで、エルマはおずおずと言い出す。

「それで、その……これをわたしにくれた人が――」

「――なに、それ」

「……えっ？」

最初、父が変な声を上げたのかと思った。しかし違う。彼ではない。父は相変わらず口を開けたままだ。

困惑し、視線をさまよわせたエルマは、顔を真っ白にしている妹を見つけた。

「キャロリン、さま……？」

「ちょうだい」

「あの……」

「それをこっちによこして。早く」

普段の愛らしく鈴を転がすようなそれと異なる、地を這《は》う低い声だったせいで、一瞬誰が喋っているのかわからなかった。キャロリンは腕をつっぱって、エルマが手にしている籠を要求している。元々これは彼女が欲しいと言って、そのためにエルマが探してきたものなのだ。彼女が受け取るのは正しい。正しい、はずなのだが――。

(でも……こんな、はずじゃ)

昨日の今日だ。エルマだって、さすがに二人が絶賛してくれるとは、もう思っていない。これはあくまで話のきっかけに過ぎない。今日一番大事なのは、エルマの初めての友達の件である。

だが、なぜかキャロリンは、ラティーを見ただけで、怒っているらしい。こんなに怒りを買うのは想定外だし、理由がわからない。

(いつものキャロリンさまと、違う)

猛烈に嫌な予感がした。

キャロリンは冷ややかにこちらを見つめている。少し前までまどろむような微笑みを浮かべていたのに、なんと残酷な顔をするのか。

「聞こえなかったの？　いつまでもウダウダ続けるなら、その耳吹っ飛ばすわよ！」

エルマが体をこわばらせていると、ビュンと音を立てて風が飛んできた。近くにあった家具がすっぱりと切れる。

首を竦めた際に一瞬見えた父もまた、ぞっとする目をしていた。彼は剣呑《けんのん》な雰囲気の姉妹を静観したまま、動こうとしない。

魔法を使われては、エルマになすすべはない。恐る恐る差し出した籠をひったくったキャロリンは、じろじろと中身を値踏みしている。

（……偽物を用意したと思ったのかしら。だから――）

紛れもなく本物だとわかってくれたら、と祈るエルマの前で、ふっ、と天使が笑みを零した。無邪気で残酷で、邪悪な微笑みを。

激しい物音が鳴り響き、籠がひっくり返される。綺麗に並べられていたラティーがばらけて、散って、床に落ちていった。

「――あ」

エルマは一粒でも守ろうと、手を伸ばす。けれど飛び散る果物達を、更に無数の風の刃が切り裂いた。エルマが貰った初めての好意が、徹底的に破壊し尽くされていく。

「――――」

本当にショックを受けると、人は声が出なくなるらしい。びちゃびちゃになった床の上にぱらぱらと降り注ぐのは、ばらばらにされた籠の残骸だろうか。

「だって、思っていたのと違ったのだもの」

エルマががっくり膝と手をついたまま呆然としていると、甘く愛らしい声が降ってきた。

「高貴で綺麗な女性は、皆ラティーを食べているって聞いたわ。だからあたしも食べるべきだと思ったの。でも、何なの、あの変な味。口に合わない。嫌い。こんなものもういらないのよ」

「でも……昨日はもっと、食べたいって――」

「昨日は昨日。今日は今日。そんなこともわからないの？　姉さまって本当に頭が悪いのね」

機嫌を直したらしいキャロリンが、にっこりと優雅に微笑みを浮かべる。そして彼女は、つかつか歩み寄ってきて、エルマの手をぎゅっと踏みつけた。

「痛いっ――――！」

「ね。本当に、なにさまのつもりなの？　あたしをばかにしてるの？」

「どうして、そんな――――」

「ラティーが季節外れの高級品なことぐらい、あたしだって知っているの。なのになんで――――なんであんたが！　二回もそれを持ってこられるのよ‼　何の取り柄もない、できそこないの役立たずのくせにっ‼」

ひゅんひゅんと、風が暴れる音がした。

エルマは大きく目を見開く。

（なにを……この子は、なにを言っているの……？）

動けずにいると、キャロリンはしゃがみ、エルマの胸ぐらをぐっとつかみ上げて顔を寄せる。

「この家の一番はあたし。あんたは引き立て役。たまたま運が良かったからって、変な勘違いするんじゃないわよ」

言いたいことを全部終えると、用は済んだとばかりに突き放し、荒い足音を立てて去って行った。

それでもまだ、エルマは立ち上がることができない。ぐちゃぐちゃにされたラティーを前にしていては、何の力も湧いてこないし、何も考えられない。

――と、のっしのっしと歩いてきた誰かが、エルマの肩を抱いた。酒臭い息に、ぞわっと全身が粟立《あわだ》つ。

「お前。これをくれたのは、昨日と同じ人かい？」

エルマにはかけられたことのない、猫撫《な》で声だった。ひゅっと息を飲み込んで、答えられずにいる間に、父はエルマの腕をねっとりと触り続ける。

「男か？　よろしい。お前にしては上出来だ。なんだったか、さっきこれをくれた人がどうとか言っていたな？　ぜひとも話がしてみたい。今度、我が家に招待しようじゃないか――」

そこから先は、覚えていない。

気がついたら、一人で片付けをしていた。黙々と箒《ほうき》とちりとりでかき集めたゴミを捨て、雑巾で床を、汁の飛び散った家具を拭き取る。

すっかり全て痕跡をなくしてしまってから、手を洗い、部屋に戻る。階段下に戻ってきてようやく、涙を流すことを思い出した。

確かに、一番望んでいたことは叶えられたかもしれない。もう会うなと言われるよりはきっといい。だが、こんなはずではなかった。こんな形を望んでいたわけではなかった。

胸を押さえると、借りているままの指輪が手に当たる。ぎゅっとそれを握りしめたまま、エルマは嗚咽《おえつ》を押し殺す。

遠くで、雨の降る音がした。

第二章 ★ 強引な招待

タルコーザ一家は、最初からこうだったわけではない。母が生きていた頃は、父も優しかったのだ。二人とも貧しくて、いつも忙しそうだったが、笑いが溢れて、明るい家庭だった。

父はよくエルマを膝に抱え、懐かしそうに目を細めて歌を口ずさんでいた。

『お父さまの家に伝わる古い歌なんだよ』

美しくも、どこかもの悲しげな旋律《せんりつ》は、今でもはっきりと耳に残っている。昔は毎日歌ってくれたのだ。今はもう、歌なんてねだろうものなら、どんな怒り方をするかわからないけれど。

母は病気で死んだ。いつも通り、家族揃《そろ》った朝食の席で悲劇は起きた。時折夢に見る。

最初、母は小さく咳を繰り返していた。珍しくない、よくあることだった。彼女は体が弱かったのだ。

けれどいつもより、耳に残る嫌な咳をしていた。それで父が心配そうな顔になったのだ。

『風邪かな、疲れているんだよ。今日は休んだらどう？　お前は体が弱いんだから――』

母は弱々しく笑い、応じようと口を開いた。けれどその口から出てきたのは、真っ赤な血だった。

『お母さま！』

『エル――。――……』

エルマは血を流す彼女に駆け寄った。床の上に血が広がっていく。がらがらと重たい音が遠ざかる。

『ごめんなさい、ごめんなさい……』

泣きじゃくりながら何度も謝ったが、母は助からなかった。その優しい目から光が消えた瞬間、背後からぬっと大きな影が差し込んだ。

『お前のせいだ！』

男の——おそらくは父の怒鳴りつける言葉に、息が止まりかけ、意識が遠のいた。視界が暗くなる中で、今度は猫を撫でるように、甘ったるく優しい声が言い聞かせてくる。

『お前が悪い。全部お前のせいなんだよ、エルマ。お前が母さんを殺した。お前が生まれてきたことが間違いだった。だからお前は、家族に償わねばならない。……そうだね、エルマ？』

ああ、頭が痛い。じくじくと、きんきんと、割れてしまいそうだ。がらがら。ばたん。うるさい。ドタドタバタバタ、行き交う音。何も聞きたくなくて耳を塞ぐ。

——ふと、顔を上げてみれば。

誰かがエルマを見ていた。菫《すみれ》色の目が、じっとエルマを見つめ続けていた。

◇◇◇

翌朝、エルマの目は腫《は》れていた。酷いことがあった上に、夢見も悪かったせいだろう。

（お母さまを思い出すなんて……）

実の所、エルマは自分の幼い頃を、あまり覚えていない。母が優しくて、恐ろしい死に方をしたことは、鮮烈に記憶に焼き付いている。全身を燃やし尽くすかのような激しい後悔も、『お前のせいだ！』という雷のような大人の男の声も。

それ以外は色々と曖昧《あいまい》で、キャロリンが生まれた日のことも、確かには思い出せなかった。

ただ、けれど、自分のせいで全て台無しになるその前までは……本当に、皆で幸せだったような気がしているのだ。

エルマが見るからに沈んでいる様子を見て、キャロリンは溜飲《りゅういん》を下げたらしい。姉の酷い顔を見た途端、目に見えて機嫌が上向く。

「そう、できそこないの姉さまには惨めなのがお似合いなの！　それじゃ今日は、庭で草むしりをしてね」

外は生憎《あいにく》の雨だった。父と妹は外出の予定をやめてのんびり過ごすつもりらしいが、エルマに休みはない。

「おい、お前。今日はキャロリンのおやつを買ってこい」

そして父は意味もなく買い物を言いつける。エルマが酷い顔をしていようが、お構いなしだ。むしろ、無言で会釈して立ち去ろうとすると、自分の側に呼びつけて釘を刺した。

「良いか。ワタシ達は元々貴族だった。だが、お前が生まれたせいで、家を追い出された。母さんはお前が無能だから、働き過ぎて死んでしまった。忘れたわけではなかろう？」

エルマの伏せた睫毛《まつげ》がわずかに揺れるのをじっとり見つめ、父は続ける。

「お前はワタシ達に借りを返さなければならない。キャロリンの社交界デビューがうまく決まれば、ワタシ達は元の形に戻ることができる。だがお前は一生、ワタシ達に償い続けるのだ……わかっているね？」

「――はい、お父さま」

いつも通り、エルマはそう答えた。父も妹も、何も変わらない。だからきっと、エルマも変わってはいけないのだ。母を殺した娘なのだから。

道を歩いている途中で、傘を忘れていることに気がついた。小降りの雨だが、ずっとさらされていると、じんわり衣服が濡れて冷たい。

今から傘を取りに戻る気は、あまりしなかった。どうせエルマに与えられているのは、骨が折れ、穴が空いたもの。差しても差さなくても、さほど変わらない。

（何を買わなければいけないのだったかしら。ああ、そう、キャロリンさまのおやつ……）

エルマはなんとなく、自分が身を尽くせば家族のためになる――そしていつか、おぼろげな昔の記憶の通り、また笑ってくれるようになるのではないかと、そんな淡い期待を胸にしていた。

けれど昨日、改めて思い知った。

エルマのすることに何の意味もないのだ。二人は――特にキャロリンは、エルマを憎んでいる。

好かれていない自覚はあった。それはエルマが役立たずだから、役に立つようになれば認めてもらえるのではないかと思っていた。だが、違っていたのだ。どう頑張ろうと、関係なかった。

エルマは嫌われていて、二人は一生、何をしようと姉を許すつもりはないのだ。

（わたし、今まで一体、なにを）

「――マ。エルマ！」

とぼとぼ下を向いて歩いていた所、誰かに肩をつかまれた。よろめいたエルマがぼんやり見上げると、背の高い覆面姿が目に入る。

「どうしたんだ、一体。雨具も持たずに」

覆面。雨。月明かりの下で結んだ約束――。

エルマは何度か瞬きして、ようやく思い出す。

（そうだ。わたし、約束をしていたんだ。雨が降ったら、もう一度会おうって……）

ようやく目の前の人が誰かを思い出すと、じわりと目頭が熱くなった。

「ユーグリークさま……」

色々言おうと思ったことがあるはずなのだが、何も出てこない。代わりにまた、目から涙が溢れて止まらない。

以前同じようなことがあった時にはおろおろと立ち尽くしたユーグリークだったが、この時は違った。

「行こう」

さっとエルマの手をつかんで、彼は歩き出す。放心したままのエルマが引っ張られていると、まもなく大通りを逸《そ》れて、人のいない道に入って行く。小道をいくつか抜け、広場のような所に出ると、彼は片手を布の下に滑り込ませた。ピウイ！　と高く綺麗な音が鳴り響く。

（……指笛？）

エルマが首を傾げるのとほぼ同時、随分と大きい羽音が聞こえた。何気なく上を向いて、目を見開く。

空から純白の馬が舞い降りてきたのだ。しかもただの馬ではない。肩の辺りから翼が生えていて、ばさばさと大きな音を立てている。

（天馬……!?）

おとぎ話でしか聞いたことのない存在が目の前にいた。エルマは驚愕しているのに、ユーグリークは慣れ親しんだ雰囲気で近づき、首筋をぽんぽんと愛撫してやっている。

「早かったな、フォルトラ」

翼の生えた馬は、ぶふっと大きく鼻息を鳴らして答えた。ユーグリークは雪のように美しい毛並みを何度か撫でてから、くるりとエルマの方に振り返り、有無を言わさず持ち上げた。

「あの、わたし……!?」

「話は後だ」

エルマは慌てふためくが、気がつけば天馬の背に乗せられている。ユーグリークが彼女の後ろにひらりと飛び乗ると、天馬は地を蹴り、空中に飛び上がった。悲鳴を上げるエルマを、力強い腕が抱きしめる。

「大丈夫、私もフォルトラも落としたりしない。少しの辛抱だ」

「……！　………⁉」

言うべきことはたくさんある気がするのだが、ありすぎて喉でつっかかってしまっているようだ。感情も、ただ驚けばいいのか、ぐっと抱き寄せられて羞恥を感じればいいのか、はたまた突然の強引な手段に抗議すればいいのか、なんだかもう何を考えればいいのかがわからない。

それに馬の背は案外揺れて、結局必死にユーグリークに身を寄せているぐらいしかできることがないのだ。

ぐんぐんと天馬は飛翔《ひしょう》を続け、見たこともない高さまで上がって行く。

「足下は見ない方がいい。着くまで目を閉じていろ」

予想外の連続で、呼吸の仕方どころか心臓の動かし方までうっかり忘れてしまいそうだ。パニックになりかけた時、耳に滑り込んできた、掠れた低い声はよく染み透《とお》った。エルマは言われるがまま、ぎゅっと目を閉じる。

（……温かい）

目を閉じていると、押し当てられた胸の広さと鼓動が伝わってきた。少し早い心音を聞いていると、冷え切ったはずのエルマの体まで、熱くなってしまいそうな気分になる。

夢見心地――と表現するにはいささか心臓に悪い初体験だったが、ともあれ辛抱している間に、どこをどう通ったのやら、目的地に到着していたようだ。

着地の衝撃と共に、エルマは恐る恐る目を見開いた。二人を乗せた天馬は大きな屋敷の前に降り立っている。

タルコーザ一家が住んでいるあの幽霊屋敷などとは比べものにならない、大きく立派な邸宅だ。広いのに目に映る所全て、おそらくそうでない部分も手入れが行き届いており、一目で身分の高い人間が住んでいるとわかる。

唖然とするエルマと正反対に、ユーグリークは落ち着き払っていた。

天馬の背からひらりと飛び下り、エルマのことも背から下ろして――くれるかと思ったら、ひょいと横抱きに抱えてしまう。

「あの、ユーグリークさま……？」

「フォルトラ、ご苦労。もう大丈夫だ。先に厩舎《きゅうしゃ》に戻っておいで」

声をかけられた白馬は、元気良く返事するようにいなないた。首を返し、軽やかな足取りで走って行ってしまう。

混乱するエルマをよそに、ユーグリークは彼女を抱えたまま、屋敷の中に入って行く。開かれた扉の向こう側から光が溢れ出して、エルマは思わず目を瞑《つむ》った。

「これは坊ちゃま。フォルトラの声は気のせいかと思いましたが……」

誰かが出迎えたようだが、途中で言葉がぶつっと切れる。ユーグリークが足を止めた。

「ちょうどいい、ジョルジー。ニーサを呼んでくれ。それと風呂の準備を」

エルマが眩《まぶ》しさを堪え、薄目を開けてみれば、あんぐり口を開けた初老の男が目に入る。スーツを着ている見た目からして……この家の執事だろうか。

それにしても、なんて明るい家なのだろう。豪華な照明が辺りを昼のように照らしている上に、壁も床も天井も、どこもかしこもぴかぴかのつるつるだ。そこに柔らかな絨毯《じゅうたん》が敷かれ、足下を快適にしている。

「閣下《かっか》。拙《せつ》めが耄碌《もうろく》しているのでなければ、由々《ゆゆ》しき事態のように思われます。これはいよいよ寄る年波に逆らえず、拙の目が――」

「茶番はいいから、早くニーサを連れてきてくれ。この人の世話を頼みたいんだ。それにお前の目はまだ充分黒い、安心して勤めてくれ」

「現実逃避すら許していただけないとは、なるほど……」

こめかみを押さえた男は、一度大きなため息を落とすと、ピシリと背を正した。手を打って、屋敷中に聞こえそうな大きな音を鳴らす。

「皆、ここに！　閣下のお戻りだ！」

目を丸くしていたエルマだったが、今度は目が回りそうになった。

小綺麗なお仕着せを身に纏《まと》った使用人達が、あちこちからぞろぞろと現れる。何度も練習を重ねてきたかのような速やかさで動く彼らは一斉に並び、ぴったり揃って頭を下げた。

「お帰りなさいませ、閣下！」

ユーグリーク＝ジェルマーヌなる男は、かなり裕福な家の人間なんだろうという予感はあった。普通の人間は、今日中に籠いっぱいのラティーを持ってこいと言われてもできない。店員にさらっと大金を渡して、「釣りはいいから」なんて台詞も言えない。きっと自分とは違う世界の人間なんだろうなと、わかってはいた。

が、まさか出会って三度目（数え方によっては四度目）にして、天馬の上に引っ張り上げられ、豪邸まで連行される日が来ようとは……想像できる人がいたら出てきてほしい。

（閣下……閣下って、なんだったかしら。お城勤めであることはわかっていたわ。お強かったし、騎士さまなのだろうとも思っていた。でも、普通の騎士なら卿《けい》のはず。閣下の称号で呼ばれる人って、ものすごく、本当に偉い人のはずなのでは……）

ようやく地面に立たせてもらっていたことに全く気がつけないほど、エルマは完全に自失していた。

この男と一緒にいると、実に刺激的だ。いつか卒倒してもおかしくないと思う。というか、今ちゃんと自分の二本足で立っていられることの方が信じがたい。居並ぶ人の中、ぽっちゃりとした中年の女性が出てきてユーグリークに色々言われているのも、意識の外である。

「――かしこまりました、坊ちゃま。それでは誠心誠意、おもてなしさせていただきますね」

（坊ちゃま……？）

お仕着せ姿の女性――おそらく侍女が恭《うやうや》しく頭を下げるのが見えて、エルマははっと顔を上げた。

すると傍らのユーグリークが、なんと離れていこうとしているではないか。こんなどう見てもエルマがいるべきではない場所に、連れてきた本人が置いて行くなんて無情過ぎる。

「ユーグリークさま……！」

反射的に手を伸ばし、なんとか彼の服の裾をつかんだエルマだが、「あらあらまああ！」と横合いから呑気《のんき》な声が飛んでくる。

「坊ちゃま、いかがなされます？」

「……いや、でも。この先、私が同席するわけにいかないだろうが」

「でも、お客様は坊ちゃまから離れたくないようですよ。先ほどはずっと口から魂が抜けているようなご様子でいらっしゃいましたし、もう一度、きちんとご説明してさしあげては？」

ユーグリークは困ったようにエルマを見下ろしているらしいが、こちらもこちらで必死だ。エルマはぎゅっと唇を引き結び、（置いていかないで‼）と念を送った。

「皆、一度外してくれないか。用が済んだらまた呼ぶから」

大方は「かしこまりました」と大人しく引き下がったが、執事と中年の侍女ははっと息を飲み、驚きの目でユーグリークを見た。しかしそれはほんの一瞬のこと、彼らもまたすぐに礼をして立ち去って行く。

完全に二人きりになったことを確認してから、ユーグリークが顔の布を上げた。エルマが潤んだ目で見上げると、銀色の目が居心地悪そうに揺れる。

「エルマ、その……そうだな、何も言わず急に連れてきて悪かった。ここは私の家だ。誰も君を傷つけないから、安心してほしい」

彼の低く掠れた声は、耳に心地良い。だがそれですぐに不安が収まるわけではない。エルマが不安の眼差しを向け続けると、彼はエルマの手を握ってかがみ、目の高さを合わせてきた。

「君は私の大切な友達だ。困っているなら、君の力になりたい。……今の君に必要なのは、まずその冷えすぎた体をなんとかすることだ。違うか？」

エルマは彼の手をぎゅっと握り返した。磨き抜かれた鏡のような銀色の中に、みすぼらしい小娘が映り込んでいる。

「でも……なにを……これから何が、起こるのですか……？」

「そんな怯《おび》えることは何もない。私が離れるのも少しの間で、すぐにまた会える」

「でも、ユーグリークさま、わたし……」

「いや、だがな……。私が君の風呂場について行くわけにいかないだろう……？」

心底困ったように、彼は言った。

エルマは何度か瞬きしてから、ぱっと手を離し、つぎはぎだらけの薄汚れたスカートを見下ろす。豪華で綺麗な屋敷に場違い過ぎる格好だ。まずは汚れを落としてから話をしろというのも頷《うなず》ける。気がついてしまってからは、逆にこんななりで光り輝く玄関に立っていることが申し訳なく思えてきた。

「も、申し訳ございません！　わたし、気がつかなくて……！」

「うん……何かこう、違う気がするが……前向きになってくれたのなら、よしとしようか」

ユーグリークは苦笑し、エルマに向かって手を差し出した。

「エルマ、おいで。入り口まで案内しよう。大丈夫、怖いことは何もない」

彼は時に強引だが、大きな声で威圧しないし、痛いこともしない。不思議な人だが――敵ではない。エルマは大きく息を吸って吐く。

（そうだ、落ち着いて。わたしが今するべきことは……？）

ここはもう彼の家だ。ならば彼の流儀に従うのが、礼を尽くすということではあるまいか。

おずおずと手を取ると、彼は最後に柔らかな微笑みを残し、布を下げた。

「ニーサ」

「はい、閣下。ここに」

短く呼べば、ふっくらした侍女らしき人がすぐに姿を見せた。姿は見えずとも、側に控えていたらしい。

「近くまでエスコートするから、その後を頼む」

「まあ……」

エルマははっとした。

心細かったのは確かだが、一人で歩けないだなんて、まるで子どものようではないか。

顔を赤くするが、見守る侍女の目はあくまで温かく優しかった。

「それがようございましょう。連れてきておいて見捨てるだなんて、デリカシーがございませんことよ、坊ちゃま」

「別に見捨てたつもりではないんだが……そういうものなのか。気をつける」

エルマがまごついている間に、侍女と話を終えたユーグリークは歩き出してしまった。最初は大股――というか、足が長い彼が普通に歩いていると自然とそうなるのだが、エルマが小走りになっていることに気がつくと、すぐ歩幅を合わせてくれる。階段を上り、廊下を歩き、いくつもの扉の前を通って、もうどこがどうなのかわからなくなった。

（家の中なのに迷路みたい……）

「ついたぞ」

最初こそ道順を覚えようとしていたエルマだが、途中から諦めた。

と、ユーグリークが目的地への到着を告げ、手を離す。

「ではまた、後ほど」

こそばゆさが消えた反面、なんだか寂しくなった気もした。思わず去って行く彼の背を目で追ってしまっていると、入れ替わりで中年の侍女が近づいてきて、エルマに深く頭を下げる。

「改めまして、本日お客さま――お嬢様のお世話をさせていただきます、ニーサ＝ハルニアと申します。どうぞ気軽にニーサとお呼びくださいまし」

「……！　わたしは、エルマ＝タルコーザです。よろしくお願いいたします……！」

そういえばまだ挨拶すらろくにできていなかった。慌てて自分も深々頭を下げたエルマだが、顔を上げた先には満面の笑みがあった。

「さあ、腕が鳴りますこと！　まずはお召し物をお預かりしましょう」

「お召し物……お預かり？　服を脱げということですか!?」

脱衣所らしき所にエルマを半ば押し込むように連れてきた侍女は、早速仕事を始めようとする。

エルマがぎょっと叫ぶと、丸い目をぱちぱちと瞬かせた。

「お嬢様は、服を全部着たままお風呂に入るお方なのですか？」

「いえ……！　ああ、でも、そうですね。お風呂に入るのなら、服を脱ぐ必要があります。せめて濡れてもいい格好にはならないと駄目ですよね。だけど……」

「はい、お嬢様。どうなさいました？」

「あの……一人でできます、というか……その……」

「古い家ですから、初めての方は色々と不慣れなこともございましょう。何なりとお申し付けくださいまし」

「そ……う、なん、ですか……？」

風呂に入る。それはもう、エルマの中でも先ほど受け入れた決定事項だ。

とは言え、他人の前でいきなり裸になんかなれない。

（どうしよう。わたしは部外者、なるべくこの家の約束事に従った方がいいとは思う、けど……）

「あたくしに監視されていると、気になってしまうかしら？」

服を脱ぐ気にもなれないが、一人にしてくれと言っていいものか。

エルマが逡巡していると、何か察したらしい女性が助け船を出した。

「も、申し訳ございません！　えっと……！」

「いえいえ。考えてみれば、いきなり見知らぬ人間に服を剥《は》がれるなんて、年頃の娘さんは嫌に決まっていますものね。おくつろぎいただくのが目的ですのに、気をつかわせて疲れさせてしまったら、本末転倒ですもの」

丸くふっくらした侍女は、エルマの不躾であろう態度にも気を悪くした様子は見せず、ニコニコしたまま説明をしていく。

「そちらにお召し物を入れていただいたら、正面の扉を進んでくださいませ。すぐ浴室です。あたくしは側に控えておりますから、何か困ったことがあったら遠慮なくお声がけくださいな」

「すみません……ありがとうございます」

「いえいえ。どうぞごゆっくり」

侍女が一礼して姿を消す。

ようやく一人になったエルマは、居心地の悪い中、そろりそろりと行動を開始した。

（それにしても……ひ、広い……）

引っ越したおんぼろ屋敷にも、一応風呂の設備はある。が、古い上に狭くて、脱衣所と湯船のある場所は一室だ。というか、分かれている家があるんだ……と世界の不思議をまた一つ知ってしまった心持ちである。

脱衣所には鏡がある上に、洗面台らしきものまで見える。あそこから水を貰うだけでも、体を拭うのには充分ではなかろうか。が、先ほど侍女に示されたのは未知への扉の方である。

目眩《めまい》がしそうになる気持ちを堪え、脱いだ服を抱えると、言われた方向に歩んで行く。おっかなびっくりなんとか扉を開けると、むわっと湯気が溢れてきた。エルマは慌てて後ずさり、次に愕然とする。

体を横たえてもまだ大分余裕がある大きな湯船に、たっぷり湯が張られていた。湯船というか、もうこれは池だ。床や壁は大理石だろうか。オレンジ色の仄《ほの》かな灯りが、優しく空間を照らしている。

（ど……どうしろと。ここで何をしろと……⁉）

いや体を洗うのだ。洗えと言われたのだ。湯なら大量に目の前にある。

が、このピッカピカの空間に自分のような小汚い者が入って汚すことなど、許されない所業のようにも感じられた。

少し迷った後、エルマは一度脱衣所に撤退する。備え付けてあったタオルを借りて体に巻き付けてから、呼び鈴を鳴らした。すぐにあの、ぽっちゃりしたお仕着せの侍女がやってくる。

「すみません……早速呼んでしまって」

「いえいえ。どうなさいました？」

「あの……本当に、申し訳ないのですけれど、使い方がわからなくて。というより、ここで体を洗うので合っているのでしょうか……？」

「もちろんですとも」

恥をしのび、恐縮しながら尋ねてみるのだが、彼女はあくまで笑ったままだ。しかし、エルマが持っている服に目を留めると、穏やかな目に困惑の色が宿る。

「お嬢様。ところでそれは一体……？」

「あの……服を洗おうと思って」

「お風呂で？」

「はい。いつもそうして……あ」

　だってエルマは小汚いからここに送り込まれたのだ。自分の体もそうだし、当然この薄汚れた服だって、多少は見られる状態にしないと屋敷の滞在を許されないだろう。

　と、いつもの習慣に従い、自然な流れで風呂場に服を持って行こうとしていたのだが、考えてみればここは家とは違い、替えの服はない。

「どうしよう、これを洗ったら濡れた服を着ないといけないけれど……でも洗わないわけにも……ううん……」

　途方に暮れた彼女の前で、侍女が大きく口を開き、笑い声を上げた。

「あっはっは！　エルマ様、だったかね。坊ちゃまが連れてきただけあって、あんた面白い子だねえ！　そう気にしなさんな。それはこちらでお預かりします。それにちゃんと替えの服も、こちらでご用意いたしますからね」

「そっ……そう、ですか？　服を貸していただけるのですか？　でも、洗うのは自分で……」

「いいから、いいから」

　うっすら涙を浮かべるほど笑い転げた女の口調は、随分と砕けたものに変わっている。

　エルマは侍女が急に笑い出したことに驚き、つい服を手渡していた。けれど、かしこまった態度でいられるよりは、平民街で慣れ親しんだ口調に近い方が、どこかほっとするような心持ちでもある。

　侍女はエルマの服を預かるといったん姿を消し、戻ってきてから彼女を浴室に導いた。

「そちらが湯船――これは見ればわかるかしら。まずはですね、ここに腰掛けて、体を洗っていただきます。石鹸の違いはわかります？　これが髪用。そっちが髪の仕上げ用。でこれが体用で、この小さいのが顔用」

「え、えええ……⁉」

髪と体と顔用で石鹸の種類が分かれている上に、なんだその髪の仕上げ用とは。初めて耳にした。とても自分でなんとかできる気がしない。エルマが目をぐるぐるさせていると、侍女はからから楽しそうに笑った。

「やっぱり手助けがいりますかしら。うちの上のお嬢様はもうとっくの昔に嫁いでしまいましたし、坊ちゃまはほら、何でも身の回りのことはご自分でなさるでしょう？　若い方のお世話は久しぶり。さ、座って、座って！」

エルマは躊躇《ちゅうちょ》した。みすぼらしい体である上に、折檻《せっかん》の痕がまだ残っている所もあるだろう。こんな見苦しいものを人目にさらして良いものか。

しかし女性はエルマの裸より、彼女が首から下げていた指輪の方に注目したらしい。

「――。それは坊ちゃまからいただいたのかしら？」

「あっ……そうだ、これ。お返ししないと。いただいたというか……その……お預かり？　していたのですが」

「……へーえ。なるほどねえ。その紐《ひも》は？」

「大事な物ですから、なくさないようにと思って、家にある物で……すみません、取りますね」

「ああ、いえ、いえ――あー、でも……そうですね、一度こちらでお預かりしておきましょうか」

エルマから指輪を預かると、女性は彼女の体を磨き始めた。時折痛い箇所や触らないでほしい所の確認はあるが、傷についての質問は一切ない。髪を洗ってもらうのなんて人生初めてだが、思った以上に気持ちいい。気恥ずかしさはすぐ、心地よさに変わる。

花のような香りに包まれながら背を流されていると、次第にエルマの緊張もほぐれていった。湯船に体を横たえる頃には、うとうととまどろむことすらあった。

風呂を上がると、濡れた髪を丹念に拭き取ってもらった。体が冷えないようにバスローブを羽織り、服選びとなる。

「あの……」

「お嬢様の服がまだこの屋敷に残っていて、本当に良かったこと。さ、お好きな物をお選びになって。サイズは調整いたしますから」

色とりどりのドレスを前に、入浴で眠くなっていた頭が覚醒した。針子をしていた時代もあるから余計にわかる。これらは全部、本物の貴族が着る特注品だ。

（キャロリンさまだって、こんな服着ていたことがあるかわからないのに……！）

「こんな高価な物、恐れ多くて、わたし風情がお借りできません……」

ただでさえ場違いな身であれこれ文句を言うのは申し訳ない。が、自分の分不相応《ぶんふそうおう》っぷりをわかっているからこそ、もうちょっとこう、グレードダウンしてほしいというか。

ニコニコしていた侍女は、首をこてんと傾げる。

「あら？　エルマ様は謙虚なお方ですねえ。ま、確かにまだ髪も乾ききっていないですもの。もう少し軽めの方がいいかしら」

別の服が持ってこられる気配にエルマはつかの間ほっとし、すぐに一瞬油断した自分を後悔した。

「これはどうです？　お出かけがない普段用のドレスです！」

「もっと……あの……できればこう、簡素なもので……あっ、ほら、これとか！」

「駄目ですよ、それは喪服です！　体にぴったりした物はお好きでない、ということでしたら、こちらはいかがでしょう。フリルが可愛いでしょう？　きっとエルマ様にはよくお似合いです！」

「それ、部屋着ですよね……？　他の方の家で着る物ではないですよね……⁉」

「ふむむ。坊ちゃまの反応が面白そうだと思ったのですが、さすがに別の意味で攻めすぎでしょうかね。ではこちらの無難な――」

「今、あなたの着ているようなお洋服などは、貸していただけないのでしょうか……！」

エルマは察知した。このまま任せていたら、屋敷の女主人が着そうな物しか出てこない。侍女の身につけている服を指差すと、相手はきょとんと目を見張った。

「これですか？　ええ、もちろん替えはありますけれど……お仕着せですよ？」

「では、そちらを……そちらで、ぜひ！　お願いします……！」

侍女はしばし、「でも若い人なのに」「お客様なんですから」「せっかくですし、豪華にいってみません？」「坊ちゃまのリアクション芸が……」などと地味に食い下がったが、エルマもけして折れなかった。

（あんなすごいお風呂をいただいただけでも一生分の幸せなのに、この上ドレスなんか貸していただいたら、今度こそ心臓が止まりかねないわ……）

ようやく希望通りの服を持ってきてもらえた時には、思わずほっとしすぎて大きなため息を零《こぼ》してしまった。

（これだって、よく見れば染色されている上に、柄もついている。おまけに襟の所だって、お洒《しゃ》落《れ》なデザインになっているもの……）

エプロンにあしらわれた豪奢なレースといい、主人の裕福さと格の違いを見せつけられているようだ。エルマにとってはこのお仕着せだって、充分贅沢《ぜいたく》に過ぎる。

しかも侍女が着替えを手伝おうとするのを恐縮している間に、もう一つの違和感に気がついた。

「あの……」

「どうなされました？」

「えっと……なぜここに、指輪が……？」

そう、服と一緒に、返却したはずの指輪がまだ置いてあるのだ。

しかもエルマの手作りの粗末な紐は取られていたが、代わりに繊細な銀色のチェーンが通されている。

「ああ、首の後ろは自分ではなかなか手が届きませんからね。さ、つけてさしあげましょう」

「そうではなく、お返ししたはずですが……!?」

「だってこれは坊ちゃまからエルマ様にお渡ししたのでしょう？　坊ちゃまはなんと？　あたくしめに渡しておけと言っていましたか？」

「いえ……」

そんな風に聞かれてしまうと、むしろ積極的に押しつけられていたし、「返します」「いや返さないでくれ」の攻防を未だに繰り返している因縁の一品だ。

侍女は何やらわけ知り顔で笑みを深めた。

「なら、返せと言われるまで、エルマ様がお持ちなさいまし。坊ちゃまもそれをお望みでしょう。あたくしの方で勝手に取り上げたら、かえって怒られてしまいます」

ようやく肩の荷が下りたと思ったら、更に確固たる形となって戻ってきてしまった。確かに渡されたのはエルマなのだ。ならば人づてなどという無責任な方法ではなく、エルマの方から返すのが正しい……のだろうか。

どことなく釈然としない気持ちを抱えつつも、エルマは指輪とお仕着せを身につけた。

「まあま、可愛らしいこと！　やっぱり若いっていいわねえ。本邸はともかく、こちらでは坊ちゃましかおりませんから」

（良かった……豪華なドレスなんてわたしには似合わないに決まっているけど、これなら思った通り、みすぼらしくもみっともなくも見えずに済みそうだわ）

全身が映る鏡の前でほっと胸を撫で下ろしたエルマは、侍女の言葉に引っかかりを覚える。

しかし違和感について深く考えるより先に、次の問題が発生した。

「さあ、ではお化粧を――」

「お化粧!?」

「エルマ様はあまりなさらない方ですか？」

「いいえ、あまりというか、全く……」

「元のお顔立ちが整っていらっしゃいますものね。肌もお綺麗で。少々痩せすぎているようには思いますけど。ああ、いえ！　あたくしのようにふくふくしているよりはもちろん、華奢な方がいいのでしょうけれど、ホホホ！」

エルマはすっかり混乱していた。

さっきからなんなのだろう、この人は。褒め殺しでもしたいのだろうか。しかもエルマなんかの見た目をあれこれいじくって……いや、まあ、ただでさえこの空間の異物な自覚はあるが、そんなに場違いならとっとと叩き出してくれればいいだけで。

(彼女はキャロリンさまのような人を見たことがないのかしら。そうかも。だって会えば皆、わたしなんかよりあちらの方が、ずっと綺麗だって言うのだもの……)

タルコーザ家で客人を迎えた時は、必ず決まって皆キャロリンの美しさと可憐さを褒めそやし、エルマには目もくれなかった。だからこんな風に扱われると戸惑いしかないが、きっともの珍しさではしゃいでいるだけなのだろう。

そんな風に一応の納得はできたものの、化粧をせずに済む論が立ったわけではない。怪しげな笑いを浮かべる侍女を前に、涙目で後ずさりしたエルマの背後で、ノックの音が鳴り響いた。

「ニーサ。坊ちゃまが、『いつまで待たせるのか、湯船で溺れていないか、というかこれはもうのぼせてるんじゃないのか、踏み込んだ方がいいのか』とか悩みながら、部屋を行ったり来たりしているんだが」

「んーまっ！　女の支度が待てない男は野暮天《やぼてん》だとお返事くださいまし！」

どうやらユーグリークが執事をよこしたらしかった。

侍女はかっと目をつり上げたが、エルマにとっては天の助けだ。どうして彼はいつも助けてほしい時に来てくれるのだろう？

「わたしは大丈夫です……！　ユーグリークさまをお待たせし過ぎるのは、良くないと思います！」

長居すればするほど、よくわからない魔改造を施される危機感からの訴えだったのだが、執事と侍女は顔を合わせた後、なんだか奇妙に優しい顔になった。

「ニーサ。これは焦らせ過ぎると、坊ちゃまにもお嬢様にも恨まれることになるのでは？」

「まあ……野暮はあたくしでしたわね。あんなに離れるのを嫌がっていらしたのですもの。うっかりしていました」

（なんだろう……危機が去ったはずなのに、ますます変なことになっているような……）

ともあれ、エルマはこのようにして、ようやく衣装部屋を脱出することができたのだった。

◇◇◇

「エルマ！」

着替えの済んだエルマは、客間に通された。

ユーグリークはエルマの姿が見えると嬉しそうに声を上げたが、直後困惑する。

「……お仕着せ？」

「ドレスより、こちらの方がいいと仰るので」

訝しげな目を向けられた侍女は、肩を竦めて答えた。

ユーグリークはしばし沈黙してから、納得するように頷く。

エルマは嫌な予感がして警戒した。

「ああ……そうか、古着ではな。確かに失礼だった。今度はちゃんとしたものを用意して――」

「違いますっ！」

「うん？」

「あのように豪華な服は恐れ多くて、たとえ一時でも袖を通すことはできません……！」

どうもユーグリーク＝ジェルマーヌという男は善意の塊《かたまり》なのだが、しばしば常識違いで暴走する。はっきりと「古さではなくドレスそのものが自分にとって問題なのだ」と伝えれば、今度こそ彼は困り顔を侍女に向けた。

「まあ、夜会用の服は確かに勇気がいるかもしれないが……そんなに派手な奴ばかりだったかな？」

「いーえ。普段着も部屋着もご紹介いたしましたとも。けれどエルマ様は随分と奥ゆかしいお方なのでしょう。それにこういったことに慣れていらっしゃらないご様子でした」

「そうか……なかなか難しいな。ドレスよりお仕着せの方がいいのか」

彼がしょんぼりすると、エルマまで気分が萎《しお》れてくる。

「申し訳ございません……お手を煩《わずら》わせて」

「いや？　楽しんでいる。エルマといると本当に退屈しないな」

心配したほど、落ち込んでいなかったようだ。だがこれは果たしてほっとしていい言葉なのだろうか、それとも一言二言何か牽制《けんせい》すべきなのだろうか。

若干曖昧な顔になったエルマだが、ユーグリークが近づいてきたので気を取り直し、ピンと姿勢を正す。

彼はエルマの顔の辺りに手をかざした。ふわ、と髪が揺れる感覚。

「……うん。ちゃんとできたはずだ」

ユーグリークが手を下げた。エルマは首を傾げ、何気なく自分の髪を触って驚いた。

「……！　ユーグリークさま、髪が乾いています！」

丁寧に拭き取ったから、ぽたぽた水滴が垂れるようなことはなかったものの、まだたっぷりと水分を含んで冷たかった。それが、ほどよく水気が飛んですっきりした感触になっている。

おそらく彼は覆面の下で微笑みを深めたのだろう。

（貴族のほとんどは、魔法が使える……。これだけのお屋敷を持つ人ともなれば、かなりの実力があるのかしらと、思ってはいたけれど……こんなこともできるのね）

「いつも自分にしかやっていないからな。良かった、うまくいって」

「まあ、坊ちゃま。髪はそのままでと言うのは……」

「うん。これがやりたかった。それにエルマはいつも上げているから、下ろしている所が見たかった」

さらりと言われて瞬きしたエルマは、かーっと顔を赤くする。普段より着替えに大分時間がかかったから忘れていたが、髪は確かに、乾かすために下ろしたままだった。こんなはしたない姿、家族にだってまず見せないのに。

「どうして慌てるんだ？　思った通り、こっちの方が可愛い。上げているのもあれはあれで、きりっとしている横顔が好ましいんだが」

「あうっ……⁉」

「エルマの髪はまっすぐでさらさらだな。とても綺麗だ」

「う……うう……！」

慌てて束ねようとしていると、全く悪気のない追撃が飛んできた。時に本音とは罪であり暴力である。しかもエルマは覆面の下の破壊力も知っており、頭の中でなんとなく、彼がどんな顔で喋っているのか補完することができてしまう。

不審になる鼓動を、何度も深呼吸して収める必要があった。

侍女と――それからずっと部屋の片隅で立っている執事とは、露骨に浮かれている主人の様子に顔を合わせ、どちらからともなく肩を竦め、そして元の綺麗な直立状態に戻る。

一人嵐を起こした本人だけが、何事もなかったかのように（というか実際彼の主観では何事も起こってないのだろうが）振る舞い続けている。

「それよりお腹が空いているだろう？　晩には早いが、何かつまもう。ニーサ」

「はい、坊ちゃま。失礼いたします」

侍女が頭を下げて出て行く一方、エルマは晩、という言葉に反応した。

「そうだ、わたし、もう帰らないと……！」

「エルマ」

途端にユーグリークの雰囲気が固くなるが、エルマはまだ気がつかない。

「あの、ユーグリークさま。申し訳ございませんが、ここがどこなのか教えていただけますか？現在地がわかれば、きっと帰り道も――あ、あの、ええと、お洋服は、後日洗ってお返しすれば」

「エルマ。俺は君をこのまま帰すつもりはないぞ」

「…………。えっ？」

今までユーグリーク＝ジェルマーヌはエルマの友であり味方であり、時に強引ではありつつもけしてエルマを妨げようとはしない男だった。この変化はどうしたことだろう。思いもしない展開にエルマは立ち尽くし、ユーグリークは更に言葉を重ねる。

「家が心配なら、連絡する。迎えが欲しいなら、ここに来てもらう。もし君が休むことで人手が足りなくなるなら、家の人間を代わりに送る。だから君が急いで帰る必要はない。違うかな」

「でも、あの……」

「この前は額。今日は耳。腕や手の甲に、痣《あざ》も増えている。そして君は、雨の中で傘も持たずに泣いていた。私は他人のあれこれに対して大分疎い自覚はあるが、あの状態の君を放っておく男が君の友達なんか名乗れないことぐらい、理解しているつもりだ」

　エルマはすっかり気圧《けお》されていた。

　ユーグリークはけして怒鳴ることはない。むしろ淡々と、感情を抑えるようにこの時は喋っていた。だからこそ、感情が滲《にじ》み出て、掠れた声にすごみが増す。

「それに。本当に君は、帰りたがっているのか？　悪いが、そうは見えない」

「わたし、は……」

　エルマ＝タルコーザは家族に尽くさねばならない。エルマが無能だから。かつて母を死なせてしまった贖罪《しょくざい》を果たさねばならないから。ついこの前までは、何の疑問も覚えなかった。

　──けれど、籠一杯のラティーが、わずかにエルマの心境を変えていた。

　目の前で価値ある物を──他人の善意を壊された上に、今までにない悪意を感じた。市場に向かう、それ以上に家に帰る足取りが、酷く重くなっていたのは事実だ。

（帰らなくちゃ。わたしは役立たずのできそこないで、身を粉にして働くぐらいしかできないんだから。でも……だけど……）

ぐるぐると考え込んでいると、ふーっと大きく息を吐き出す音が聞こえる。

「お嬢様。立ちっぱなしもお辛いでしょう。まずは腰掛けては」

執事に促されたエルマは、柔らかなソファーに腰を下ろす。まるで羽のような感触に驚いて立ち上がりそうになるが、そのままぽすん、と音を立てて沈んでいってしまう。

その横で、老執事がユーグリークに向き直っていた。

「坊ちゃま。紳士たるもの、ご婦人に意地悪はいけません」

「……いじめてなんかいない」

「家に帰さないという台詞は、大分過激に聞こえましたが。誘拐犯ですか、貴方は」

「誰も拐《かどわ》かしてなんか——いや、この場合、そうなるのか……？」

反論しようとしたユーグリークだが、ふと自分のことを顧みたら何か思う所があったのだろうか。

しばし回答を待ってから、執事はおもむろに口を開く。

「フォルトラの声が聞こえたということは、乗せてきたのですよね」

「う……うん。そうだ」

「きちんとその前にこちらの意図を説明して、同意していただいた上でお連れしたのですよね？まさかとは思いますが、いきなり馬上に引っ張り上げたなど」

「いや……えっと」

「……つまり坊ちゃまの独断、不意打ちと。ならばお嬢様の困惑しきりのご様子も納得です」

「待ってほしい。いや、確かにな。ちょっと先走った気はする。だけどな……」

「けれど、誘拐したのですね？」

「………。やっぱり結論、そういうことになるのか？」

執事はくるりと背を向けて部屋を出て行こうとした。その肩を、がしっとユーグリークがつかんで引き止める。

「おいやめろ、ジョルジー。父上か？　それともヴァーリスか？　誰に告げ口するつもりだ。ややこしいことになるだろうが。特にヴァーリスはよせ。何を言われるかわかったものじゃ――いや、なんとなく反応に予想がつく分、余計に嫌だ」

「告げ口ではなくご連絡です。それに、ご領地にいらっしゃる旦那様はともかく、どうせあのゴシップが大好きな地獄耳殿下は、とっくにこの事態をご存じなのではございませんか。坊ちゃまの下手くそな処世術を試みるより、素直に助言を乞うべきかと」

「助言？　あいつが？　悪知恵の間違いなんじゃないか？　賭けてもいい。奴はここぞとばかりに、面白がって引っかき回してくる」

「………。では坊ちゃま、他に頼る方の心当たりは？」

「え？　あ、いや……」

「ですからご友人を増やしなさいと、旦那様も常々仰っておりますのに。さ、観念して手をお離しください」

「――あの！」

ユーグリークの劣勢を感じ、思わず二人に割って入ったのはエルマだった。悪いのはあくまで自分なのだ。彼がなにがしかの咎《とが》を負うべきではない、と思う。

「ユーグリークさまは、何も悪くありません。わたしが全部、いけなくて……」

「エルマ、それは違うぞ。君は何も悪いことなんかしてない」

「でも、わたしが……」

「いや、俺が」

互いに「わたしが悪いんです」「いや俺が」の応酬になりかけ、執事が空を仰いだタイミングで、侍女が折良く戻ってきた。

「さあさ。お茶にしましょうね。甘い物と飲み物がないと、人はうまく考え事ができませんから」

客間の机に、午後の茶を楽しむための準備が整えられていく。

侍女が手際良くあれこれ並べるのを見つめていたエルマは、はっとした。エルマは給仕を受ける側ではなく、する側のはずだ。

「あの、わたし、やります……！」

「これがあたくし達の今日のお仕事ですの。ね、ジョルジー？」

「坊ちゃまがお連れした方なら、当家のお客様です。むしろ坊ちゃまが乱暴なご招待をした分、満足していただかねばなりますまい」

侍女にも執事にもそう言われてしまうと、大人しく座っているしかない。ユーグリークが柔らかく笑った。

「エルマ、言っただろう。ここでは誰も君を傷つけない。安心してもてなされてくれ」

「そうそう。坊ちゃま以外、年寄り揃いの館ですから、こんな刺激的な日がある方がいいぐらい。さ、召し上がれ」

エルマは固まった。というのも、目の前にずらりと鎮座する食器のどれから手を付けて良いのか、わからなかったからだ。

三段重ねの皿の他に、スコーンにジャムとクリーム、はちみつ、おそらく前菜と思われる物に小さなスープ、チョコレート……。なんてカラフルで美味しそうなのだろう！

（うちの晩ご飯より豪華かも……少なくとも、お昼ご飯よりは確実にこちらの方が……）

貴族が午後、昼食と夕食の間、お茶と共に軽食を嗜《たしな》む習慣があることは知っている。それを真似て、父と妹におやつを出したこともあった。しかし本場のアフタヌーンティーは今初めてお目にかかったし、自分が食べる側になるなど、今までのエルマには論外だった。

恐る恐るユーグリークの方を見てみると、彼はナプキンを慣れた手で使った後、食べ物よりもまず飲み物に手を付けているらしい。相変わらず飲みにくそうだ。

じーっと見つめている目をふっと逸らした際、自分もまた給仕の二人から見つめられていたことに気がついた。

（そうか。せっかく用意していただいたのに何もしないのは、無礼に見えてしまうかも……）

　エルマは慌てて自分もナプキンを使い、カップを口に運ぶ。

「……！」

「ハーブティーは初めて？　これはカルマイアと言います。リラックス効果がございますのよ」

　知っているのと異なる風味にエルマが目を丸くしていると、侍女がそんな風に解説してくれた。慣れ親しんでいる普段のお茶よりも大分色が薄く、黄色く見えるほどだ。少し苦みがあって、良い香りがする。

　エルマがほーっと手の中のハーブティーを見つめている間に、侍女と執事は姿勢を正し、主人の方を向く。

「坊ちゃま、我々はいかがいたします」

「エルマときちんと話がしたい。また呼ぶまで、下がっていてくれないか」

「かしこまりました」

「お茶のお代わりはいつご用意いたしましょうか？」

「こちらから頼むまで持ってこなくていい」

　それを聞くと、ぱっと侍女が手で口元を覆う。きらきらと目を輝かせた彼女は、エルマを熱のこもった目で見つめ、それからまたユーグリークを見つめる。

「坊ちゃま。では、やはりこの方は――」

「ニーサ」

「――失礼いたしました」

しかし執事に窘《たしな》められると、彼女は途端に公私を切り替え、一礼して部屋を出て行く。

「閣下、お客様。ごゆるりとご堪能《たんのう》くださいまし」

「ジョルジー。告げ口するなよ」

「ことと次第によります。では」

「おいっ――」

執事がいなくなる直前に声をかけたユーグリークだが、扉を閉められてしまうとため息を吐き出す。

「これは明日、覚悟した方がよさそうだ」

「………」

残されてしまったエルマは、そわそわユーグリークを見つめる。彼が布を上げる気配がすると、慌ててまたカップに手を伸ばした。お茶で沈黙をごまかしていると、彼がはーっと大きく息を吐き出した。

「こうやって人と食べるのなんて、いつ以来だろうな！　何が食べたい？　というか、エルマは何が好きなんだ？」

「おっ……お構いなく……！　というより、本当にこれは、その……わたしが口にして良いものなのでしょうか……？」

「むしろ君の方が食べるべき――いや、その、今が悪いと言いたいわけじゃないんだ。だがやっぱり、もう少し食べても罰は当たらないように思う」

どうもうっすら感じていたことだが、この男、エルマを肥えさせたいらしい。別に痩せたくて痩せているわけではないのだが、直球に太れと言われると……なんだろうか、この度しがたい気持ち。

「エルマ？　食べたくないのか？」

「あのっ……お、お作法が、わからなくて……」

「ああ。私と君しかいないのだから、気にしなくていいのに」

「気に……気にしますっ……！」

「そうか？　なら私の真似をしてみるか？」

ユーグリークは慣れ親しんだ所作でカトラリーを手にし、まずは前菜に手を付けた。

エルマはおっかなびっくり、ナイフとフォークを手にする。

（お父さまやキャロリンさまによそうのは慣れているけど、こんな風にかしこまって食べるのは……うう、手が震える……！）

おかげで時折カタカタと音を立ててしまうのだが、ユーグリークの目は優しい。叱責《しっせき》が全く飛んでこないのも、これはこれでものすごくやりづらいのだなと、今日新たに学んだ。

なんとか苦労して一品目を口に運んだ瞬間、エルマは目を丸くする。

魚の切り身に野菜が添えられていた、おそらく料理としてはシンプルなものだ。それなのにどうしてこんなに舌の上で蕩《とろ》けていくような食感になるのだろう。体がびっくりしているのを感じる。頬が落ちそうなほど、と美味な物に対して形容する理由がわかった。

「美味しいか？」

ユーグリークに問われ、思わずコクコクと無言のまま何度も頷いてしまった。

彼は次に、スープカップに手を伸ばす。

エルマも真似をして、おっかなびっくりスープを口元に運ぶ。今度はぎゅっと目を閉じた。喉から全身に染み透っていくような、優しい味に包まれる。

「………」

エルマはいつの間にか、無心になって皿の上を追いかけていた。

ユーグリークは彼女が食べ終わるのを見計らってから、案内するように次の皿に手を伸ばす。するとエルマは一生懸命彼の真似をして、口に含む度に無言で感動を表している。

「君は本当に、可愛いな……」

ユーグリークが目を細めて思わず言葉を漏らす。

しかしエルマは美食の群れにすっかり夢中になっていて、見守る彼は更に笑みを深めるのだった。


（か……完食してしまった……！）

エルマは全ての品を胃に収め、ナプキンで口元を拭ってようやく、はっと気がついた。

品数は多いが、一つ一つが一口サイズであり、どれも手が止まらなくなる美味しさだった。完全に我を失っており、マナーとか遠慮とか、そういうものが全部吹き飛んでとにかく次の品を追

いかけていた気がする。

（なんてはしたないことを……！）

「良かった、食べられないわけじゃないんだな」

「ユーグリークさま……ご、ごちそうさまでした。あの……！」

彼の方もきっちり全部食べきって、自分でポットから茶をつぎ足している。

「エルマもお代わりはいるか？」

「えっと、自分で……自分でやります……！　ああっ、むしろわたしが、その……！」

「はは、大丈夫だ。他人に見せるようなものじゃないが、私にもこれぐらいはできる。ミルクや砂糖は？」

「お、お構いなく……本当に、お構いなく……！」

「嫌だ。私は君を構い倒したいんだから」

「はうっ……!?」

そろそろ顔から湯気が出そうだ。あわあわしている間に、カップを取り上げられ、注がれてしまった。

先ほどのハーブティーと違い、今度は見慣れた茶色いお茶の色だ。ただ、香りの時点で明らかに普段のものと格が違うことがわかってしまうが。

（……そういえば）

ふと、エルマはユーグリークに目を向ける。

彼は明らかに、エルマなどとは住む世界の違う上級貴族だ。けれど先ほどポットを扱う手は、全く危なげなく、慣れている風ですらあった。天上の世界のことを詳しくは知らないが、普通高位貴族ともなれば、世話は全て人にやってもらうことが当たり前——つまり自分でお茶をつぎ足すなんてこと、しないように思うのだが。

「私が茶のお代わりを用意できるのが不思議か？」

「えっ？　あの、わたし、言葉に出ていました……!?」

「いいや。顔に書いてあった」

エルマがますます赤くなると、ユーグリークはくすりと笑う。けれどその後カップに落とした目には、どこか寂しげな色が見て取れた。

「前も話しただろう？　私の顔は、目にした人間から正気を奪ってしまうんだそうだ。本来、両親以外には見せられない。着替えや食事は、ある程度自分でできた方が、お互い都合が良くてね」

そういえば先ほどふっくらした侍女が、「坊ちゃまは身の回りのことはなんでもご自分でおやりになる」と言っていたことを思い出す。

「まあ、ただ。よくわからない相手との会食を断る理由としては、助かっているが」

エルマがしゅんとしたからだろうか、ユーグリークは冗談めかしてそう付け足した。

（わたしも割と、よくわからない相手なのでは……？）

首を傾げたエルマは、カップを置いたユーグリークがまっすぐな姿勢になったのを目の端でとらえた。慌てて自分も向き直ると、銀色の目がエルマを見据える。

「さて……君のことについて、話そうか。……何があったか、聞いてもいいか？」

体は温まり、腹も満ちてすっかり落ち着いた。

しかし、この話題になると、途端にずんと体が重くなるような心持ちになり、エルマは俯く。

「……ユーグリークさまは、大袈裟《おおげさ》です。あのくらい……いつものことで」

「じゃあ君は、いつもああやって泣かされているのか？」

「あれは……少し、驚いただけなんです。大丈夫。すぐに元に戻ります。わたし、今までだってそうやって……」

「エルマ。言っただろう？　君を困らせたいわけじゃない。ただ、力になりたいんだ」

「でも……」

「何が気になる？　何が足りない？　何が不安だ？　何に怯えている？　俺にできることはないか？」

低く掠れた声はくすぐったく響き、体の奥まで深く揺らされるような気がする。

エルマは膝の上で、ぎゅっとスカートを握りしめた。

「ユーグリークさまは、どうして――」

「……続けて」

「わたしは……わたしは、母を死なせてしまった、悪い娘なんです。それに、妹に比べて、何もかも劣っていて……だから、役立たずで、無能で。叩かれるのも、仕方ないことで……」

言葉を切ると、沈黙が訪れる。ぎり、と何か擦れるような音がした。エルマが目を上げると、ユーグリークが険しい顔をしている。

「ユーグリークさま……」

「君じゃない。君にそんなことを言わせるものに、私は今、怒っている。……私自身を含めて」

申し訳なさが募った。と同時に、やはり疑問が膨らんでいく。

「――どうして」

「……何が？」

「なぜ、ユーグリークさまは……いつもわたしに、こんなに優しくしてくださるのでしょう。先ほど知らない相手とは食事をしたくない、というようなことを仰っていました。わたし達、きっと……知らない相手です」

「それは……私達はもう、友達で」

「違います。その前からずっと……初めてお会いした時から、ずっと」

囁《ささや》くような言葉を漏らし、エルマは両手の指を絡ませた。

「何を気にしているのかと、お尋ねになりましたね。わたし……わたし達、本当に友達なのでしょうか。わたしはあなたと、全く釣り合いません。あなたは素晴らしい人です。ラティーもいただいて、お風呂もいただいて、服も貸していただいて、お食事もいただいて――こんなに良くしていただいても、役立たずで無能なわたしには、何も返せない。わたしができることなんて、せいぜい掃除や洗濯、料理に雑用、その程度で……それ以外は、何も、」

「そんなことはない。けれど、仮に君の言っていることが事実なのだとしても――」

　エルマはそわそわと両手をすり合わせながら、下を向いて喋っていた。その言葉を、ユーグリークが遮る。

「俺はもう、充分君から貰っている。だから返しているのは、俺の方だ」

「……――」

「そうやってただ、君が隣にいて、見てくれる。俺は本当に、そのことに救われたし、今だって救われている。だから……だから今度は俺が君を助けたい。それだけなんだ」

　わからなかった。理解できなかった。とても実感がない。エルマはそんな風に言ってもらえるような人間ではないはずなのだ。

　けれど、目の前の男は、真剣に、誠意を持って一言一言語りかけてきている。だからその言葉を否定することも、できなくて。

　大きく見開かれたエルマの目をじっと見つめたユーグリークは、一度手元に目を落とし、考え込む仕草を見せた。

「でも、それは私の都合だな。君は、そんなことを言われても、やっぱり何もできていないのに、と思うのかもしれない。それなら……こういうのは、どうだろう？」

◇◇◇

　その日の晩、豪華な二頭立ての馬車がジェルマーヌ公爵邸の前にやってきた。着飾った男女が降りると、ずらりと並んだ使用人達と執事が客人二名を出迎える。

「ようこそいらっしゃいました。わざわざご足労いただき、感謝いたします」

「こちらこそ、お招きいただきまして――」

タルコーザ一家の父、ゼーデンは曖昧な笑みで応じ、挨拶の言葉を濁した。

出迎えに出てきた相手は使用人、つまり貴族の血を引くれっきとした主人たる自分達より、本来格下のはずだ。

しかし、侍女達のエプロンのレース、従僕達のスーツの新品のような綺麗さ、そして屋敷の広さ等を見れば、横柄な態度は得策ではないと考えられた。

ゼーデン＝タルコーザは、家では絶対的な君主だが、外では下手に出ることを厭《いと》わない男でもあった。加えて、上下や距離感を嗅ぎ分ける力はそれなりにある。これで案外ごますりはうまく、だからこそ今まで世の中を渡ってこられたのだ。

(娘の件で話がしたい、などと呼び出されるとは……。キャロに早速、とんだ大物がかかった。ジェルマーヌ――公爵位の貴族！　しかも確か、王都で近衛をしている跡継ぎはまだ独身だったはず。どこで見初められたのかはわからないが、ばらまいた絵姿でも見たのか？　それとも評判を聞きつけた？　何にせよ、この機を逃がすわけにはいかない)

ちらりと横目に見るのは、大事な商品でもあり、厄介ごとの種でもある娘だ。豪邸の様子にきらきらと目を輝かせているものの、ツンと顎を張り、澄まし顔で青い目にありありと侮《あなど》りを浮かべていた。

見た目といい高慢さといい、本当に母親そっくりだ。美しさと保有魔力は文句のつけようがないが、内面は扱いづらくて仕方ない。昔は常に自分の方が優位だったのに、風の魔法が強くなってきてからは、ゼーデンが彼女の顔色を窺いがちだ。今日の昼だって、雨で外出できないことに苛立《いらだ》ち、もうできあがっているはずの衣装を取りに行くとごねたのに付き合わされた。エルマが不在では不機嫌の矛先を逸らす相手がおらず、ゼーデンはうんざりしながら外出することになった。

しかし、店で着付けまで済ませて帰ってくれば、屋敷に見慣れぬ貴族からの使いがやってきていたではないか！

（キャロの我儘が、今回は良い方向に働いてくれた。おかげでエルマがいなくても晩餐《ばんさん》に出かけられる。しかし、全く、あの愚図《ぐず》めは……一体どこをほっつき歩いているのか）

「閣下はお忙しいお方でして、後ほどご挨拶に伺います。お客様、まずはお食事を」

帰ったらどういたぶってやろう、と考え始めたゼーデンを、執事が屋敷に招き入れる。

（素晴らしい。広く、由緒正しく、全てが一級品。これぞ富豪！　これぞ貴族！　ワタシもすぐに、このような生活が……）

こみ上げる欲望を愛想笑いで押し殺し、ゼーデンは晩餐に応じた。

キャロリンと一緒に美食を堪能し尽くし、お代わりまで貰う。執事自ら給仕役になっていることといい、よほど自分達は優遇されているのだろう。いきなりパーティーに出るのではなく、まずはキャロリンの噂から流すなんて小細工を弄《ろう》した甲斐があった。

（公爵夫人か……身分も財も期待以上だ。キャロの性格上、すぐに愛想を尽かされるかもしれないが、跡継ぎ――いや既成事実さえ得られれば、後はこちらのもの）

食後の一服も当然のように用意されており、ゼーデンはすっかり悦《えつ》に入っていた。

そこに主人がやってくる知らせを告げられ、キャロリンと共に立ち上がる。

（ま、大貴族と言っても、会ったこともない娘に惹かれる程度の男だ。いつも通り、おだて上げて宥めすかせば――）

しかし、愛想笑いは当人を前にすると凍り付いた。

顔を布で隠した男が部屋に入ってきた瞬間、明らかに温度が変わった――ように、少なくとも感じられる。実際、夜用の服で肌の露出の多いキャロリンが、鳥肌を立て、歯を鳴らしそうになっていた。

上品で威厳のある衣装を完璧に着こなしている男は、随分と背が高い。震えながら見上げると、低く冷ややかな声が降ってきた。

「ようこそ、タルコーザ卿。私がこの館の主、ユーグリーク＝ジェルマーヌだ」

（なんだ、この男は……⁉）

自分達は娘に用があると言われ、招かれてきたのだ。先ほどの豪華な食事といい、使用人達のもてなしといい、人のあら探しが得意なゼーデンとて、文句のつけようがなかった。

ならばなぜ、主催者の態度がこのように穏やかでない雰囲気なのだ？

顔が隠れていてわからないが、とても歓迎されている様子ではないことぐらい、すぐに察せられた。

「こ――これはこれは……ワタシはゼーデン＝タルコーザです。こちらは娘のキャロリン。もうご存じですかな？」

「こんばんは、ユーグリーク様」

娘は寒さを堪え、作り笑いを――それでも一見すれば、咲き誇る大輪の花のようにしか見えない笑みを浮かべた。部屋に立ちこめる異様な寒さ自体は感じていても、元々空気の読めない女だ。その分、相手の雰囲気に臆《おく》さずに済んでいるのかもしれない。

顔の見えない男はぐっと、冷え切った手でゼーデンに握手を返した。強い力で握られた手はミシミシと音が鳴る錯覚を覚えるほどで、痛みを感じる。

しかしその後、彼はキャロリンの手を取ろうともしなかった。こういう時は普通、手の甲に挨拶の口づけを贈り、世辞の一つでも言うものだ。まして、彼はタルコーザ家の娘を見初めたから招待したはずなのに――。

ゼーデンの困惑は深まっていく。

「この顔は、昔任務中に怪我を負い、それ以来衆目《しゅうもく》にさらさぬようにしている。理解してほしい」

「は、はあ……」

「気にしませんわ。殿方の勲章ですもの」

キャロリンは先ほどの冷遇にもめげず、再度秋波《しゅうは》を送った。きっと自分のあまりの美しさに照れでもしたのだろう、と考えたのだ。

若い男が彼女の容貌に目を細めたり、直視できずに顔を背けたりするのなんて、いつものことだ。しかも今はプロに着飾ってもらった状態、美貌はより洗練されている。少女時代から、笑いかけた男は皆、自分にのぼせ上がることが当たり前であると彼女は思っていた。

それなのに、目の前の男はいつもと違う。鈍いキャロリンも、さすがにこの無視が好意に基づくものでないらしいことを察した。手玉に取るどころか、相手にもされていない。

優雅に微笑む女の口の端が、ひくりと震えた。

剣呑な空気の中、ゼーデンはわざとらしく咳払いする。

「それで……そのぅ。うちの娘を気に入っていただけたと、お聞きしたのですが――」

「そう。ご息女のエルマ殿に、困っている所を助けていただいた。今夜はその礼と、相談がしたくて呼んだ」

タルコーザの父と娘の顔から、愛想笑いが消えた。片方は驚愕し、片方は真顔になる。

「――エルマ、ですか？」

「エルマ＝タルコーザ。そう名前を聞いている。つぎはぎの服を着て、茶色の目と髪をしている。人違いか、聞き間違いか？」

「いいえ――それは確かに、うちのエルマなのかもしれないが……その。助けた、とは？」

「知人を訪ねる途中だったのだが、服を破いてしまってな。たまたまその場にいあわせた彼女が直してくれた」

「……はあ。それだけ……ですか？」

「それだけ？」

「と、とんでもない！　何も言っておりませんですぞ、はは」

ゼーデンはにちゃ、と口角をなんとか上げた。この覆面の男に面と向かって逆らうのはまずいと、本能が察知したのだ。

一方で、混乱しながらも、悪知恵を巡らせようとしている。

（娘と言われればキャロリンに間違いないと思ったが、違ったのか。エルマ……服を直しただと？　馬鹿な、たかがその程度で、こんな――いや、待てよ。もしや、この男が――）

「あのぅ、ひょっとして、先日エルマにラティーをくださったのも、閣下でいらっしゃる……？」

「ああ、私だ。どうしても必要とのことだったから、用意した」

「――！　ああ、あれ！　とても美味しかったです。ありがとうございました」

「これ、キャロ！」

出しゃばるな、と父は娘を制する。エルマから受け取ったラティーを台無しにした当人のくせに、大した面の厚さだ。

（しかし今回だけは相手が悪い。下手な刺激を与えたくない……）

結論から言えば、ゼーデンの心配は杞憂《きゆう》に終わった。なぜなら、男は文字通り、キャロリンを眼中に入れていない。徹底的に存在ごと無視している。

嫉妬由来の憎悪や嫌悪ですらない、無関心。初めて向けられる感情に、キャロリンの顔から血の気が失せた。

ゼーデンは冷や汗をかきつつも、揉み手で相手の顔を窺う。

「そのう……それで、なんでしたか……礼はともかく、相談とは……？」

「単刀直入に言えば、私はエルマの裁縫の腕を気に入った。家で働いてもらいたい」

「それ、は――」

「エルマ――姉さまにそんなの無理よ！」

父が答えに窮《きゅう》した隙、キャロリンが悲鳴のような声を上げた。

「キャロ、無礼だぞ！　これはとんだ失礼を――」

覆面の男が鬱陶《うっとう》しそうに顔を顰《しか》めたのが目に見えるかのようだ。不機嫌な雰囲気を強め、無言でそっと一歩、キャロリンから距離を取る。

ゼーデンは必死に頭を回し、口を動かそうとした。

「実に……思いもかけないことで、驚きました。誠にありがたい話ではありますが、とてもあの無能――いえ、大した才能もございませんで、あの者にこちらの家で働くなどという大役が務まるとは、到底思えないのですが……」

「……そうかな。私は本人も周囲も、彼女を低く見積もりすぎていると思う。籠一杯のラティーでは釣り合わない才能だ」

「そ、そんなに……？　いやしかし、やはり信じがたい。あの地味な娘に、閣下をご満足させる何かがあるとは、とても……」

　ゼーデンはじわりと嫌な汗が噴き出してくる感覚を堪えながら、ずる賢く思考を働かせようとしていた。

　彼にとってエルマは今まで、何でも言うことを聞いて、面倒ごとを押しつけられる便利屋に過ぎなかった。

　しかし、この男が何かを勘違いしているのか、それとも自分が見落としていたのか、エルマには知られざる価値があるらしい。よもやすると、キャロリン以上のだ。

（買い手がいるうちにここで売り払っておくべきか、手元で確保していれば、更に値段をつり上げられるのか……）

　髭を撫でながらぎらつく目で計算を始めたゼーデンに、様子を見ていたユーグリークが口を開く。

「しかし、そちらの事情を聞けば、私の希望はどうも無理難題のようだ。何しろ、実力への不安などという以前の問題で、エルマは忙しすぎて家から手が離せないらしい」

「――！　そうでございますとも！　そのぅ……宅は少々、節約家庭でしてな。エルマには家のことを任せており、外に出られると問題が――」

「なるほど。どうもタルコーザ卿は、ご令嬢の支度に随分と手を焼いているようだ。ところで素朴な疑問なのだが、妹君がデビューするというのに、姉のエルマは社交界に出ないのか？」

　助け船と思って飛びついたら、ぴしゃんとその手をはね除《の》けられたような気分だった。

ゼーデンは一瞬すうっと目を細めてから、にたにたごまをする顔に戻る。

「これはお恥ずかしい話なのですが。エルマは魔法の才能を受け継ぎませんでした。貴族の世界で、魔法を扱えぬ者に価値はございません。ですから、才能に満ちあふれた妹とは、違う道を歩んでほしいのです」

「才能主義――か。確かに、そういう考え方もあるな。では卿は、エルマのことを思うが故に、妹と区別しているのだと？」

「まさにその通りでございます。閣下の慧眼《けいがん》におかれましては――」

「ならばなおさら、今から家の外に慣れておく必要があるのでは？　魔法が使えないとは言え、タルコーザ家の令嬢であり、嫁ぎ先まで使用人として連れて行くわけにもいくまい。妹君も、姉上の力を借りるのは今だけと心得られているはず。であれば、私の紹介先に勤めることは、エルマにとって悪い話ではないように思う」

タルコーザ親子の愛想笑いが、だんだんと取り繕えなくなってきている。

この顔を隠している男は、あまり人付き合いというものを好まないように見えた。本来、口八丁であるゼーデンの独壇場にできる場面のはずだ。

それなのに、会話の主導権が回りそうで回ってこない。

もの静かで感情を抑えたような、けして威圧するようではない話し方なのに、その掠れた低い声には何か力が込められている。ユーグリークが喋っていると、邪魔してはいけないように感じさせられるのだ。

「そこで私から提案だ。もし、エルマがこちらで働いてくれるなら、私は妹君の社交界デビューを支援しよう。いかがかな」

「パパ……断ってよ。無理でしょ、そんな」

キャロリンは、目の前の貴族に相手にされないと悟ると、父親を小突く。

しかしゼーデンは鋭く目を光らせ、粘つくような値踏みの視線をユーグリークに向けている。

「支援とは、具体的に？」

「金を出そう。人手も貸し出す。エルマがそちらの家にいなくても、何の支障もない環境を用意しよう」

「そうですか……ならば、閣下がキャロリンの後見になっていただくことはできませんか？」

自分の意見が無視されてむっとしていたキャロリンの目が大きく見開かれ、頬に赤みが戻ってきた。しかし部屋はまた一層、寒くなったような気がする。

「……どういう意味だ？」

ユーグリークは長い沈黙の後、唸るような声を漏らした。

ゼーデンはここぞとばかりにすり寄っていく。

〈やはり、エルマにそれほどの価値があるとは考えられん。どういった経緯でこの男とアレが知り合ったのかわからないが、あの貧相ななりが、世慣れぬ坊ちゃまにもの珍しく映りでもしたのだろう。あんな小娘、どうせすぐに飽きて捨てられる。ならばこれをきっかけに、キャロリンを売り込みたい。金や人手が貰えるという話は充分魅力的だが、どうせならもっと多くのものを安

定して手に入れたいものよ）

「閣下のご厚意には誠に感謝いたします。しかし、やはりエルマの働きだけではご満足いただけないかと。キャロリンの社交界デビューのご支援をいただけるのですな？　是非、お側に置いていただきたく。必ずや充実した時間を――」

「ゼーデン＝タルコーザ」

　ぶわっと体中に鳥肌が立った。先ほどまでの真冬の凍った湖がごとき冷たさとは打って変わった、甘く蕩けるような声音である。

　睦言《むつごと》かと勘違いしてもおかしくないほど優しく囁きかけられているのに、カタカタと歯の鳴る音が止められなくなるのはなぜなのだろう？　キャロリンに至っては、真っ青な顔のまま、吐き気を堪えるように口元を押さえていた。

　生粋の大貴族は、応接室の椅子の背もたれに手をかけ、静かに客人達を見据えた。

「私が欲しいのはエルマだ。だからご家族の援助も厭《いと》わない。貴殿は一体、それに何の不満がおありかな」

　真冬の雪原、一面の銀灰色の中に、目もくらむほど美しい銀色のオオカミが一匹、牙を剥きだしている――。

　そんな光景を突きつけられたかのような錯覚に、ゼーデンは震え上がった。

（ワタシとしたことが、なんたる失態！　引き際を見誤るなど――！）

「めっ、滅相もない、何も！　何も不満など！　ありがたく、お話を受けさせていただきます。

それはもう、そちらの仰る通りに……」

「ではそのように。ああ、話もまとまったし、エルマは今日からここにいてもらうので、そのつもりで」

「きょっ――今日から？　まさか住み込み⁉　嘘でしょ⁉」

「い、いくらなんでも急すぎます。家のことが――！」

「何の不都合が？」

「しかし閣下――」

「卿《サー》、もう一度聞く。それで私に、何の不都合があるのだろう？」

男は心底不思議そうに、小首を傾げた。いっそ無邪気にも見える仕草で。

ようやくゼーデン＝タルコーザは理解した。はなから自分に、選択肢など与えられていなかったことを。これは相談ではなく宣告だった。お前達からエルマを取り上げるぞ、という。

「ジョルジー、お客様がお帰りだ」

自分の用を済ませた冷たい男は、にわか仕立ての自称貴族には到底真似のできない優雅さでもって、速やかに敷地内から親子を叩き出したのだった。

◇◇◇

「……やりすぎたかな」

「あの手の輩には、どちらが上かはっきりわからせませんと。坊ちゃまはご立派でしたとも」

ユーグリークは客人が出て行くまで、冷淡な目を窓に向けていた。しかし馬車の姿が見えなくなると、少々己を反省する。

元から他人に対して無愛想な所はあるが、あの親子を前にしていると不快感しかこみ上げてこなくて、いつも以上に距離を置いた接し方をしてしまったように思う。

しかし、執事は主人のことを擁護した。屋敷の使用人達も皆、同じ思いだろう。

主人が雨の中拾ってきた気弱そうな娘は、放っておけなくなるのも納得するような、庇護《ひご》欲をそそる愛らしい人物に見えた。

一方、その家族は、出会ったその日に嫌いになるような人間達だった。一応貴族の血を引いているとのことだが、あれではおそらく、魔法が使えないことと魔力がないことを同一視しているのだろう。いかにも浅慮な、成り上がりの思考だった。

「ともかく……これでエルマにもう、余計な怪我をさせずに済むのかな。彼女は同席したがっていたが、外してもらって良かった。あんな連中と一緒にいて、エルマに何かいいことがあるとはとても思えない。……こんな風に考えてしまうのは、やはり下品なのかな」

「拙めも同じ思いです、閣下。しかし……ま、陰口はこの辺りにしておきましょうか。それにあのご息女は、確かになかなかお綺麗な方でした。始終比較されれば、お嬢様が自信をなくされるのも仕方のないことでしょうな」

エルマの妹らしい女は、華のある美人であり、自信に満ちたオーラに溢れていた。社交界でも目を引くだろう。ダンスの相手に不自由しなさそうだった。

しかしユーグリークは首を傾げる。

「そうなのか？　面倒な気配がしたからよく見てなかった」

「……坊ちゃまはあの程度であれば、見慣れていらっしゃると？」

「何の話だ。私はそもそも人の顔なんかじっくり見ない。一応覆面《これ》があるとは言え、うっかり虜にしたくないし、後で変な絡まれ方をするのにもこりごりだ」

「その点、お嬢様とは安心して見つめ合っていられると」

「うん？　まあ、それは……そうだが……」

「お嬢様のお顔は好みであると」

「好み？　好みってなんだ？　エルマは嫌いになる要素がないから、好きか嫌いかで言えば、好き……だとは、思うが……」

これほどあからさまに好意を言葉にしているのに、どうやら若い主人はまだ自分の気持ちにさっぱり気がついていないようだった。厳格で気難しげな表情が常の執事の顔も、思わず緩み出す。

「なぜ笑っている、ジョルジー。何がおかしい」

「いいえ、何も。さ、お嬢様がお待ちでしょう。行ってさしあげては」

訝しげな様子の主人を送り出した執事は、その背を見つめながら、遅まきの春の気配に微笑みを深めた。

「本当に……ここで働いていいと、父が言ったのですか……⁉」

「私が君に嘘をつくと思うか？」

思わず言葉が出てしまった、という様子のエルマは、ユーグリークの言葉に赤面する。

「申し訳ございません、わたし……！」

「驚いたんだろう？　気にしていないよ」

エルマは再度謝罪の言葉を口にしようとして、違うのではないかと気がついた。

「ありがとうございます。このご恩は、お約束通り、誠心誠意働いてお返しさせていただきます」

ピンと背を伸ばしてから頭を下げたエルマに、ユーグリークはため息を吐いた。

彼としては、エルマが幸福で、ついでに自分の側にいてくれればそれでもう満足なのだが、それではエルマが納得できない。そこで、ここで働いてもらえないか、という提案をしてみた。エルマは自分なんかが、と固辞しようとしたし、根気良く説得すると、今度は家の許しが出ない、と渋った。

だからわざわざタルコーザ親子を呼びつけて言質を取ったのである。

「……まあ、最初はそこからでいいのかな」

「でも……あの、本当に、刺繍をするだけでいいのですか？　わたし、掃除に洗濯、料理もできますし、買い物やお使いも――ああ、でも、勝手をすると、かえってこちらの家の方にお邪魔なのでしょうか……」

「ええと……」

ユーグリークは答えに詰まった。刺繍ならば、彼はエルマの腕を既に知っているし、貴婦人の嗜《たしな》みの一つでもある。屋敷の人間達の仕事ともあまり被らないから、いくらでも好きにしてもらっていいだろう。

だが料理や水仕事となると、明確に使用人の仕事になってくる。一応エルマはユーグリークの客人なのだ。しかし、では一日中針仕事をしていてくれ、というのも、確かに何か違う気がする。

「……何かわからないことがあれば、なんでもジョルジーとニーサに聞いてみてくれ。私よりこの家のことに詳しいし、力になってくれるはずだ」

「かしこまりました。お二人のご指示に従います」

ユーグリークは嘆息《たんそく》した。

本音を言えば、ずっとエルマについて、あれこれ世話を焼き、守ってあげたい。が、そろそろ関係者のこめかみに青筋が立つ頃だというのもわかっていた。というか何ならもう、仕える相手からちくちくと、美辞麗句で飾った嫌味を投げつけられている。明日の登城で、更にうるさく言われそうだ。

(まあ職務を全うしているだけなのに俺の我儘のとばっちりを受けている護衛の皆はともかく、ヴァーリスは……これまで散々自分がやらかしてきた過去があるんだから、文句を言う筋合いではない、という気はするんだが……)

「なるべく早く帰ってくるよ」

「いえ……でも、大事なお仕事なんですよね？　お邪魔をしては、申し訳がございません。わたしにはどうぞ構わず、心置きなく済ませてきてくださいませ」

「…………」

「あの……？」

「まあ、仕事は大事だよな。うん……」

この時はちょっと、エルマの認識と、自分の立場というものを恨めしく思ったユーグリークだった。

「さて……もうこんな時間か。寝る支度をしないとな」

「あの……！」

「どうかしたか？」

「いえ……」

ユーグリークはじっとエルマを見つめ、ふっと口元を緩めた。

「気兼ねなく、思っていることを言ってみてくれ。それが君の最初の仕事だ」

「……！　え、ええと……ユーグリークさまは、もうお休みになられますか？」

「いや、もう少し起きている」

「それなら、ご一緒に……その、何というか……」

「今ベッドに行っても、眠れそうにない？」

「はい、お恥ずかしながら……お邪魔でなければ、もう少しこうしてお話しさせていただいても、構いませんか……？」

エルマにしてみれば、他人の家だし、初めて実家以外で過ごす夜になるのだろうか。緊張するのも仕方ないことだろう。

少し考えたユーグリークは、椅子から立ち上がった。

「それなら一緒に、フォルトラの様子を見に行くか？」

「……あの、真っ白な天馬ですか？」

「ああ。厩番《うまやばん》にも見てもらっているが、いる時はなるべく自分で世話をしているんだ。フォルトラは少し気難しい所があるし。ちょうど夜の確認の時間だ」

「でも……天馬はとても希少で、気位の高い生き物とお伺いしています。わたしなんかが、お供させていただいてよろしいのでしょうか……」

「君だから誘っているんだけどな」

エルマはなんと答えたものかわからず、恐縮して黙ってしまった。

けれどユーグリークはそれを責めることはない。

「君の言う通り、私達は知り合ったばかりでお互いのことを知らない。君のことも知りたいし、私のことも知ってほしい。駄目か？」

「だ、だめなどでは……けして……」

「では、お手をどうぞ、レディ。自慢の馬を紹介させてください」

彼は片手をエルマに差し出してきた。

あわあわと慌ててしまう彼女だが、自分が手を取らない限り引っ込まないと悟ると、おずおず重ねる。

「……ユーグリークさまの手は、大きいですね」

「エルマが小さいんだ」

くすり、とどちらからともなく漏れた笑い声が重なり、ささやかに夜を流れていく。エルマは知りようもなかったが、ユーグリークがこうして声を上げて笑うのは、実はとても珍しいことなのだった。

閑話★タルコーザ親子の企み

「パパ！　どうして何も言わなかったのよ！」

　馬車に放り込まれた途端、早速キャロリンは父に噛みついた。さすがの無謀娘も、屋敷の主人に逆らうことがまずいことは途中から察知したのだろうか。いや、単にあの気に当てられて、今まで喋れずにいただけのようだ。

（堅気《カタギ》以外の人間にも会ったことのあるワタシだが……なんだ、あの尋常でない冷気は。あれが本物の貴族……そして、本物の魔法使いだというのか）

　ゼーデンはどっかりと柔らかなクッションの敷き詰められた椅子に座り込み、ハンカチで脂汗を拭う。それから不機嫌な目で、じとりと愛娘《まなむすめ》に目をよこした。

「キャロ、お前は命知らずなのか？　あれは上位貴族だ。下手に逆らってみろ、ワタシ達の首が飛ぶ。お前の社交界デビューを援助してくれるなら、充分な成果ではないか」

「でも……あたし、ちっともわかんない。あの男、あたしのことには全然目もくれなかったくせに、なんでエルマが⁉」

「それは……ワタシも解せなくはあるのだが。ま、何にせよ問題あるまい？　元々いざとなれば娼館に売り払ってやろうと考えていた娘だ。想定以上の良い値がついたと思えば、上出来過ぎる。それに、あのできそこないが、公爵家なぞでうまくやっていけるとでも？　すぐに分不相応を思い知って、家族の所以外、他に行く場所はないと戻ってくるに違いない」

　ゼーデンの言い分に、キャロリンは眉を顰《ひそ》めた。

「パパは楽天的過ぎるのよ。あんな屋敷で暮らしていたら、いくら卑屈な姉さまでも自信を持ちかねないわ。それに……もしかしたら、昔のことまで思い出してしまうかも！　そうしたらもう、今まで通りとはいかないわよ。わかっているの、パパ？」

「……まあ、仮にあれが全ての記憶を取り戻したのだとする。それで何が変わる？　どのみちあの小娘に後ろ盾はない。母親の死に関連しているのだって事実だ。お前の方こそ心配のしすぎだよ、キャロ。そんなことより、せっかくの機会を利用することを考えなさい」

　それきりゼーデンは、話は終わったとばかりに、腕を組み、目を瞑《つむ》って馬車の中で居眠りする姿勢に入ってしまう。

　キャロリンは忌々《いまいま》しげに父親を見つめていたが、やがて窓ガラスに目を移し、ぎり、と歯軋《ぎし》りする。

「エルマ……あんたに勝ち逃げなんてさせるものですか。このまま終わると思ったら大間違いよ」

第三章 ★ 屋敷の生活

笑い声が聞こえてくる。〝彼〟と母だ。エルマが覗いてみると、仕事場で二人が話している。駆け寄ると、にっこりと微笑みかけてくれた。

『やあ、エル――。愛しのお姫様』

『ね、それはなあに？』

『これかい？　小物入れだよ。開かなくなってしまったんだそうだ』

『開けられるの？』

『たぶんね。なかなか頑固そうだけど』

〝彼〟は片目を瞑って見せてから、そっと古びた小箱に指を滑らせた。ひっくり返したり、なぞったり、つついてみたりしている。

『お母さま。あれで本当になんとかなるの？』

『なるわ。エル――も知っているでしょう？　あの人は本物の魔法使いなんだから』

――そうだ。〝彼〟は料理も掃除も洗濯も苦手で、おまけに体があまり強くなく、冬にはいつも咳をしていた。けれど誰よりも美しい字を書く人で、たくさん、色んな人の言葉を代わりに綴《つづ》っていた。

それにもう一つ、誰にも真似のできない特技があった。

『見てごらん、エル――』

母がエルマの肩を抱いて囁きかける。仕事中の〝彼〟の邪魔をするまいという配慮なのだろうが、そもそも一度〝彼〟が集中を始めたら、話しかけても無駄なのだ。特に鼻歌を口ずさんでいるのは、一番深く作業に没頭している証拠。

『崩れた魔法を編み直しているんだよ。失われた願いを、込められた想いを復元する――〝加護戻し〟という古い魔法なんだ』

そんな風に、本人は説明していただろうか。

〝彼〟のもう一つの仕事は、曰《いわ》く付きの品物の修理という形で持ち込まれる。そして〝彼〟の手にかかれば、どんなに壊れているように見えるものだって、元の姿を取り戻すのだ。

『でも、全部を元通りにできるわけじゃない。ぼくに直せるのは、魔法の形が歪んでしまったものだけ。完璧に破壊されていればさすがにどうしようもないし、魔法がかけられていないものの修理もできない。だってぼくがしていることは、曲がり、断ち切れ、ほつれて絡まってしまった加護の糸を、ほどいて綺麗に並べているだけなんだからね』

（……？　おかしいわ。何かが、違う）

これは夢。母がいるということは、幼い頃――まだ彼女が死ぬ前の幸せだった時の回想のはずだった。だが、昔の記憶にしてはおかしなことがいくつかある。

（エル――。途中から雑音のようにかき消されて、全ては聞こえない。けれど、エルマじゃない。夢の中――記憶の中のお母さまは、わたしをエルマとは別の名前で呼んでいるの……？）

困惑して家の中を見回す。

母は穏やかに微笑んでいた。近くでは、相変わらず〝彼〟が歌を口ずさみながら仕事を続けている。知らない人のはずなのに、母はとても親しげに話しかけるし、エルマもなぜか〝彼〟のことがとても好きなのだ。

（待って。これも変よ。わたしとお母さまがいて、ここはわたし達の家のはずで……それなら、この男の人は誰？　お父さま――ゼーデン＝タルコーザは、どこ？）

夢の中の〝彼〟は父ではなかった。年を取って若い頃から姿が変わることはままあるが、そういった差異ではなく、別人なのだと確信が持てた。だって目の色が違う。〝彼〟の目は、エルマと同じ凡庸な茶色だ。一方、ゼーデン＝タルコーザは娘のキャロリンと同じ、青色系統の目をしている。

（――その、キャロリンさまもどこにもいないわ。この頃のわたしは、四つか五つぐらい？　キャロリンさまはわたしと一つしか違わないのだから、もう生まれているはずなのに……）

ちぐはぐの記憶に混乱し、エルマはじりじりと後ずさりをする。

（わからない……お父さまとキャロリンさまはどこ？　あの人はだぁれ？　どうしてお母さまと一緒にいるの？　どうしてわたし達の家にいるの？　どうしてわたしの歌を歌っているの？　どうしてわたしと同じ――）

その時、母が柔らかく、優しい声で〝彼〟に呼びかけた。

『――あなた』

男は作業の手を止めて顔を上げ、にっこりとエルマと母に笑いかけた。

その目は先ほどまでの平凡な茶色と変わり、仄《ほの》かに光を放つ菫《すみれ》色に変わっていた。綺麗な、綺麗な、紫水晶に似た瞳――。

ふっと明かりがかき消えて、暗闇の中から誰かの声がする。

『あなた。ね、咳が酷いわ』

『風邪かしら、疲れているのよ。今日は休んだらどう？　あなたは体が弱いんだから――』

――ぐるぐるがらがらと、大きな歯車の回る音がうるさい。

あれは父が言った言葉だと思っていたが、母の言葉だったろうか？

なぜ幸せだった頃の景色に、ゼーデンとキャロリンがいないのだろう。

病弱だったのは誰だったのか。でこぼこの果物を食べさせてくれたのは誰だったのか。

あの日、真っ赤な血を吐いて帰らぬ人となったのは――。

◇◇◇

エルマはぱちっと瞼を開くと、飛び起きて周りを見回した。

(ここ……どこ……!?)

おかしい。階段下でもなければ、屋根裏でも地下室でも物置でもない。見たことがないほど広い部屋で、経験したことがないほど柔らかなベッドに寝ていた。キャロリンが着ていたものよりも、ずっと豪華なネグリジェを身につけている。可愛らしいレースがふんだんにあしらわれており、いつまでも触れていたいほど肌触りが良かった。

寝起きのエルマは激しく混乱したが、徐々に状況を思い出していく。

（そ……そうだ、わたし……ユーグリークさまのお屋敷に、雇われて……）

そう、新たな職場に雇われたはず。

ベッドから飛び出ると、大慌てでカーテンに手をかけた。外を確認すれば、清々《すがすが》しい青空が、ピカピカの窓ガラス越しに見える。爽やかな朝――いやもう昼だった。

さあっ、と顔から音を立てて血の気が引いた。

（ね……寝過ごした！　初日から‼）

大恩に報いんと、誰よりも早く起きようとすら意気込んでいたのに、結果はこれだ。

何しろ、昨晩ユーグリークが見せてくれた天馬も、聞かせてくれた話も、あまりに素晴らしく面白くて、とても大人しく寝てなんかいられなかったのだ。

フォルトラはエルマを見ると撫でてくれとでもいうように寄ってきて、とても可愛かった。

彼をブラッシングしながら、好物はゆで卵だとか（天馬は普通の馬と違って雑食らしい）、フォルトラはユーグリーク自身が子馬時代から育て上げたのだとか、普通の動物には嫌われやすいため、フォルトラは遠慮なく触らせてくれる貴重な相手なのだとか――ユーグリークはたくさん話をしてくれた。

あまりに二人で熱中して話し込んで、様子を見に来た厩番に呆れられたほどである。

その後連れてこられた寝室が、今までと様子が違うので、緊張して一晩眠れないだろう――だからその分早起きして行動しようと思っていたのに、体は心より正直だったということか。

（ああ、なんたる怠慢……どうしよう……！）

寝坊したとは言え、さすがにネグリジェで飛び出すのはあり得ない。急いで着替えようとしたが、昨日のお仕着せなどは部屋の中に探せなさそうだ。

やむなくエルマは、自力でなんとかすることを諦め、呼び鈴を鳴らした。ほどなくして、あのふっくらした中年の侍女、ニーサが姿を見せる。

「おはようございます、エルマ様。よくお休みになられまして？」

「すみません、わたし、とんだご無礼を――急いで仕事を始めますので‼」

「ああ、いえ、いえ。大丈夫ですよ、そんなに慌てずとも。坊ちゃまからは、気の済むまでお休みいただきますようにと言付かっておりますし、気楽になさって」

「で、でも――」

「お気になさらず。お客様なんですから」

侍女はひらひら手を振ったが、エルマはますます縮こまった。

「ユーグリークさまは、もうお出かけになられましたか……？」

「ええ。ま、朝をご一緒できなかったことは残念だったようですが、今生《こんじょう》の別れというわけでなし。夜には戻っていらっしゃいますよ。さ、お腹が空いていらっしゃいますでしょう？　ご用意いたしますので、少々お待ちを」

エルマが寝坊したためだろうか。今日は寝室で食事を取るらしい。寝る格好のまま食事をするのは違和感があったが、そういえばキャロリンやゼーデンも、時々遅く起きると寝室まで朝食を持ってこさせることもあっただろうか。

　きっと遅れたことで迷惑をかけているのだから、せめて早く終わらせてお皿を洗わせていただこう……と気合いを入れたエルマだったが、一皿、二皿、三皿――以上がずらずらとテーブルの上に並んだ所で、目から光が消える。

「あの……これは一体……？」

「はい、エルマ様。苦手な物はございますか？　お好きな物があれば、厨房に頼んで持ってこさせますので。お代わりも遠慮なくどうぞ」

「いえ、そうではなく……明らかに一人分ではないというか……朝食と昼食が一緒になっているのでしょうか……？」

「全てエルマ様お一人用ですよ？　お好きな物だけつまんでいただいて、後は残していただいて構いませんので」

「残す……!?」

　エルマは絶望の声を上げた。

　パンは複数種類が用意され、ジャムもバターも選択肢がある。オムレツ、ソーセージ、ベーコンの他にサラダもたっぷりと彩られ、デザートはフルーツに甘酸っぱい乳製品……菓子パンまで揃えられているだろうか。更に飲み物も、ジュースに牛乳、紅茶とよりどりみどりで、おまけにスープらしきものまである。

「ええ、いらないものは残していただければ。今回はエルマ様の好みがまだわからなかったので、とりあえず定番メニューを一通り全部持ってきてみたということなのですけれど――」

「あの、わたし、パン一つで充分です……！」

「まあ、いけません、エルマ様！　きちんと栄養を取ることも、エルマ様の大事なお仕事の一つですのよ。坊ちゃまへのご恩返しと思って！」

「食べることもお仕事なのですか……⁉」

「エルマ様が坊ちゃまを少しでも喜ばせたいと思っているのなら」

そう言われてしまうと何も返せない。エルマはずらりと並ぶ皿達を見つめた後、そっとニーサに横目を流した。

「残した物は、捨てられてしまうのでしょうか……？」

「え？　……ああ！　そちらを心配していたのですね。あまり階上の方に大声では言えませんが、余った物など、階下でいただくこともございますのよ。フォルトラのおやつになることもあるんです」

「フォルトラの……」

それなら少し、お残しの罪悪感も薄れるだろうか。お腹を痛めてでも頑張らねばならないかと、覚悟していた所だ。

エルマはほっと胸を撫で下ろすと、気を取り直し、ひとまず一番親しみのあるパンに手を伸ばした。

◇◇◇

「――さ、エルマ様！　次はお洋服の仕立てでございますのよ！」

どうしてこうなったんだろう――エルマは呆然としていた。

朝（昼）食を終えたエルマは、さあいよいよ仕事――いやその前に服を、と侍女に声をかけてみる。心得顔になった侍女は、食卓を片付けた後、ネグリジェのままのエルマを衣装部屋に連れてきた。

ここまでは、まあ、いい。若干の疑問を覚えないでもなかったが、着替えを衣装部屋で行うことはまだわかる。

元々、エルマはユーグリークから縫い物の腕で雇われたのだ。着替えるついでに職場の説明でもされるのだろうかと考えた。

しかし、衣装部屋でエルマを待っていたのは、見知らぬ女性だった。

派手すぎず、けれど地味でもなく、品良い仕事人でありながら目も引くような――そんな衣装と化粧で武装したご婦人は、どう見ても屋敷の使用人ではなかった。獲物を狙う肉食獣の目でさっとエルマの見た目を確認した後、見知らぬお洒落な女性はにっこりと微笑んだ。

「ミセス・ハルニア。この方で間違いない？」

「ええ。遠慮なくやってしまってください」

女二人の会話に、エルマは目を点にする。

──そして怒濤《どとう》の採寸劇は始まった。

「背筋をまっすぐ！」

「腕を上げる！」

「下げる！」

「おどおどしないっ」

「泣かないの!!」

さながら、いきなり戦場に投げ込まれた新兵の気持ちであった。

きびきび動くご婦人に巻き尺を巻き付けられたり、あれやこれや言われるまま必死に一つ一つの指示に従っている間に、いつの間にかネグリジェが、紺色のワンピースに変わっていた。デコルテや腕の部分はレースのような柄になっており、使用人の服にしては少し派手なような気もする。

「ま、お若い方にはやはり紺色がよく似合いますこと！　年寄りにはもう着られない色でねえ、羨ましいわ」

「に、ニーサさま……！」

「それからあたくしに様は不要です、エルマ様。どうぞ呼び捨てで」

「ニーサ……さん……これは一体……!?」

「だって坊ちゃまも仰っていたでしょう？　次はちゃんとした服を用意するって」

「き、昨日のお仕着せは……!?」

侍女は上品で優雅な笑みを作った。時に沈黙とは言の葉以上に雄弁である。あれはこの家では――というか、この家のエルマには、本来許されない格好だったんだな、と悟った。

「ちょうど良い試作服があって良かったこと。はい、しゃんとする！」

パシーン！　と背を叩かれ、エルマは慌てて背を伸ばした。

じっと鏡を見つめた婦人は、ふう、と一息吐き出す。

「いかがかしら、ミセス・ハルニア？」

「地味すぎず、派手すぎず。手元は邪魔にならないように、襟元は上品に――注文通りですわ。いいえ、注文以上」

「それは良かった。では残りはお約束通り、後日納品いたします。今後ともご贔屓に」

「はい、それはもう、ぜひ」

女二人はニコニコ笑い合ったが、エルマにはなんだか邪悪な企みの現場――あるいは肉食獣同士が牙を剥き合っているような、そんな幻覚が見えた。

「あの……こちらが作業服、ということでしょうか……？」

「ひとまずは、お昼用のお洋服になります」

「……ひとまず？　お昼用？」

「はい」

侍女はまた微笑んだ。エルマはそれ以上、追及しないことにした。

「あの……わたしはこのお部屋で、縫い物をすればいいのでしょうか……？」

「ここが使いやすければこちらで。触ってみたい物がありましたらお気軽にお尋ねくださいまし。さ、それよりも、本日は忙しいので！　次に参りますわよ！」

侍女はエルマの手を引き、別の部屋に移動する。

今度こそきっと作業場に連れて行かれるのだな、と思っていたエルマは、化粧台の前に座らされて、ん？　と思う。鏡越しに、また見知らぬ女性達の姿が映り込んだ。

「あ、あの……ニーサさん……？」

「御髪《おぐし》を整えた後、お化粧をするだけですので、楽になさってくださいな。あたくしもできますけれど、やはり本職の方が一番ですからね」

値踏みするようにエルマをじっと見つめた女性達が、「お任せになって！」「生まれ変わらせてさしあげます」とギラギラした目で腕まくりしている。

（これも……これもわたしの仕事なのですか、ユーグリークさま……!?）

エルマは悲鳴を飲み込み、翻弄《ほんろう》されるしかなかった。

結局その日はずっとそんな調子で、働くというか、一日中弄られていた。

はっと気がつけばもう窓の外は暗くなっており、「今日、何もしてない……!?」とエルマは大いに焦った。

なんとかニーサに頼み込み、ようやく刺繍道具を手にすることができた時は、思わずほっとして道具を抱きしめてしまった。

「あの……そういえば、こちらに持ち込んだ物は……」

エルマの服はつぎはぎだらけだし、ポケットに入れていた物も、どれも使い古して年季が入っている。もう捨てられてしまっているだろうか、と思って尋ねてみれば、意外にもニーサは慣れ親しんだ裁縫道具を持ってきてくれた。

「入れ物の方は今綺麗にしている所ですが」

と、仮の小物入れまで用意してもらって、エルマは感激する。

「服の方は……さすがに、捨ててしまっていますよね、もう……」

「洗濯して、補修中ですの。お嬢様の持ち物ですもの、許可なく捨てるなと坊ちゃまから仰《おお》せつかっておりますので」

エルマは目を丸くした。すぐに、じん、と心が温かくなるのを感じる。あんな、この家に住んでいるような人間から見ればどう見てもぼろきれにしか見えないだろう物にまで、エルマの意思を尊重しようとしてくれているのか。

(あなたからいつも、わたしはたくさんのものをいただいている……)

今日は目が回るような一日で、正直早速分不相応を身に受けてめげかけていた部分もあった。

しかし、泣き言を言っている場合ではない。これだけ色々と考えてもらっているようなのだ。ならばエルマも、自分なんかが、とうずくまるより、何ができるだろう、と一歩でも前に進むべきなのではないか。さしあたっては、刺繍である。

「……ところで、刺繍とお聞きしていますが。何を縫えばいいのでしょう?」

「そう、ですねえ……ハンカチの柄を縫うことなど、できますか？」

「はい。どんなデザインがいいのでしょう？」

「あたくしも、エルマ様のお好きな物を作らせるようにとしか伺っていなくて……けれどこれでは、確かに発注が雑すぎますわねえ。こちらから何か指定した方が、やりやすいですか？」

「そうですね。一から全部自分で、と言われると……わたしも、そういうことは、あまりしたことがなくて」

「では、ユーグリークさまへお贈りするハンカチを縫ってくださいな」

侍女の言葉に、エルマは少し考え込むような顔をしてから、淡く微笑みを浮かべた。

「かしこまりました」


「――マ。エルマ！」

ぷつ、と糸を断ったエルマははっと顔を上げた。見事な軍服に覆面を被った男が立っている幻覚が見えて、首を傾げる。

「……わたし、とうとう幻を見るまで疲れてしまったのかしら。今日ずっと、お会いしたいと思っていたから……」

「そうか？　なら両思いだな。私もエルマに会いたくて、最大限のパフォーマンスを発揮して戻ってきたから。まあ、それでもこの時間にはなってしまったんだが……ヴァーリスが本当にしつこくてな……」

ぽーっとしていたエルマだが、おや？　と首を傾げた。幻ならば、返答なんてしてくるのだろうか。

「あの……本物のユーグリークさまでいらっしゃいますか……？」

「うん。本物だ。でもエルマも見違えた。少し声をかけるか迷ってしまったほどだ。髪も服もすごく綺麗だな。とても似合っている」

エルマはパチパチ目を瞬かせてから、かーっと顔を赤くする。

「きょっ……恐縮です。それと……先ほどのたわごとは、聞かなかったことに……」

「そんな薄情なことを言ってくれるな。別に嘘ではないんだろう？　悪口でもなかった。なぜなかったことにしなければならないんだ？」

「う、うぅ……ううう……！」

「ずっと縫い物に集中していて、夕食の知らせにも全然反応しなかったとニーサが言っていた。そんなに一生懸命、何を縫っていたんだ？」

「だ、だめです。まだ完成していないから、見てはだめです……！」

慌てて背にハンカチを隠すと、ユーグリークはふっと笑い声を零した。

「一段落したなら、ちょうどいい。夕ご飯を食べないか？」

「ご一緒させていただいて、よろしいのですか……？」

「もちろんだ」

エルマはぱっと顔を輝かせ、刺繍セットを片付けようとし、ユーグリークにそわそわと目を向ける。

自分が近くにいると片付けがしにくいのだと悟った彼は、「それでは、また夕食の席で」といったん部屋を出る。エルマも自分も、着替えの必要があるからだ。

彼は入り口で待っていた侍女の所で一度足を止めた。

「ニーサ。エルマは今日ずっと、刺繍をしていたのか？」

「いいえ？　お洋服など整えさせていただいた後……二時間ほどでしょうかね」

「その間、何か変わったことは起きなかったか？　例えば……縫っている間、目が別の色に変わる、とか」

侍女は虚をつかれたように黙り込んだ後、ううん、と唸った。

「特にそのようなことは……エルマ様の目は、焦げ茶色ですよね？　ずっと見ていたとか、お顔を覗き込んだというわけではありませんが、他の色になったようには……」

「……そうか。わかった、ありがとう。今後も頼む」

「かしこまりました、閣下」

◇◇◇

エルマの新しい生活が始まった。

タルコーザ家では朝の準備のために夜明け前から起きておく必要があったが、この家に来てからは、もう少しゆったり朝を過ごせるようになっていた。

寝坊した翌朝は、気合いを入れて早く起きてみたはいいものの、今のエルマは着替えるにしろ朝食をいただくにしろ、朝の支度に誰か人を呼ばねばならないのだ。

(こんな時間からなんて……ニーサさんにも、きっとご迷惑だものね)

ということで、結局その日はベッドの中で、屋敷の起きる気配がするまで待機することになった。後でちらっと話す機会があったら、「まあ！　叩き起こしていただいても構いませんでしたのに」と彼女は笑っていたが。

洗顔などを済ませたら、次は着替えか朝食だ。食堂で食べるか部屋で食べるかで、順番が異なる。ついでに言うと、起きる時間も若干変わってくる。

ユーグリークがいる朝は、着替えて食堂に向かう。昼に着るのは大概ワンピースだ。化粧も髪も簡素に仕上げる。ひっつめていたタルコーザ家と違って、髪を背中に流すのは、最初はやはりなかなか慣れない感覚だった。

「似合う。とても似合う。いい」

「下ろしていると本当に可愛い。妖精みたいだな」

「今日は全部上げてしまったのか？　いや、これはこれで……うん。うん……」

……なんて毎日言われていたら、なんかこう、自然と下ろすのが当たり前になっていった所もあるのだが。

「エルマ様。嫌なら嫌と仰っていいんですからね。坊ちゃまに気をつかい過ぎる必要はございませんので。あの方、悪人ではございませんが、時々素直に過ぎるというか……まあ、そういう部分もありますから。染められますよ」

とニーサに言われた時は、きょとんと目を丸くした。

「でも……慣れないだけで、困っているわけではなく……それに、しょんぼりした様子でお出かけされると、わたしも辛いです。髪型一つで一日元気に過ごしていただけるなら、これでいいのではないかしら……？」

汗水流すような作業をするなら、しっかりと髪を上げておきたい。今はその必要がなくなっている。多少の違和感程度より、ユーグリークに喜んでもらうことの方が嬉しい。首を傾げた彼女は、「ごちそうさまです」と侍女に盛大なため息を吐かれてしまった。

屋敷に来たばかりの頃、エルマの着る服は無地でしっかりした襟と袖がついているデザインが多かった。おそらく、最初にお仕着せを選んだような彼女の希望を反映した結果なのだろう。

そのうち、裾がお洒落になったり、色が明るくなったり、花柄やストライプが持ってこられたり――徐々に、けれど着実に、エルマの服は増えていった。

「エルマ様、今日はどれにいたしましょう？」

有能な侍女は、数日接してすぐ、エルマが自己主張――特に選択が不得手なのだと悟ったらしい。

最初の頃はただ、彼女が持ってくる物を言われるまま身につけていた。そのうち、小物はどちらがいいかとか、髪型はどちらがいいかとか、服はどの色がいいかとか――少しずつ、それとなく聞かれる機会が増えていく。

「こちらの服は可愛らしく見えて明るい気分になりますね。けれど今日は寒いらしいですから、上着が必要かしら。こちらは袖がしっかりあって上着はいらないけれど、色合いが落ち着いていて、その分少し重めの印象になるかしら。エルマ様はどちらがよろしいですか？」

「それなら……明るい方が、いいかしら」

「かしこまりました。では合わせる物は――」

ニーサはこのように、雑談に交えて考える手がかりもくれた上で、さらっと問いかけてくる。

選択肢を出してもらうと、エルマも大分答えやすい。

「今日は庭に出るのか？　袖のふわふわが可愛いな。冷えないように気をつけて」

思い切って、こちら、と指差した服をユーグリークに気がついてもらえた時、選ぶことの楽しさを知った。

「少し顔色が良くないな。何か心配事でも？　……昨日の夜、なかなか眠れなかった？　すぐに医者を手配しよう。え、いい？　いやしかし、風邪だったりしたらいけないし、念のため――そこまで言うなら、まあ、様子見で済ませようか」

反面、彼は本当にエルマの変化に敏感らしいので、気が抜けない所でもある。だが、張り合いがある――自分のしたことにポジティブな反応が返ってくるというのは、嬉しいものだ。

それに、朝食後、エルマをじっと見た彼が満足するように頷いてから、「行ってくる」と声をかけてくれる。こんなに朝が楽しみになるだなんて、タルコーザ家で過ごしていた頃には考えられなかった。

遠ざかる背中を毎日見送るのは少し寂しいが、エルマの仕事の始まりでもある。

とは言え、当初思い描いていた、身を粉にして恩返しする生活とは違う。ジェルマーヌ邸では、エルマは使用人というより、客人のように扱われているからだ。

エルマの世話係筆頭としてつけられたニーサ＝ハルニアの態度が最もわかりやすいだろうか。

侍女は自分のことはすぐ呼び捨てにさせたが、「エルマ様」「お嬢様」と呼び、二度とお仕着せを出そうとはしなかった。エルマが彼女の手伝いなどしようとすれば、

「とんでもない。坊ちゃまの大事な方ですから、ご自分を大事になさいませ。己《おのれ》を磨きたいということでしたら、いくらでもお付き合いしますけれど」

と、にっこりやんわり断られてしまった。

途方に暮れかけたエルマは、当初日中の大半をひたすら縫い物をして過ごした。

初めはハンカチの柄を刺していたが、やがて時間があるのだから、と布が少し大きくなっていき、小物の自作や、タペストリーにも手を付け始める。

とは言え、いくらユーグリークに縫い物をしてくれと頼まれて屋敷に置かれていると言っても、それだけでは時間が余る。お針子時代のように、ノルマがあるわけでもないから一日何枚仕上げれば達成、ということもない。

しかしニーサの手伝いなどは、エルマの仕事ではないらしい。

何ならできるだろう……と考えたエルマは、ニーサの言った〝自分磨き〟に着目することにした。

勉強だ。勉強がしたい。特に文字の読み書きと、礼儀作法を学びたい。

文字の読み書きについては、縫い物以外に何をすればいいか、とそれとなくユーグリークに聞いた時に、

「それなら本でも読むか？　図書室は自由に使ってくれて構わないから」

と言われたことがきっかけだった。

文字は無難に読み書きできるが、読書の習慣はない。昔は絵本の読み聞かせなどしてもらったような記憶もあるが、母の死後、ゼーデンもキャロリンも書を嫌って家に置きたがらなかった。それでもエルマがある程度学があるのは、勉強嫌いのキャロリンのフォロー役だったためだ。

ずらりと並べられた本を前に途方に暮れていると、そういえば、という様子でニーサに言われた。

「エルマ様は、文字はどのぐらいお書きになられます？　いえ、坊ちゃまはお仕事でいないことも多いですから……お手紙を書く、という手もございますのよ、なんて老婆の知恵を」

確かに、と思うのと同時に、でも今の自分の文字を見せたくない、と思った。エルマが文字を書く大半は、キャロリンの代筆のためだった。妹のイメージに従い、家族はエルマに、子どもっぽく可愛らしい筆跡を求めた。タルコーザ家では問題がなかったが、あれが自分の文字として見られると思うと……無性に恥ずかしく思えてきた。

（あんな筆跡で、ユーグリークさまにお手紙を書きたくない……）

エルマはもっと、大人らしく綺麗な文字を書けるようになりたいと思った。例えば時折夢に出

てくる、あの人のように――よく思い出そうとすると、頭が痛くなってしまうけれど。

礼儀作法については、ユーグリークと共に過ごすうち、やはり彼にふさわしい立ち居振る舞いを身につけたい、と感じる機会が増えた。優しい彼はエルマがどう過ごそうと気にしないようだが、使用人達の目が――何よりエルマ自身がいつまでも、このままでいいのだろうか、と萎縮するのが嫌になった。

会食も仕事のうちだというのなら、彼にふさわしい立ち居振る舞いを身につけたい。

その辺りのことをニーサに相談してみた所、執事のジョルジーに頼んでみなさい、と教えられた。

執事はエルマに対して丁寧だったが、侍女ほどの親身さは感じられないというか、もう少しエルマのことを他人行儀に――それこそお客様のように、当初接していた。

エルマはある日、思い切って彼を呼び止めた。

「あの……ジョルジー……さん。わたし、ええと……すみません、正直、どうすればいいのか、わからなくて……皆さまのお邪魔をするのも違うと思うのですけれど、このままではなんだか、何もしていないように感じられて……」

「お嬢様はつまり、どうなさりたいと？」

執事の言葉に、エルマは少し考えてから続けた。

「わたし……本当に、どうすればいいのかが、わからなくて。きっとわたしは、今まで皆さまと同じようなことをしてきました。それがわたしの仕事でした。けれどここでは……前と同じことは、求められていない。むしろしてはいけないことに思います。わたし、このお屋敷に……ユーグリークさまに、もっとふさわしい人間になりたい。もっと、学びたいんです。お力を貸していただけませんか……？」

エルマがつたないながらも自らの意思を伝えようとすれば、探るようであった執事の目が和らいだ。

「拙共に交じりたい、というような提案でしたら、ご遠慮いただいた所ですが。学びたい、ですか……。お嬢様は、ご本を読むのはお好きですか？」

「あの……一応、文字の読み書きは、できるのですけど。本を読む習慣は、なくて……」

「けれど坊ちゃまが図書室を貸してくださるのなら、もっと読めるようになりたいと？」

「……！　はい、そうです」

「であれば、拙がお教えしましょう」

「ありがとうございます……！　それと……あの、差し支えなければ、文字の書き方もどなたかにお聞きしたくて。それから、マナーもきちんと教えていただきたくて……」

「勉強熱心でいらっしゃる。これは張り合いがありそうだ」

いつも厳格な態度の執事は、その時珍しく表情をほころばせると、侍女と笑い合ったのだった。

こうして、執事は自分の仕事の合間に、エルマと本を読んだり、文字を書く練習に付き合ってくれるようになった。

ついでに、ユーグリークの家の者としてふさわしい立ち居振る舞いやマナーも教わる。ユーグリークはエルマが何をしても許してくれてしまう所があるので、できていない所をきちんと指摘してもらえる機会はとてもありがたかった。

「……でも、文字の方は正直、教わる方より教える方ではございませんこと？」

板に文字を書く練習をしているエルマの手元を覗き込み、侍女がそう言った。ちなみに紙とインクはもちろん使い放題と言われているのだが、染みついた節約意識は抑えきれず、書いては消すことのできる板を使っているのだった。

「でも……筆跡が、子どもっぽく見えると思いませんか？」

「そうなんですか？　読みやすくて可愛らしい文字をお書きになると思いますけどねえ。ジョルジーの方がよっぽど悪筆ですよ」

「そんなことは……」

「この人はすぐ自分のことを謙遜《けんそん》するんだから。ねえ、ジョルジー？　エルマ様はいつも、仕草もとてもお綺麗でしょう？」

「はい。正直、初めて給仕をさせていただいた際、慣れないながらもかなりしっかりしていらっしゃる手つきで、驚きました。どこかで行儀作法を習う機会でもおありで？」

お茶を入れるついでにやってきた執事にも、侍女の過剰な賞賛に同意されてしまった。

意外な指摘に、エルマは瞬きし、そして眉を顰める。

（そう……でも、確かに、文字の読み書きと行儀作法は、ずっと昔に習った気がする。お父さまもキャロリンさまも、お勉強は嫌いだし、礼儀作法は鬱陶しいと、家の中では自由にしていたわ。

小さな頃、二人と違う別の人が、優しく、厳しく、教えてくれたような……）

たぶん、夢の中で聞いた――幻想のような、それとも回想のような声を追いかけようとする。

『エル――。立ち方、歩き方、手つき。日常から綺麗に、よ！　食器は鳴らさない！』

『ぼくみたいに文字が書きたい？　それじゃ、ここに座ってごらん。まず、Aはね――』

（お母さまと……綺麗な文字を書く男の人。そう、あの二人に教わったの。立ち居振る舞いから、文字から美しくなさいって。お母さまはともかく、あの男の人は一体、誰なの……？）

思い出そうとしてみたが、頭が重く痛みを訴えて、それ以上はうまくいかなかった。

「エルマ様？」

「お嬢様？」

「ごめんなさい……大丈夫、なんでもないの」

その上心配そうな声をかけられてしまったので、エルマは母と謎の男の記憶について、それ以上深掘りしようとすることをやめた。


刺繍と勉強以外では、天気が良ければ、昼食後に軽く庭を散歩する。服を着替えて、厩舎に足を伸ばすことも多い。フォルトラの様子を見に行くのだ。

天馬は希少である分、普段づかいというより、特別な儀式で仕事をさせるらしい。ユーグリークはよく、勝手に遠乗りに連れ回しているそうだが。

エルマはフォルトラに自由に会いに行っていいと言われていた。乗り手けもちろん、ありがたいことに馬自身も、どうやらエルマに懐いてくれているらしい。他の人が来ると耳を絞って馬房《ばぼう》の隅っこに行ってしまうが、エルマが来るとむしろ寄ってきて鼻先を近づけてくる。

「本当、坊ちゃまに似てる馬……」

とは、厩番の言葉だったか。おやつのゆで卵をあげに行くことも、お尻を掻《か》いてあげることも、ほぼ日課の一つになっていた。

フォルトラの世話をしたり、また刺繍をしたり、勉強をしたり――そんなことをしていると、午後の時間はあっという間に過ぎていく。

執事が忙しい時は、別の使用人が勉強を見てくれることもあった。最初はニーサやジョルジーが連れてきて渋々という様子だったが、エルマが良い生徒で、一緒にお茶をと望むと、皆態度が和らぎ出す。執事が悪筆というのもどうやら本当のようで、筆跡の矯正は意外にも料理番が最も貢献した。

そうして徐々に知り合いが増えていき、今では屋敷中の人間の顔と名前を覚えている。無言ですれ違う関係から、目が合えば言葉を交わす仲になっていた。こちらから休憩に誘うこともあるし、あちらから話しかけてきてくれることもある。

「坊ちゃまはねえ。お堅いというか……お顔の事情があるから、どうしてもあまり人と近づきたがりませんでな」

彼らは色んな話をしてくれるが、最も興味深いのは、エルマの知らないユーグリークについての話だ。本人のいない所で、と思う部分もあるが、ついつい聞き込んでしまう。

「お小さい頃は、可愛がられてはいましたが——まあ、人気者だな、程度だったんですがね。年を重ねるごとに、力が強くなってしまったらしくてなあ。何度かお顔のことでトラブルもありまして……成人する頃には、もうご両親以外のどなたも、あの方の素顔を知らなくなっていた」

「嬢ちゃんは、この屋敷に老いぼれ共しかおらんことには、気がついておいでかい？　旦那様と奥様のいらっしゃる本邸の方には、もう少し若者もおりますがな。坊ちゃまの世話は、若い人には危なくて任せられませんで」

「爺婆相手であれば、事故が起きた場合も、坊ちゃまに危害を加える可能性が低いというお話でしてな。視力が悪い方が坊ちゃまの力の影響が薄いのと、血迷っても無能力の年寄り相手だから、幾分か制圧もしやすい。ヒョヒョ」

「嬢ちゃんと一緒にいる時の坊ちゃまはなあ。昔のあの方に戻ったみたいだよ。人と話す時、何も心配せずに笑顔を浮かべていられた、お小さい頃の坊ちゃまにさ……」

エルマは、自分と一緒にいる時のユーグリークしか知らない。だが、少しずつ、何故彼が自分にこれほど優しくしてくれるのか、理由が腑に落ちてきた。

『そうやってただ、君が隣にいて、見てくれる。俺は本当に、そのことに救われたし、今だって救われている。だから……だから今度は俺が君を助けたい。それだけなんだ』

（わたしが普通でいることが、ユーグリークさまの特別で、幸せ……）

けれどそう考えると、つきりと胸が痛む。エルマは自分が一体何に怯えているのか——あるいは傷ついたのか、わからなかった。

楽しい時間があっという間に過ぎると晩餐だ。ここではドレスに着替え、髪も結い直す。来たばかりの頃は、かしこまった場にも格好にも落ち着かなかったが、これも大事な仕事の一つなのだ、と言い聞かされているうちにだんだんと慣れてきた。

ユーグリークが帰ってくる時は特に念入りにめかしこんで、一日の彼を労《ねぎら》う。疲れきった雰囲気の彼が、エルマを見て相好を崩すのを見ると、こちらも満たされたような気分になり、少しは貢献できただろうかとほっとした。

ユーグリークはエルマと食べる時は、皆を下がらせて顔の覆いを外す。するとまた、エルマの気持ちは嬉しさと切なさできゅっとする。

（切ない……？　どうしてだろう。嬉しいだけのはずなのに……）

「今日は何をしていたんだ？」

「縫い物をして、本を読んで……あと、フォルトラにおやつをあげました。ユーグリークさまは？」

「私か？　私は……仕事だな。今日もあちこち引っ張り回された。全く、もう少し大人しくしてほしいが……」

「また、ヴァーリスさまという人に困らされているんですか？」

「あいつは平和を引っかき回すのが趣味だからな」

日々起きたこと。たったそれだけの話題なのに、ユーグリークはエルマの些細《ささい》な体験を興味深そうに聞いてくれるし、エルマも彼が何をしていたのか、聞いていて全く飽きない。

「好きな食べ物はできたか？」

「この前いただいたプディングが、本当に美味しくて。特にあの、焦がした部分が……」

「本当に？　じゃあ毎日おやつで出してもらうように、厨房に頼もうか」

「そ、それはいいです！　時々だから、なおのこと嬉しいんです……！」

「そういうものかな」

「ユーグリークさまは、好きなお菓子はございますか？」

「お菓子？　甘い物は好きだ。ああでも、クリームがたっぷりついていて甘過ぎるような奴より、もう少しさっぱりしている方がいい。……もしかして、何かエルマが作ってくれるのか？　この前はクッキーを焼いたと聞いた」

「な……内緒です！」

「では私もその日まで忘れておこう。エルマは料理も上手なんだろう？　楽しみだな」

「買いかぶりです……！」

「家の連中は舌が肥えている。彼らが褒めるなら、自信を持っていいと思う」

本当に、毎日楽しいことばかりで。

だから夜、お休みの挨拶をして、寝る支度を整えて寝室で一人になった時など、ふっ、と怖くなることがあるのだ。

（こんなに幸せで、いいのかしら……）

エルマはとっくの昔に刺し終わった縫い物を手に、ため息を吐き出す。

ユーグリーク用のハンカチ、ということで、フォルトラを縫ってみたのだ。翼を広げた純白の天馬――初めての柄だが、出来は悪くないように思う。

が、いざ渡すという時になると、どうにも気恥ずかしいというか、反応が怖いというか……だからあの後、ニーサには失敗してしまったからまた今度、とごまかして、無難に花模様のハンカチを仕上げたのだ。

ユーグリークは上手だと褒めてくれたが、いつもの心からの賞賛というより、何か疑問を覚えつつ、という雰囲気だった。

「縫い物をする時に発動する力だと思っていたが、そうではないのか……？」

なんていうことも、呟いていただろうか。どうも彼は、初めて会った時のことを高く評価しすぎたのだろう。

エルマはこっそり、彼に見せたのがフォルトラのハンカチでなくて良かった、と思った。きっとがっかりさせてしまったのだろうし、少なからず自分も悲しい気持ちになったに違いない。

彼にはもう見せられないが、エルマが自分で見ているると温かくこそばゆい気持ちになる。大切な思い出が、浮かんでくるようで。

（――わたし）

エルマは唐突に、嬉しさと切なさを同時に感じる理由に辿り着いた。

好きな物。ここに来たばかりの頃は、思いつきもしなかった。

けれど、屋敷で過ごすうちに、好きだったものも、好きになったものも、増えていった。

ユーグリークは毎日、エルマに尋ねてくる。

好きなものは――？

（わたし……ユーグリークさまが、好き）

戸惑いの中に、常に好意がある自覚はあった。それはずっと、同じままだと思っていた。遙《はる》か遠くの素晴らしいものを見上げるような、憧れと尊敬の気持ちなのだと。

だが、今は違う。最初の感情が失せたわけではない。むしろ、もっと強くなっているのだ。手の届くはずのないものから、毎日の風景に溶け込んで、隣にいてくれる人になってしまったから、その分エルマの気持ちも変わっていた。

ずっとこのまま、側にいたい、と望むようなものに。

（ああ、だから……切ない、のね。わたしはいつの間にか、欲張りになって……ユーグリークさまの特別が、少しでもいいから欲しくなった。だけど、ユーグリークさまがわたしに望むのは……）

ユーグリークは言った。エルマが彼に、普通に接してくれることが、何よりも得がたく、だから彼女に親切にするのだと。

使用人達だって繰り返していた。昔の坊ちゃまに――ただ、目の前にいる普通の人間と、何の憂《うれ》いもなく話せていた幼い頃の彼に戻ったようだ、と。

普通の人間は、彼の顔を直視できない。見ればたちまち我を失ってしまう。事情を知っている者は、その特異性ゆえに彼を敬遠し、人でなし扱いする。深くは知らず、ただ顔を出せない人間として見る者は、勝手にその素顔を憶測して、無責任に好奇の目を向ける。

エルマは彼の顔を見ることができた。優しさゆえに不器用な、寂しい一人の美しい男が見えた。だから彼と初めて会った時、「あなたは普通の人間に見える」と答えた。

ユーグリークにはそれが求める回答だったのだろう。勝手に彼を特別扱いしないことが。今、同じ問いを向けられたらどう答えるだろう?

――あなたは自分にとって、特別な人になっている。

それはきっと、彼に望まれない答えだ。

(あの人を特別扱いしないわたしだったから、優しくしてもらえている。それなのに、わたしも彼を特別と――今まで彼を異常者扱いしてきた、あの人の顔を見て態度を豹変させた――そんな人達と、結局同じだ、と感じたら。彼はとても傷つくのではないかしら……)

ユーグリークはエルマと目を合わせては、家にようやく帰ってこられた迷子のように安堵する笑みを浮かべる。それが失われることは、絶対に避けねばならない。使用人ではなく、侍女でもなく、客人のようだがもっと距離が近い……この家での自分の立ち位置は、未だつかみきれていない部分もある。

けれど、自分はユーグリークのためにこの場にいるのだ、彼のために行動することが自分の仕事でもあるのだ、という自負のような意識が今ではある。

だからエルマの想いは――もう彼を普通として見られていない気持ちを、知られてはならない。

（でも、よくわからずにモヤモヤしていた時より、ずっと楽かも。わたしはユーグリークさまが好き。でも、それを悟られてはならない。……気持ちを抑えることは、昔から得意だもの。今、お側にいられるだけで充分幸せ。これ以上何も望まない……）

大きく息を吐き出し、ベッドから立ち上がって屑籠《くずかご》の前までやってくる。

――だが。どうしても。

もう持っていてはいけない、持っていても意味がない物だと何度も自分に言い聞かせてみても、ハンカチを捨ててしまうことはできなかった。

◇◇◇

エルマはフォルトラにブラシをかけていた。翼の付け根の辺りを擦ってやると、彼は気持ちよさそうに鼻を伸ばしている。馬の鼻の独特の柔らかさは、フォルトラを撫でている時に知った。ぼーっとしている時の彼の鼻を触るのは、密かなエルマの楽しみの一つだ。

「フォルトラ、わたしは大丈夫だから……！」

たまに彼が毛繕いのお返しをしてくれようとすることがある。もひもひ食《は》まれるのはこそばゆいが、服や髪が乱れてしまうのが問題だ。やんわり断ると、「ちぇっ！」という顔をするものの、それ以上は追いかけてこない。

厩番曰く、「坊ちゃまがいないと大体不機嫌」な彼らしいが、エルマの前では賢くて素直ないい子だった。呼べば近づいてくるし、移動してほしいとお願いすると大人しく聞いてくれるし、毛並みを整えている最中はじっと大人しい。

（天馬は見た目こそ馬に似ているが、その本質は竜に近い……だったかしら）

と言っても、エルマは実際の馬のことも、過去英雄達に討伐されたらしい幻想種のことも、よく知っているわけではない。

敷地内には普通の馬もいるが、そちらは日頃のお仕事で人も馬もいつも忙しそうなので、特に用もなくふらふら訪ねるのはあまり好まれないように感じた。フォルトラの厩舎はのんびりしていて、いつ顔を出しても歓迎してくれるから、足を伸ばしやすいのだ。

「……どうかした？」

急にフォルトラが顔を上げ、ピンと耳を立てた。誰か来たのだろうか。エルマが馬房から出てみると、なんだか外が騒がしい。

「貴方という人はっ――――！」

「まあまあまあ。だって何度催促してもちっとも連れてきてくれないし。だったら僕の方から直接訪ねるしかないじゃないか」

「お一人ですか。護衛はどうなされました」

「ロゼインを見てわからないか？　置いてきた」

「……坊ちゃまに許可は？」

「世の中には便利な事後承諾という言葉がある。ほら、無駄な抵抗をしていないで、早く案内するんだ。彼女に会う前にユーグが帰ってきて追い出されたら、せっかく頑張って脱走してきた意味がなくなるじゃないか」

どうやら屋敷の前で、見知らぬ人とジョルジーが言い争っている。

ぱっと目を引くのは、客人が乗ってきたらしい天馬だ。翼が生えていることもさりながら、毛並みが黄金色なのである。

（金色……！　フォルトラの純白も綺麗で目立つけれど、す、すごい輝き……！）

エルマが息を飲んでいると、ひょっこり顔を出した厩番が慌てて世話をしに行った。すると天馬の横の客人が、こちらに顔を向ける。

（……あっ、着替え！）

フォルトラの世話をする時は、汚れてもいいような服を着ている。近頃は厩舎の掃除なども手伝わせてもらっており、とても客人に見せる姿ではない。

慌てるエルマだが、男がこちらに向かってまっすぐ歩いてきたので更に戸惑った。

「でん――」

「おっとその呼びかけはよせ、ジョルジー。今日の僕は、通りすがりの一般人だぞ？　でから始まる野暮な呼びかけは避けたまえよ、話がややこしくなる」

「ややこしくしているのはご自分でしょうが……。ともかく、客間にてお待ちくださいませ。というか、勝手に出歩かないでいただきたい。何かあっても――」

「ユーグの家なら、知っている場所だから大丈夫だよ。それに、どうせ転んだ時に説教されるのは僕だ。……さて、どの辺かな。方向はなんとなくわかったが、距離がつかみきれなくてね」

「……お嬢様はあと、十歩程度先にいらっしゃいます」

「ご苦労。優秀な人間は好きだ、ジョルジー」

男は変わった形の杖を持っており、歩く度にしゃん、と鈴の音が鳴る。明るい金髪で、ユーグリークと同じぐらい背が高く、身なりからして上級貴族だ。エルマの前までやってきた彼は、優雅に体を折り曲げ、手を差し出してきた。

「初めまして、魔性に魅入られた深窓の姫君。僕はヴァーリス――ヴァーリス＝ディヤンドール。以後お見知りおきを」

助けを求めて目をさまよわせたエルマに、執事はため息を落としながら簡潔に説明する。

「見るからにうさんくさい者と警戒するお気持ちは重々理解いたしますが、坊ちゃまの腐れ縁……もとい、ご友人であらせられます」

「辛辣だなあ。友人の部分は、否定されたらさすがに傷つくぞ？」

「ですからそのように紹介を改めたではありませんか」

（……そういえば、何度かお名前をお聞きしたかも）

それではこの人が時々話題に出てくる、「城でユーグリークをしょっちゅう困らせている問題児のヴァーリス」なのだろうか。

確かに、この積極性というか華というかは、ユーグリークと真逆のタイプに思える。いや、ユーグリークに華がないわけではない――むしろ素顔に華があり過ぎるのだが、彼はもう少しもの静かであるというか、真面目というか。

何にせよ、彼の知り合い、まして見るからに身分の高そうな人に、粗相《そそう》をするわけにはいかない。

「初めまして、ディヤンドールさま。ジェルマーヌ閣下にお世話になっております、エルマ＝タルコーザと申します。あの、このような格好で……お許しくださいませ、すぐに着替えて参ります」

スカートではないから裾をつまむこともできないし、先ほどまでフォルトラを触っていた手を差し出すのも気が引ける。エルマが頭を下げて挨拶を返すと、男はうっすら瞼《まぶた》を上げる。淡い碧《へき》眼《がん》がちらりと覗いた。

「ああ、格好なら別に気にしなくていいよ。だって僕には何も見えていないんだからね」

◇◇◇

ドレスに身を包み、客間にやってきたエルマは、我が家のようにくつろいでいる客人の姿を見つけた。

「ジョルジー、お代わり」

「あのですね……」

エルマがやってきた気配に顔を上げた男は、ちょいちょいと彼女を手招きする。

「やあ、エルマ。待っていたよ。どうせわからないんだから、そのままでも良かったのにな」

「そういうわけにも参りません、でん――」

「ディヤンドール閣下。心得てくれたまえ、各位」

ジョルジーは渋い顔になり、ニーサはこめかみに手を当てた。

エルマは客人の正面の席に座る。

「その……不躾な質問かもしれませんが。閣下は本当に、目に不自由がおありなのですか？　とてもそうは……」

「物心つくかという頃、高熱で生死をさまよったらしくてね。それ以来今の状態だ。悪いことばかりでもないよ？　おかげでユーグリークの友達にもなれたし」

なるほど、とエルマは納得した。ユーグリークは顔を見た相手の正気を奪ってしまうそうだが、元から見えていないなら確かに問題も起こらない。

カップを置いた客人は、長い足を組み、その上に両手を乗せた。エルマも自然と、釣られて姿勢を正す。

「さて、エルマ＝タルコーザ。僕は君に会いたくて仕方なかったんだ。この日を迎えられて嬉しい」

「わたしに……？」

「だって今まで誰に対しても素っ気なくて冷たくて無愛想で、立っているだけで周りを震え上がらせる〝氷冷の魔性〟様がだよ？　近頃せっせと城を抜け出しているなと思ったら、なんと逢い引きに勤《いそ》しんでいるらしい！　永久凍土はいかにして溶けたのか。非常に興味深いじゃないか」

男の碧眼に、悪戯っぽい色が宿っている気がする。

エルマはニーサの入れてくれたお茶に手も付けず、じっと客人を見つめた。自分が彼にふさわしくないという話なら、返す言葉もない。しかしユーグリークが貶《けな》されているのなら、黙って言われっぱなしというわけにはいかないのだ。

「あの……恐れながら、何か誤解されているように存じます。ユーグリークさまはお優しい方で、困っているわたしを助けてくださったのです。わたしも力不足は感じておりますが、少しでもご恩を返せるように……」

「ジョルジー。優しいだと。あの万年お祈り男が、優しい！　優しいのかあ。ふーん、へえ、そう……」

「拙からはなんとも」

客人は大袈裟に驚く素振りを見せて執事に話題を投げるが、ぴしゃんと言葉のキャッチボールをはたき落とされる。しかし執事は言う時は言う男だ。ユーグリークが優しくない、という場の無言の主張に、エルマはますますむ、と口元を尖らせる。

「お祈り……？　ユーグリークさまは最初からお優しい方ですが、何がおかしいのでしょうか」

「ああ、違うんだよ、レディ。友人の意外性を知って面白がっているだけだ、他意はない。なるほどね……しかし、君も知っているだろうが、あれは厄介な体質持ちだ。僕と違い、見える人間が付き合うのには、苦労もあるのでは？」

エルマはそっと、執事と侍女を窺い見た。彼らは何か諦めたように肩を竦めている。余計なことを言わず黙っていろ、というより、ご自由にどうぞ、という風情だ。

唇に指を当てる仕草でも見せられればエルマも多くは答えなかったが、自由意志に任せられるなら——と少し考えてから唇を開く。

「……閣下は既に、ご存じなのではないですか？」

「うん、そうだ。聞いてはいる。君は彼の顔を見ても平気らしいね」

男は腕を組み、微笑みを深めた。エルマはごくりと唾を飲み、慎重に答える。

「正確に申し上げれば、全く効かない、というわけではございません。ユーグリークさまのお顔には、不思議な力があって……わたしもあの方の、〝魔性〟……でしょうか。それを感じることはあります。ただ……」

「ただ？」

「……深呼吸すれば、収まるので」

「……深呼吸？」

「はい」

「……素の保有魔力は大したものではない、むしろ貧弱だ。だが制御力が人並み外れているということか？　面白い……」

エルマの答えに、ヴァーリスは考え込むように手を顎に当てる。笑みが薄れると、なかなか迫力があった。

「ところで、君は刺繍が得意なんだって？　毎日縫い物をしているとか」

間をごまかすようにお茶に手を伸ばしている間に、沈黙が破られた。エルマは慌てて飲みかけの茶を喉の奥に押し込み、返事をする。

「――はい！　あの、得意、というほどではございませんが……」

「以前、ユーグリークの顔の布が破れたのを直したと聞いた。これは事実かな？」

「はい。初めてお会いした時に……お困りでしたので」

「それでユーグリークは、縫っている間に発動する魔法と考えたのかな。あるいは……」

何か納得するように頷いた客人は、懐に手を入れ、こつ、とテーブル上に何か物を置く。

「これは……？」

「見ての通り、懐中時計だ。整備はされているが、なぜか動かない。君なら直せるんじゃないかな？」

エルマは困惑してヴァーリスを見つめた。

「わたし、懐中時計なんて、直すどころかろくに触ったこともないです。柱時計などでしたら、ネジを巻いたことぐらいはありますが……」

「そうかい？　たぶん関係ないから大丈夫だ」

「それに……えっと、刺繍はできますとお答えしたはずです。なぜ時計が出てくるのでしょう……？」

「それなら、順番に確かめていこうか。まず、君の縫った物を見せてもらいたい」

顔を上げると、侍女がエルマに向かって口だけで、「嫌ならお断りしてもいいんですからね！」と言ってきている。執事も渋い顔を男に向けていた。

しかし、ユーグリークの友人を名乗る男は、どう見ても上級貴族だ。というか、漏れ聞こえている単語や今までの情報から推測するに、城の関係者――更に「で」から始まって「か」で終わるような身分の人間である。

なぜか本人はその辺を隠したがっている――お忍びのつもりなのかもしれないが、いずれにせよエルマ風情が雑に扱っていいとも思えない。

（時計を直せと言われたのには驚いたけど、刺繍を見せる程度なら……）

「ニーサさん。持ってきていただけますか？」

「……。よろしいのですか？」

「大した物ではないので、期待され過ぎると困りますが……見せるだけなら」

「かしこまりました」

ため息を吐いた侍女が下がると、男はちらっと音のした方に目を向けてから、エルマに視線を戻す。

「不思議な接し方をしているね、君達」

「……そうですか？」

彼はふっと笑みを深めると、急に顔を横に向けた。

「ジョルジーはどう思う？」

「……拙からはなんとも」

「まあそう言うな。〝お嬢様〟は嫌味のない言葉なんだろう？　お前に認められている令嬢なんて、なかなかいないぞ」

　エルマはいまいち、男の意図がわからず困惑した。矛先を向けられた執事は、渋々といった様子ではありつつも口を開く。

「お嬢様は、階下の人間も、階上の人間と同じく見ていらっしゃいます。その上で……いえ、だからこそでしょうか。我々の領域を侵さないことを考えてくださる」

「ああ、なるほどね。対等だからこそしっかり線引きもすると。他には？　まだあるんだろう、悪口じゃないんだから話せ話せ」

「…………。お嬢様は……所作と文字に、品がおありです。話し方にも……お人柄が表れているのでしょう」

「見る方のことはわからないが、そうだね、エルマはとてもいい声をしている。静かで愛らしく、けれど情熱も垣間見える。いや本当に、あの二人の親族とは思えないぐらいだ。ユーグが夢中になるのもわかるよ」

「全くもって」

　これは相当恥ずかしいことを言われているのでは……！　と体を小さくしていたエルマは、一瞬聞き流しかけた言葉にはっと目を見開く。

「あの……ジョルジーさんはともかく、ディヤンドール閣下は――」

「失礼いたします。お持ちしました」

「ん。こっちに」

ちょうど聞こうとしたタイミングで、ニーサがエルマの縫い物達を持って戻ってきてしまった。言葉を途切れさせたエルマの前で、客人は侍女から受け取った物を広げ、なぞって感触を確かめているらしい。

「これはハンカチ？　何を縫ったのかな」

「花模様です」

「花か。これが花ね。こちらは？」

「タペストリーを作ってみようと……それはまだ作りかけです。完成したら、お屋敷のお庭になる予定です」

「なるほど。だからここがつるつるしているのか。これは？　なんだか形が違うな。リボン？」

「それは匂い袋で……」

しばらく、ヴァーリスが手に取った物について聞いては、エルマが説明する時間が続いた。一通り確かめたヴァーリスは、侍女に返す。

「よくできている。が、語弊を恐れずに言うならただの刺繍だね。別に魔法はこもっていない」

「ええと……はい、そうだと思います……？」

エルマはタルコーザ家の無能だ、もちろん縫い物に魔法なんて込めようがない。

何か期待されていたのだろうか、そしてやはり期待外れだったのだろうか……と思うが、がっかりしているのとはまた異なる雰囲気に見えた。

「ユーグめ、何をちんたらしていたんだ。最初の頃は勘違いするのもまあわかるとして、一、二回試せばすぐ、別の魔法であることぐらいわかるはずだ。おまけに魔法伯家のことだって話していたのに――無意識に解明をサボったのかな。世話の焼ける男だ、全く」

「あの……？」

「さて、というわけで、やっぱり君はただ縫い物をしているだけじゃ本来の力を発揮しないってことがわかった。改めて、時計を直してくれ」

「今の流れでどうしてそこに戻ってくるのですか……!?」

ヴァーリスはユーグリークのことを口にして苦笑していたかと思えば、再度机上に放置されていた懐中時計を押してくる。

しかしエルマの中では、両者はまるで繋がらない。

「まあまあまあ。いや、確かに説明は省いているが、実際やってみる方が手っ取り早い。どうせ先に言葉で説明してみても、君、『そんなこと、わたしにできるはずがありません！』としか言わなさそうだし。ほら、手に取るだけでいいから」

「手に取る……それだけで構わないのですか？」

「うん。別に何も起こらなくても、僕が顰蹙《ひんしゅく》を買って、ユーグを始めとした色んな男達に殴られるだけだから、大丈夫だよ。君には何の被害もいかない。……たぶんね！」

（それって本当に大丈夫って言えるのかしら……？）

客人の適当さというか、胡散臭さは拭いきれないままだが、刺繍を見せてくれと頼まれた時同様、触るだけでいいなら、無理を通して断ることでもないように思える。

エルマはそっと時計に触れた。両手に置いてじっと眺めてみるが、すごく高価そうな懐中時計であることしかわからない。蓋に描かれているのは星だろうか。開けてみると、金色の文字盤が深い青色の背景に浮かんでいた。同じく金色の針は沈黙したまま、時を止めている。

（…………？）

ふと、何か違和感を覚えた。エルマの指が、時計の針をなぞる。

（この部分。ここじゃない。もっと深い場所……）

爪先で確かめると、穴のような何かを感知する。それは目に見えるものではない。時計の表面はピカピカに磨き上げられていて、傷一つない。だが、内側の見えない部分が裂けている――断絶しているようになっている所があって、これが針を引っかけて進めなくしている理由なのだ、とエルマにはわかった。

（それなら、ここを……）

エルマの目には、他人には見えない魔力の流れ――糸が見えていた。指先で触れれば、それを動かすことができた。絡まったほつれをほどいて、ならし、あるべき場所に導いていく。

耳の奥に、誰かの言葉が、教えられた内容が蘇る。

『崩れた魔法を編み直しているんだよ。失われた願いを、込められた想いを復元する――〝加護戻し〟という古い魔法なんだ』

『――だってぼくがしていることは、曲がり、断ち切れ、ほつれて絡まってしまった加護の糸を、ほどいて綺麗に並べているだけなんだからね』

（歪みよ、戻れ。あるべき姿を取り戻せ……）

無意識のうちに、エルマは鼻歌を口ずさんでいる。しんと静まりかえった客間に、歌だけが流れていく。

そこに、ドタバタと騒がしい音がした。誰かが勢い良く扉を開け放つ。

「ヴァーリス、お前という奴は――――！」

呼ばれた客人は、さっと口元に指を当てた。屋敷の主に「静かにしろ」と言いたげな表情をしてから、自分の正面に体の向きを戻す。

文句を阻まれたユーグリークは、エルマの歌を耳にして、はっと息を飲んだ。吸い寄せられるように、時計を優しく撫でる彼女の手元に、そして横顔に目が向けられる。

視力のないヴァーリスにはわからないだろうが、ユーグリークにははっきり見て取ることができた。

暗がりの中で、エルマの瞳が普段の茶色ではなく――――淡い菫色に変わり、輝いていたことを。

こち、こち、こち、と時が動き出す音がした。エルマの手の中で、懐中時計の針が進み始めている。

部屋の誰もがその様子に魅入られた。ぼんやり輝いていた瞳の光はいつの間にか消え、エルマの目は地味な焦げ茶色に戻っている。

「――ユーグリークさま⁉」

瞬きしたエルマは、この時間、いつもなら仕事中のはずの彼の姿に慌てる。

しかし、彼は黙り込んだまま、動かない。

一方、ヴァーリスはエルマに向かって手を出し、ちょいちょいと催促するような仕草をした。

「時計を渡してもらえるかな、エルマ」

「あ……。えっと、どうぞ……」

返された懐中時計を耳元に当て、客人は針の鳴る音を確かめている。エルマは何が何だかわからない状態だ。

何かが見えた。自分のするべきことがわかった。後は無我夢中で――気がつけば全て終わっており、時計は時を刻み始めていた。しかし、動かしたのが自分だと言われても、いまいち実感がない。なんだか夢の中にいたような感覚で、今も少しふわふわしている。

「――あの、わたし……」

「ところで参考までに、エルマ。もう一つ聞いておきたい」

懐中時計の蓋を閉じたヴァーリスの薄青色の目が、鋭くエルマを見据えた――ような気がした。

「君はファントマジットという名前に、聞き覚えがあるか？」

「ヴァーリス！」

「閣下」

「坊ちゃま！　エルマ様を驚かせないでくださいませ」

咎めるような声を上げたのはユーグリークだった。それを即座に、執事と侍女が窘《たしな》める。

発端のヴァーリスは静かにエルマの方を向いたままだ。

エルマはびくりと体を震わせ、真っ先にユーグリークの顔色を窺う。けれど彼は何か迷うような素振りを見せた後、立ち尽くすのみである。

しばし彼が何か言ってくるか見守っていたエルマだが、それ以上動きがないと悟ると、客人に向かってゆるくかぶりを振った。

「――いいえ。聞き覚えがありません。ファントマジット……？」

「そうか。ありがとう。知りたいことは全部わかったよ」

客人はくっと口角をつり上げた。この時エルマは、目の前の男を怖いと感じた。

（最初からつかみ所のない人だったけれど、なんだかそれ以上に……）

「さて、ユーグ。話をしようか。どうせお前も僕に言いたいことが色々あるだろう。他の者は席を外してくれ」

「……そうだな。ジョルジー、呼ぶまで待っていてくれ。ニーサ、エルマを部屋に連れて行ってもらえるか？」

「かしこまりました」

「承知いたしました」

ユーグリークとヴァーリスは、引き続きここで話すつもりらしい。

しかし、今までのユーグリークならエルマに「部屋に戻っていてくれないか」と声をかけてくれたはずなのに、ニーサに命じるだけなんて……なんだか様子がおかしい。

（お留守番の間に好き勝手してしまったから、怒らせてしまったのかしら。お客さまへの応対が、うまくできなかったせいで……）

「ユーグリークさま……」

「……」

エルマが呼びかけると、彼はこちらを向いた。しかし、黙り込んだままだ。エルマもまた、言葉を失ってしまった。

（お帰りが早くて嬉しいとか、お友達が来ていらっしゃいますとか、金色の天馬を見ましたとか――いくらでも、言いたいことはあるはずなのに）

「ユーグ。僕が悪いとしても、その態度は彼女に冷たいぞ。黙ってると冷たく見える自覚を持て」

相変わらず一番緊張感のない男が大きくため息を吐くと、屋敷の主ははっと顔を上げた。エルマに向き直って、何かこう、手振りで説明を行おうとし――結局だらりと両手を下ろして、ぽつりと呟いた。

「……君に、怒っているわけじゃない。ただ……すまない、今は。後で話すから」

エルマはじっと彼を見上げたが、いつまでもこの場にぐずぐずして、客人の邪魔をするべきではない。未練はあるものの、礼をして退出した。

「お待ちしています、ユーグリークさま。お待ちしていますからね……！」

こみ上げる心細さのせいだろうか、出て行く前に、思わず念押しをしてしまう。

扉が閉まるまで、ユーグリークの目がじっと追いかけてくる気配がした。何も、言葉はくれないのに。

◇◇◇

「まあ、まずは一発殴られておく所なのかな。顔と頭と急所以外で頼む」

　客用の豪奢なソファーにどっかり腰掛けたままのヴァーリスが言うと、ユーグリークは無言でつかつか歩いて行く。ヴァーリスの正面まで来ると、ぐっと胸ぐらをつかみ上げて立たせ、腹に手刀を叩き込んだ。ぐふっ、と客人が呻く。

「今のは、いい一撃だっ……。ただ、あのな、おいっ……僕は今、急所以外でって言ったよな！」

「それだけ喚く元気があるなら充分だ。俺が本気で一発撃ったらまず直後は喋れない。知っていると思うが？」

「ありがたいことに、知識として知っているだけなんだな、これが……。日頃の行いというものだよ、大いに学んでくれたまえ」

「じゃあ体験講習を受けるか？　今ここで」

「結構だよ……うえ、じわじわ後引くな、これ……」

　ユーグリークは冷たく言い放ってヴァーリスをソファーの上に投げ捨てると、自分は立ったまま彼を見下ろす。腹を押さえて黙り込んでいた客人だが、少し時間を置くと回復したらしく、顔を上げた。

「ちなみにこれは従者に偽装を施した分か。それともロゼインを連れ出した分か」

「勝手にエルマに近づいた分に決まっているだろうが」

「ってことはあと何発も残ってるのか。ケチめ……」

「今伸びられると困るから、デザートに取っておいてやる。いい加減その放浪癖を真剣に反省しろ、それでも王太子か。……そんなことより」


ユーグリークは客人を睨み付けたが、ヴァーリスはのんびりと手探りに杖を取り戻し、座り直していた。うっすら開かれた瞼の下から覗く薄青色の目は、自分の前に向いている。

「どうして勝手にエルマを試したのか、かな。逆にこちらが聞きたいぞ、ユーグリーク＝ジェルマーヌ。なぜこの一月、彼女にただの刺繍しかさせなかった？　あれは、施された魔法を読み取って修復する〝加護戻し〟の魔法だ。手先を多少器用にする程度の力ではない」


覆面の下からは答えが返ってこなかった。立ち尽くしたままの彼の音をしばし聞いて、客人は大きく息を吐く。

「初めて会った時に、見事な縫い物の腕前を見た。だからお前は、彼女の魔法が特殊であることはすぐにわかったが、その時点で具体的な名前と発動条件までは特定できず、同じように縫い物をさせればいいと考えた。もっともな理屈だ。先入観も仕方ないな」

「………」

「だがお前は、抜けてはいても馬鹿ではない。最初の三日程度で、このままただ縫わせているだけでは、彼女の真価は確かめられないとすぐにわかったはず。だのにどうして進展させなかったのか。それはお前が、彼女の出自《しゅつじ》を薄々察した上で、突き止めたくなかったからだろう。無力で無能で無名――だからこそ、お前は彼女を好き勝手に、屋敷にとどめおくことができたんだから」

ユーグリークは拳を握りしめて俯いたまま、石像のように固まってしまっていた。

ヴァーリスは首を傾げる。厳しい表情が、今度は困ったような顔になっていた。

「ユーグ。だが、真実がわかって、何を恐れることがある？　お前はジェルマーヌ公爵家の嫡男《ちゃくなん》だ。この僕の右腕だ。望んで手に入れられないものなんか、この世に存在しない。彼女に加護戻しの力があろうが、些細なことだろう。むしろ都合が良いんじゃないか？」

「……そうは思えない」

ようやくユーグリークは一声漏らした。友が促すように見守っていると、ぽつ、ぽつ、と小さく弱々しい言葉が続く。

「ヴァーリス。人は容易に変わる。俺は……エルマが変わってしまうかもしれないことが、怖かったんだと思う。彼女は素晴らしい人だから……俺の手の届かない所に行ってしまうことが、嫌だったんだ、きっと」

「…………。ハア!?　いや、お前ね……！」

「だけど確かに、それは俺のエゴだ。エルマの幸せを考えた結論じゃない。……城からの脱走と独断行動についてはまだ許していないが、俺が意識すらできていなかった傲慢《ごうまん》さを自覚させてくれたことは感謝する。エルマには充分、幸せを貰った。もう、手放すべきなんだろうな……」

「やだ……僕の大親友性根が暗すぎぃ！　何なの、その全力の後ろ向き姿勢は。あのなあ！　別に僕は、別れろって意味で話を振ったわけじゃないっつーの。むしろ、ちんたらおままごとなんざしてないで、さっさと立場を明確にしてきっちり捕まえに行けと――いやもう駄目だなこれ、こういう時のお前に何言っても無駄だわ、よく知ってる。別の日にしよう」

ヴァーリスは顔を両手で覆った後、ぱん！　と気を取り直すように音を立てて頬を叩いた。

「加護戻しについては、今日検証した通り。エルマにはその力がある。それで、ファントマジックの方は――僕はひとまず何もしない。お前が動くまで様子を見る。あれだけ条件が揃っていれば本人なんだろうと思うが、例のタルコーザ親子、特に父親の方に諸々《もろもろ》確かめるのが先だろうし。――で、その問題児についてだが」

若干腑抜けたようだったユーグリークの様子が、一転して鋭くなった。ヴァーリスもまた、苦笑いを引っ込め、真顔になっている。

「いやあ、泳がせていたら、面白いぐらいに出てくるな。どうやら奴ら、昔は本当に貴族だったらしいぞ。が、不適格告発を受けて調査の後、権限財産諸々剝奪《はくだつ》済み――ということは、今の身分は偽装しているわけだ。さて、どこの王族気取りが勝手に任命してくれたのか……まあそれもすぐに見えてくるだろう。警戒してたのは最初だけ、今じゃ叩かなくても埃《ほこり》が出る有様だよ」

「そうか。……なら、そろそろか」

「うむ、近々派手にやろう。……ま、だから。お前はこの件に片が付いてから、彼女との今後を考えればいいさ。焦って早まるなよ？」

いつも軽薄でちっとも年上らしさを感じさせない男だが、この時は優しい大人の声で友に語って聞かせた。ユーグリークは困ったように瞬きをし、そっと目を伏せるのだった。

第四章★嫉妬の暴走

エルマはそわそわ、自室を行ったり来たりしつつ、窓の外の様子を窺い見ていた。一応、作りかけのタペストリーを手にしてはいるのだが、ちっとも身が入らない。

（ユーグリークさまは、きっと閣下をお迎えにいらしたのよね。何かお話があるみたいだったけれど、終わったらすぐにお城に戻ってしまうのかしら。今日は一緒にお夕飯をいただけると思っていたのに……）

やがてぞろぞろと、馬に乗った男達がジェルマーヌ公爵邸にやってくるのが見えた。皆ユーグリークと似たような服に身を包んでおり、おそらくは騎士――ヴァーリスの護衛を務める者達なのではなかろうか。

エルマはぱっと、同じ部屋で針仕事を着々と進めていた侍女の方に振り返る。

「ニーサさん。ユーグリークさまは今日、お城にお泊まりなのでしょうか？」

「でん……もとい閣下は、『全然苦しゅうない。というか、僕も今日は外泊でいいんじゃないかな？　ユーグリークのお家にお泊まりしてエルマと親交を深めたいな♡』とか言い出しそうですが。まあ……坊ちゃまがお城に連行するでしょうね。この時間では、晩ご飯もあちらでいただくことになるでしょう」

「そう、ですか……それならお見送りなど、させていただけると思いますか……？」

侍女はエルマを見つめてから、手早く裁縫道具を片付け、胸を叩く。

「危うきに寄らぬこそ賢者の証、という言葉もございますけれど、些事《さじ》を疾《と》くこそ万事平穏の元、とも言います。あたくしの人生経験上、こういうことは早めのフォローが後の勝敗を分けますの。お待ちくださいな。ちょっと坊ちゃまに――」

「あの、ええとね、ユーグリークさまのお邪魔をするつもりはないのよ。ただ、今夜も帰りが遅いなら、せめてお見送りできたら嬉しいな、と思っているだけで――」

エルマとしては、侍女に無理でしょうと言われたらそれで諦めるし、いいですよと言われたらこっそりと玄関に足を伸ばす、ぐらいの考えだったのだが、かっと中年女性の目が見開かれた。

「エルマ様！　控えめなのはもちろん、あなたの良い所ですけどね。配慮するのと甘やかすのは違います。おわかりになって⁉」

「はい――あの、えっと……？」

「公私共に忘れず充実させるのができる男性というものでしょうや。あなたは坊ちゃまを、公だけできる頭でっかちのつまらない駄目人間にしたいのですか⁉」

「えっ……えぇっ⁉　い、いいえ、そんなことは――！」

「ではここで待っていてくださいませ。いいですね！　若者が情熱に身を任せないで、誰がロマンスするのですか！　けしからん‼」

「はい、申し訳ございませんでした……⁉」

正直、何故一喝《いっかつ》されたのか、何を怒られたのかもわかっていないのだが、こうなると反射的に謝罪が飛び出る長年の癖である。ニーサは鼻息荒く飛び出して行ってしまい、ぽつんと一人取り残される。

（……ニーサさん、尋常でない剣幕だったわ。追いかけて、引き止めた方がいいのかしら……）

ぐるぐる部屋の中を歩き回りながら悩んでいたエルマは、ばっと扉が開く気配に飛び上がった。

「男は度胸ですのよ‼」

何やらえらくドスの利いた声と共に、ユーグリークが部屋に入ってきた。いや、入ってきたというか……ぽーん、と投げ入れられた。

確かに話をしたいと希望したのはエルマだが、まさかいきなり本人が連れてこられると思ってもみなかった。目を点にし、慌てて彼に駆け寄る。

「あ、あの、ユーグリークさま、申し訳ございません……。今日、この後お戻りにならないなら、お見送りをさせていただければと、それだけだったのですが……！」

「見送りは大丈夫だ。ヴァーリスはもう仕方ないとして、他の奴らに君を見せたくない」

ユーグリークは掌で服を払いながら、硬い声で答えた。エルマはしゅんとうなだれる。

「そうですよね。わたしなんかがご挨拶に出て行ったら、皆さまのお目汚しになってしまいますもの」

「違っ、むしろぎゃ――――」

「ぎゃ……？」

「……とにかく。君があいつらを気にする必要なんか、ないってことだ」

ユーグリークは咳払いした。が、エルマが不安そうな顔のままでいるのを見ると、布を上げる。何やらげっそりやつれている顔が現れて、エルマはまた驚いてしまう。

「ユーグリークさま、お体の具合がよろしくないのですか？　その、随分と顔色が……」

「いや、ヴァーリスの相手をしていたら、体力気力がごっそり持っていかれてな……。ここまで派手な逃走劇は久しぶりだった。最近大人しかったから油断していた。まあ、私の家でお茶をしている程度なら、奴にしては相当に可愛いものなんだが」

エルマはこの話題を掘り下げるのはよろしくなさそうだと察した。聞いたらこちらまで胃痛になる予感がある。彼の疲れを少しでも軽減できれば――などと思っていると、自然と言葉が漏れ出した。

「ユーグリークさまはいつもお忙しくて……わたしも何か、お役に立てればいいのに……」

「…………」

彼はぱっと口を開いたが、言葉は喉で止まってしまったらしい。しばしの沈黙を経た後、再度エルマに銀色の目を向ける。

「エルマ。もし……」

「はい」

「……もし、君に。本当の……。君が、本当は……。君の――」

だが、途切れ途切れの言葉の肝心の部分が聞こえない。エルマは彼をじっと見上げ、ユーグリークは口を開けたまま停止した。

ちょうどその時、扉がノックされる。執事が時間を告げに来たようだ。

「閣下。そろそろ……」

「……。もう少しだけ、待っていてくれないか？」

「かしこまりました」

一度ジョルジーを下がらせたユーグリークは、改めてエルマの目を覗き込んでくる。吸い込まれそうな銀色に、ドキリと心臓が高鳴る。

「君に話すことが――話さなければいけないことが、ある。ただ、今は……まだ……」

大人しく耳を傾けていると、彼は一度ふっと考え込むように、あるいはどこか気まずく目を逸らすように、視線を逸らし、再びエルマに向ける。

「私はこの後、何日か戻れないかもしれない。だが……今回の仕事が終わったら、今言えないでいることも、全部伝えるつもりだ。……もう少しだけ、待っていてもらえないか？」

エルマは瞬きした。花がほころぶように、自然と笑みが零れる。

「はい。あなたが待てと仰るなら、いつまでもお待ちします」

ただ一言。たった一言。けれど、まっすぐ見つめ、嘘偽りない言葉を与えられたなら、不安は霧散して使命感の芯ができあがる。

（なんだか、今日のユーグリークさまはいつもと違っていて……振り返らずに出て行って、そのまま戻らないような姿を想起させるから、怖かった。でも、待っていてくれと言うのなら、置いて行きっぱなしにはしない。ちゃんと、帰ってきてくださるはず……）

「……ありがとう、エルマ」

「どうしてユーグリークさまがお礼を言うのですか？　わたしはまだ、ちっともご恩返しが終わっていないのに」

「そう、言ってくれるなら。お願いを、してもいいかな……？」

「はい、何なりと。わたしにできることでしたら」

「………。いっていらっしゃい、と。笑って、言ってくれないか……？」

エルマはユーグリークをじっと見つめてから、数歩下がる。

ジョルジーやニーサにマナーの勉強を見てもらって良かった、と思った。

優雅に、丁寧に、ピンと背を伸ばし、教わった通りの角度に体を曲げて膝を折る。

「いっていらっしゃいまし、閣下。ご武運をお祈りしております」

「──うん。いってくる」

彼はほっとしたような笑みを浮かべた。

それはどこか、今にも泣き出しそうな顔にも見えた。


ユーグリークのいない屋敷で、エルマは刺繍を続け、本を読み、屋敷の人間達と言葉を交わし、フォルトラの世話をして過ごしていた。

時折吸い寄せられるように門に視線が向いたが、知らせはない。

「エルマ様、今日は少し早めにお休みになりますか？　近頃お疲れが溜まっているようで」

「……そうね。あまり集中できていないみたい。今日は早めに寝ます。ありがとう……」

侍女に指摘されたのは体調だろうが、なんとなく落ち着かない気持ちまで言い当てられたようで、エルマは苦笑いした。

しかし、早めの時間からベッドに潜り込んでも、なかなか眠りの気配が訪れない。疲れているような感覚はあるのだが、頭は冴えているようでもあった。

（でもこんな、いつまでも身も心もそぞろな状態でいるわけにいかない。たくさん寝て、早起きして……）

目を閉じてゆっくりと呼吸を繰り返しているうち、エルマはいつの間にか、夢の中に吸い込まれるように落ちていった。

◇◇◇

歌が聞こえる。作業場で彼が鼻歌を口ずさんでいる。

またこの夢だ、とエルマは思った。知らない人と、母の夢。

（加護戻し……そうだ。わたしは時計の直し方を、知っていた。あの人に教えてもらったから……）

これは一体何の幻なのだろう？　幼いエルマは見慣れた家の中を走っていき、見知らぬ男の元に辿り着く。

男の瞳の色はエルマと同じ焦げ茶だったが、肌と髪の色は薄い。随分と線が細く、大人の男の人なのに儚げな印象をしていた。

『いつものお歌は、何の歌なの？』

『何だろうねぇ。子守歌らしいけど。ぼくの家に昔から伝わっているんだってさ』

『お家って、ここじゃないの？』

『ここもそうだけど……別の所に住んでいたこともあるんだよ』

彼はエルマを膝の上に抱え上げた。作業台の上には乱雑に紙が広げられている。

『昔はね、ずっと一年中ベッドの中にいた。季節も昼夜も関係ない。ただ、生きているだけの日々で──』

『今でもよくベッドにいるわ。一年中！』

『ははは、うちのお姫様は正直者で素直だなあ。だけどね、これでも昔に比べれば、大分出歩けるようになったんだよ？　というより、一歩も歩かせてもらえなかったって方が正しいのかな……』

彼が笑うと、エルマにも振動が伝わってきてくすぐったい。ぎゅっと抱きしめられた手は少しひんやりしていて、けれどなぜかとても温かく思えた。

『あの家で、ぼくはとても大事にされていた。だけどあの家では、ぼくはただ起きて寝るだけの人形だった。そんなぼくの白黒の世界に、シルヴィーナが色をつけてくれた。毎日、花を取り替えてくれたんだよ。そこから、生きていることを実感できるようになった』

『むずかしい話？』

『いいや。愛の話さ。お前にだってすぐわかる。大事が溢れて、一杯になるんだよ』

愛おしげに幼子の頭を撫で、彼は笑った。首が痛くなってきたエルマは前を向き、なんとはなしに作業台に視線を向ける。

あちらこちらに、男の描いた美麗な文字が走っていた。その中で、一つの単語に目が吸い寄せられる。

――シルウィーナへ。アーレスバーンより愛を捧ぐ。

ずきり、と頭痛が走り、エルマは頭を抱えた。玄関の開く音がする。

『アーレス――あなた！』

帰ってきた母が男を呼んでいる。耳鳴りまで始まった。酷い悪寒《おかん》が全身を駆け巡る。風が吹いて、文字が走る紙が舞い散っていく。

――そう。彼は美しい文字を書く人だった。

それ以外にも不思議な特技があった。〝加護戻し〟と呼ばれる、壊れたものを直す魔法だ。

『ぼくは秘密の魔法使いなんだよ』

と茶化して言っていたが、本当のことだとエルマも母も知っていた。

料理も掃除も洗濯も苦手で、おまけに体が弱く、冬はいつも咳をしていた。

（アーレス……お母さまが、あなたと呼ぶ人。それはつまり――）

唐突に光が見えた。あるいはずっとそこにあったのに、目を逸らし続けてきたものが。

（ゼーデン＝タルコーザではなかった。わたしの本当のお父さまの名前は、アーレス……アーレスバーン！）


思い出した。誰が冬の寒い朝に死んだのか。

あの日は窓の外が、雪と朝日で真っ白だった。

寝過ごしてきた彼――アーレスバーンは顔色が悪く、咳をした。いつも通りでもあり、いつもとどこか違うようにも思えた。

食卓に家族でつこうとして、母が眉を顰める。

『あなた。ね、咳が酷いわ』

『いつものことだよ。ああ、だけど……確かに喉が変かも。少し仕事を入れすぎたかなあ』

『風邪かしら、疲れているのよ。今日は休んだらどう？　あなたは体が弱いんだから、無理は禁物よ』

母の言葉に、彼は笑って口を開いて――答えの代わりに、赤い赤い、血を吐き出した。

両手で口を覆う彼に、母が駆け寄り、けれど赤色は止まらなくて。

（――血を吐いて死んだのは、お母さまじゃない。お父さまだった！　それなら……！）

ぐるぐる、ぐるぐると視界が回る。

人が倒れている。駆け寄る。今度は母だ。家じゃない。外。がらがらと車輪の音が遠ざかっていく。馬車だ。無責任に全てを壊して逃げていった。いや、違う。全部台無しにしたのはエルマだ。あれほど勝手に出歩くなと言われたのに。

『エル――。良かった、無事で……』

『お母さま。ごめんなさい。言いつけを守らなくて。ごめんなさい。勝手にお出かけして。もうしません、もう絶対に約束を破りません。だから……！』

泣きじゃくるエルマの前で、彼女もまた呆気《あっけ》なく事切れた。背後から大きな影が落ちてくる。

振り返ると、野太い声がエルマを怒鳴りつけた。

『全部お前のせいだ――お前が悪い、責任を取れ！』

――そうして、全部がかき消えた。

◇◇◇

鈍い痛みが、夢の終わりと現実の目覚めを教えている。

瞼も、体も重たかった。寝台からよろよろと這い出たエルマは、鏡台の前までやってくる。

（……酷い顔）

覗き込んだ自分の顔ときたら、目の下には隈《くま》ができて、肌には血の気がなく、唇に至っては紫色にすら見えた。熱っぽい気もする。

エルマは体が丈夫な方だった。タルコーザ家で使用人のように過ごしてきた頃も、風邪一つ引いたことはない。ましてこの恵まれた屋敷の中で、ここまで体調が悪化するなんて。

（逆、なのかしら。安心できる場所だから、気が緩んだの……？）

もう一度鏡の中を覗き込む。

エルマの見た目は、ゼーデンともキャロリンとも似ていない。それはエルマも自覚していたし、彼らにも言われていた。記憶の中の母に似ている気がしていたが、彼女もまた青色の目をしている。エルマだけが地味な見た目に茶色の目をしていて、仲間外れと思っていた。

しかし、思い出した今ならわかる。エルマの目は、本当の父親――アーレスバーンを写し取ったかのようだった。丸い形も、焦げ茶の色も、そこだけ見ていると、まるで鏡の中から父が覗き返しているような錯覚を覚えそうになるほど似ている。

（わたしの本当のお父さまは、小さい頃病気で亡くなってしまっていた……。けれどそれなら、お母さまは？　お母さまはわたしのせいで働き過ぎて、病死したのだと思っていた。それに、ゼーデンさまとキャロリンさま――あの二人は一体……）

せっかく真実を思い出したのに、それによって新たに生まれた疑問について考えようとすると、頭がズキズキ痛みを訴えた。

もどかしいが、これ以上無理に記憶をたぐろうとするのは危うく感じる。何もかもが億劫《おっくう》で、エルマはそのまま鏡台に突っ伏した。

目を閉じると、父の口ずさむ歌が聞こえてくるかのようだった。優しい声――時折母も一緒に歌っていただろうか。

（でも、どうしてわたし、今まで思い出せなくて……こんなに温かい記憶なのに……）

台に張られているガラスは硬いが冷たく、ひんやりして気持ちいい。

誰かが部屋をノックする音が聞こえる。

「エルマ様？　まだお休みでしょうか。どこかお加減でも……」

そろりと扉を開けた小声の侍女は、直後寝室の様子を見回し、驚きの声を上げた。

「まあ――どうなされました！」

なんでもないの、大丈夫、とエルマは答えたつもりだったが、音が聞こえない。

また、意識が途切れた。


次に気がついた時、エルマは再びベッドの中にいた。夢を見て、起きたはずなのに、また寝ている。自分が今現実にいるのか、まだ夢の続きのままなのか、混乱しそうだ。

ゆっくりと瞬きを繰り返していると、ベッドの傍らで本を広げていた侍女が顔を上げた。

「エルマ様、お目覚めでしょうか？　気分はいかが？　どこかお辛い所は？」

「……変な気分。痛みや苦しみは、あまりないかしら。でも、頭も体も重たくて……それなのにふわふわしてるみたいで……わたし、まだ夢を見ているのかしら」

「起きていらっしゃいますとも――まだ熱いですね。お医者様にも来ていただいたんですよ。風邪、というか溜まった疲れが出たんでしょうですって。ゆっくり眠れば大丈夫だそうですよ」

医者、と聞いてエルマは青ざめた。

「ごめんなさい……」

「ま！　この人はすぐそういうことを言うんだから。こういう時、責められるべきはむしろ、坊ちゃまにあなたを任されていて気がつけなかった、あたくしでございましょう?」

「そんなことないです、わたしが……」

「はいはい、反省会は元気になってからなさいましな」

ニーサはてきぱきと、傍らの盥《たらい》に浸した布を絞り、病人の額に載せる。エルマの赤い顔を見て、侍女はため息を吐いた。

「こういう時、坊ちゃまがいらっしゃると良かったんですけどねえ。ま、いても何かできるわけではありませんが」

いつものエルマなら、彼の手を煩わせるほどのことでは、と言う所だろう。

しかしこの時は、心と体が弱っていたためだろうか。薄く開いた口から零れたのは、奇しくも直前にニーサに言われた通りの、偽らざる本音だった。

「そうね。もっといつも、お側にいてくださったらいいのに。毎日お仕事ばかりなの。わたしのことはどうでもいいのかしら……?」

ぽそ、と呟かれた言葉に、侍女は驚いたように目を見張り、それからくしゃりと相好を崩した。

「――本当に、そうでございますわね。良かった、ちゃんと言えるんじゃありませんか。今度は直接言っておやりなさいませ。きっと日の高いうちから、飛んで帰ってきますとも」

侍女はその後、ベッドの横に、水やタオルなど一通り必要な物が用意されていることを告げ、部屋を退出していった。

一人になったエルマは、喉の渇きを覚える。体を起こし、コップに手を伸ばす。水分補給が終わると、また柔らかな布の中に沈み込んだ。

見上げた天井は高かった。この家は広い。広いからこそ、一人きりでいるととても寂しく感じる。

父――アーレスバーンならば、こんな時、眠るまで側にいてくれただろう。ふとそんなことを思い出すと、ますます切なくなる。

（ユーグリークさまが手を握ってくださればいいのに。そうしたらこんな熱、すぐに下がってしまうはず。いいえ、もっとどきどきしてしまうのかしら……）

熱のせいか、それとも昔を思い出したせいか。

エルマは幼い素直さの中で、うとうとと、再びまどろみの中に溶け込んでいった。


丸一日ベッドの中で寝て過ごすと、熱は下がった。

翌朝にはすっきりした気分に戻っていたエルマは、今度はいつも通りの時刻に起き出して、動き回れるようになっている。

熱を出していた間のことはあまり覚えていないのだが、朝食中、ニーサが物知り顔で微笑みを深めているのが気になる。

「……わたし、もしかして、何かうわごとでも言っていたんですか？」

「いーえっ！　ご安心くださいな。どちらかというと、秘められた本音の暴露といった所でしたよ」

「そうですか――えっ。秘められ――⁉」

「それより、良いお知らせですのよ！　坊ちゃまから、今夜には片が付いて戻ってこられそうだと、連絡がございましたの。やはり願望は積極的に口に出していくべきですわね」

エルマはニーサの言葉を追及しようとしたが、ユーグリークの帰還の知らせを受けると途端にパッと顔を輝かせた。話題をはぐらかされたような気もするが、ようやく長期出張（仮）から帰ってこられるということなら、何よりも嬉しい。が、喜んでばかりもいられない、とすぐ思案の顔に移った。

（わたしが思い出した記憶のこと……ユーグリークさまにご相談するのが、一番いいのかしら。お父さま……ではなく、ゼーデンさまとキャロリンさまのことも、話さないといけないのだろうけれど……）

「どうかなさいました、エルマ様？　パンが変な味でもしました？」

「……！　大丈夫、何でもないの。いつも通り美味しいわ」

考え事をしている間に手が止まっていたらしい。さくさくパリパリした焼きたてのパンに薄くバターを塗り、急いで口の中に放り込む。ニーサがクスクス笑いながらお茶を勧めてくれた。香りのよさと温かさが体に満ちると、落ち着いてくる。

（そうだわ。思い出したこと、ニーサさんやジョルジーさんに、先に話してみた方がいいかしら？　二人なら信頼できるし、話している間に自分の中で整理できて、ユーグリークさまにも説明しやすいかも……）

エルマが考えながら見つめていると、ちょうどニーサが振り返る。

「そうそう、エルマ様。今日はあたくし、買い物に出かける予定だったのですが……病み上がりのお嬢様を置いて楽しんでくるのも気が引けますし、また別の機会にいたしますね」

「……！　そんな、もう治ったのだから気にしなくていいのに。それに――」

「それに？」

エルマはうっかり余計なことを言いそうになった口をぱっと押さえた。ニーサはじっとその仕草を見守ってから、ふっと笑みを深める。

「お嬢様は、何かにお気づきでしょうか？」

「……あのね。わたしの気のせいかもしれないのだけれど。いえ、ごめんなさい。きっとこんなこと考えるのは失礼だわ――」

「どうぞ！　怒ったりなんかしませんから。話してみてくださいな」

ニコニコ顔の侍女に繰り返し催促されると、押しに弱いエルマは口を開いた。

「今日の午後は、ジョルジーさんもお出かけですよね……？」

「ええ、そうです。定期健診なんですよ。まだまだなんて本人は言ってますが、充分年寄りですからねえ、健康には気をつけ過ぎるぐらいでちょうどいいでしょう」

「それで、その……二人はね、とても仲がいいように、見えるのだけど……」

「それだけですか？　なんだか他にも根拠がありそう」

「……前にね。図書室で、ジョルジーさんが羽ペンを落としたことがあったでしょう？　その時、ニーサさん、『あなた』って呼びかけていたわ。『あなた、また落としましたよ。もう、仕方ないんですから』――って」

執事と侍女とは、元々共にいる姿を見る機会が多かった。

だがエルマが二人にそれ以上をふと感じたのは、ちょっとしたやりとりの言葉だ。

『アーレス――あなた』

親しみと愛おしさを込めた、伴侶《はんりょ》を呼ぶ言葉。その響きにとてもよく似ていると――両親のことを思い出した今、ふと強く感じたのだった。

侍女はエルマの前にそつなく紅茶のお代わりを出し、ふうと息を吐く。

「はいかいいえで言えば、はいになるのでしょうね」

エルマはカップに手をつけたものの、そのままじっと侍女を見た。

「じゃあ……その……お付き合いしているの……？」

ニーサは笑った。声を出さず、慈愛と優しさと、そして何か自信のようなものの滲《にじ》む微笑みだ。

赤くなったエルマは慌て出す。

「そ、それなら出かけるべきでしょう！　わたしのことなんて、本当に、どうでもいいのだから！」

「いいえ、どうでも良くはございませんけれども――」

「でも、わたし嫌よ！　せっかくの機会の邪魔をするなんて――」

わたわたと手をさまよわせたエルマは、景気良く一気に紅茶を喉に流し込んだ。

「ほらもう、こんなに元気なんだから！　出かけてきて！」

「……ご主人様に気をつかっていただくなんて、仕える者としてどうかとは思うのだけど。そう言っていただけるなら、お言葉に甘えようかね」

ニーサは深くため息を吐き出したが、随分と砕けた口調になっていた。嬉しくてふと気が緩んだのだろうか。エルマはほっと胸を撫で下ろす。

「でも、エルマ様。あたくし達のことを気にかけていただけるのは嬉しいですけど、そんな風に人にお節介焼くのなら、ご自分だってきちんとなさらないとね？」

ナプキンで口元を拭っていた手が止まった。しかしすぐにエルマは一つ大きく深呼吸して、ニーサの方に目を向ける。

「……わたしは、いいの」

「エルマ様、でも――」

「だってユーグリークさまは……わたしが普通にしているから、親切にしてくださるのでしょう？　わたしはあの人を、わたしの特別にしてはいけない」

膝に両手を置き、ぎゅっと握りこぶしを作る。

「……だから、これはわたしの勝手なのだけど。いっぱい楽しんできて、ニーサさん」

「エルマ様……」

侍女は困ったような顔になったが、エルマが寂しげな微笑みを向けると、それ以上言葉は出てこないようだった。

ニーサはエルマのことを気づかう素振りを見せたが、何度も出かけるように頼むと、後ろ髪を引かれつつ外出は嬉しい――というような、複雑そうな雰囲気で出て行った。

残されたエルマは、今日はのんびりと、いまいち進捗《しんちょく》の悪かったタペストリーに手をつけていこうかと考えている。

(疲れが出ただけという話だったけど、病み上がりだもの、フォルトラに会うのは我慢しましょう。天馬は繊細な生き物とお聞きしているし、外に出るのも、大事をとって明日以降の方がいいかしら)

針先に集中していれば、余計なことも考えすぎずに済む。一番手のかかる模様にひたすら向き合っていると、良い具合に時間は過ぎていった。

一段落した所で、作業の手を止めて汗を拭ったエルマは、はっと息を飲む。部屋の扉を開けて様子を窺っている人と目が合ったためだ。

「これはお嬢様、どうもすんません！　そのう、お邪魔をするつもりでは……」

「気にしないで、ちょうど一息入れようかと思っていた所なの」

帽子を取ってぼそぼそ喋るのは、普段、庭の手入れをしている男だった。散策中に言葉を交わす機会はあっても、屋内ではあまり見かけたことがない。

しかもよく見れば、庭師だけではなく、何人か使用人達が集まっているようだった。

「どうかしました？　ジョルジーさんかニーサさんを探しているなら、まだお出かけ中だと思うわ」

「はあ、そのう……実はですな。お嬢様に用事がある人というのがね、下に来ていてね……」

「……わたしに？」

エルマはきょとんと目を丸くした。

扉の前の使用人達はざわめきながら互いに顔を見合わせ、小突き合っている。

「なんだかねえ、坊ちゃまにもお世話になっているとかね。どうしても話したいことがあるとか……」

「でも、お約束があったら、執事さんが皆にちゃんと言ってってっぺ？　勝手に押しかけてきたんなら、追い返しちまえばいいじゃないか」

「だけどさあ、岩みたいに動かないんだもんよ。あんなに強く言われちゃあ、やっぱりさあ……なんだか随分、きらきらした服を着てたしさあ」

「……もしかして、恰幅の良い男性が来ているの？　それか、わたしと同じか少し下ぐらいの綺麗な女性？　プラチナブロンドと空色の目をしている？」

「んだ、女の人の方だ！　薄い金髪でさ、美人じゃあるが――なんかキツそうな感じのさ」

話を聞いているうちにピンときたエルマが口を挟むと、一斉に視線が向けられた。

「やっぱりあの女の人、エルマ様のお知り合いなんですか？」

「そう……キャロリンが来ているのね。お父――ふっくらした男の人はいないの？」

「しゅっとした若い男なら、おつきにいましたがねえ。ありゃなんだろう。下男のつもりかね？」

（……？　いつもみたいに一緒ではなく、キャロリンだけが、他の人と来ているということなのかしら？）

下男に心当たりはないが、キャロリンは男性の心をつかむのが上手で、いい荷物運びにしていることもあった。だからまたそういう人間だろうと想像はつく。

ジョルジーかニーサがいれば、エルマも使用人達も真っ先に彼らに対応を相談しにいっただろうが、生憎《あいにく》今は二人とも外出中である。

（でも、屋敷の人達、随分と困っているみたいだわ。わたしの知り合いなのだもの、わたしがなんとかしなくちゃ……）

「わかりました。お客さまはどこにいるの？　どういうご用件でいらっしゃったのか、確認します」

エルマがそう申し出ると、使用人達にほっとした空気が漂った。

皆、真面目で親切だが、指示をされて動くことに慣れている人達でもある。お仕着せはあなたの着る物ではない、とやんわり言われた身は、こういう時何をすべきか発信する立場なのだ。

「今、階下にいるんです。裏口から入ってきちまって」

「わかりました。案内していただいても、いいでしょうか？　それと……できれば、誰か一緒にいてくれると心強いのだけど」

「もちろんでさあ！　お供しますとも」

「あちらさんに引っ込めって言われても、お嬢様がお望みでしたらてこでも動きませんからね」

「ありがとう、皆さん……！」

キャロリンのことは、まだ怖い気持ちが強い。昔のことを思い出しつつあるから、妹ではないなら何者なのだろう、という疑念と不安もある。

だが、自分だけの問題ならともかく、ジェルマーヌ邸の人達も巻き込みかねない問題となれば、エルマも黙って引っ込んでいるわけにはいかないのだ。

（キャロリンさま——いいえ、キャロリンも、ゼーデンも、家の中と外では態度が違う人だった。人目があれば、風の魔法を使うような無理もしないはず。まだ気持ちに整理がついていない今、正直会いたくはないのだけど……話の進み方次第では、いっそ直接確かめてしまうのもいいのかも）

どんな話をしようか考えながら階段を降りて行くと、何やら不穏な押し問答をする音が聞こえてくる。妹の声が漏れ聞こえてきただけで、心臓がぎゅっと絞られるように痛み、じわりと嫌な汗が滲み出てくる。

（……落ち着いて。大丈夫、いつもみたいに。屋敷の皆もいるし……）

エルマは胸を押さえ、深呼吸を繰り返し、使用人達の共有スペースに立ち入った。

我が物顔でどっかりと座り込んでいる金髪の女性は、間違いなくキャロリン＝タルコーザだ。

エルマに空色の目を向け、ぱっと立ち上がる。

睨み付けられたエルマは、実際に会う前よりもずっと落ち着いている自分に気がついた。

（……そうだわ。いつももっと、すごいものを見ているもの。ユーグリークさまのお顔の方が、どきどきして、気持ちを抑えるのが大変で……それに、怯《ひる》んでいられない。屋敷の人達を、わたしが守らなければいけないのだから）

「……久しぶりね、キャロリン。変わっていない──元気そうで、良かった」

静かに挨拶すると、美しき妹は目を細めて値踏みするように、姉を上から下まで眺め回し──そしてぐんにゃりと顔全体を歪ませた。

「そうね、あたしは変わってない。でも、姉さま──いいえ、エルマ。あんたは変わったみたいね……？」

「──！　お嬢様、いけねえ！　下がって──」

キャロリンが邪悪な笑みを浮かべたのが見えた。ぞっと血の気が引く。誰かがエルマの前に割って入った。しかし関係ない。振りかぶられたものは、地面に向かって投げつけられる。

「あんただけいい思いしてハッピーエンドだなんて、許さないんだから‼」

パリン！　と何かが割れる音がして、部屋の中にたちまち煙が立ちこめる。

それを吸い込んだ者は、屈強な男も足の速い女も、魔法の使える者も──誰も彼も、あっという間に意識を失って倒れた。

◇◇◇

小雨が降っていた。小さなエルマは黒い服に雨具を羽織り、母と二人で歩いている。濡れるのは好きではなかったけど、母と一緒なら話は別だ。嬉しそうに、ぴょんぴょんと跳ねている。

（これは……確か、お父さまのお墓参りの日のことだったはず。掃除をして、最近起きたことを話すの。きっとそうやって、お母さまもわたしも、少しずつあの人がいなくなった現実と向き合おうとしていた。けれど――）

意識も、視界も、雨でぼんやりしているが、徐々に過去が見え始めた。

その雨の日は、いつものお墓参りとは少し違っていた。墓地に見知らぬ男女が立っていたのだ。口髭《ひげ》をたくわえた老紳士は、目深に帽子を被り、上等そうなコートに身を包んでいた。婦人の方は、喪服に黒のヴェールを纏《まと》っていて、顔がはっきりとは見えない。

こちらに気がつくと、二人ともはっと息を飲んだ。

母もまた、彼らを見ると体をこわばらせた。エルマと繋いでいる手にぎゅっと、痛いほど力を込める。

しばし、居心地の悪い沈黙が流れた。

エルマが困惑して母を見上げると、彼女は食い入るように見知らぬ二人を見つめている。

『シルウィーナ、久しぶりね。少し痩せたかしら？』

『……奥さま』

やがて女性の方が声をかけてきた。母の緊張は取れない。むしろますます強くなった。

『その子がアーレスの子？』

見知らぬ女の声は優しく、なぜか愛おしむようにエルマを見つめていた。

エルマは母を横目に窺う。今耳にしたのは、確かに父の名前だったが――。

『……貴様はたかがメイドの分際で、息子アーレスを誑《たぶら》かした大罪人だ。儂《わし》は今でも、貴様を我が家の人間として認めるつもりはない』

次に声を上げたのは老紳士だ。その瞬間、母はエルマを自らの後ろに引っ張り込んだ。隠されたエルマは驚き、母の背中を見上げる。雨が目に入って、ぎゅっと閉じた。

『あなた、なんてこと！　あの子の愛した女性を、しかもお墓の前でそんな――』

『お前こそ何を言う！　この女があの子を死なせたんだぞ！　何が愛だ、何が生き甲斐だ！　後を追って家を出て行かなければ、庶民の汚れた空気の中で働きなどしなければ、アーレスはもっと、もっと長生きできた！　儂もあの子を、勘当なぞする必要は――』

大人の男の大声に、エルマは竦み上がっていた。それが見えたのだろうか、それとも傍らの連れ合いに窘められてか。老紳士は激高を止め、深く息を吸う。

『……だが、子どもには罪がない。その子はこちらで引き取る用意がある』

『あなた！』

母はぎゅっと唇を噛みしめ、震えたまま立ち尽くしていた。

『貴様のことは憎い。許すことなどできそうにない。だが……孫は可愛い。アーレスの忘れ形見ともなれば、今のまま捨て置くことなどできぬ。近いうち、また訪ねる。誰も頼れぬ庶民の女一人に育てられるのと、魔法伯の庇護を受けるのと――どちらが賢い選択か、考えておくがいい』

そうして老紳士は踵《きびす》を返した。婦人は慌てて彼の後を追い、何度も何度もこちらを振り返りながら去って行く。

　来訪者の姿が見えなくなっても、母は雨の中、ぶるぶる震えたまま立ち尽くしている。エルマは心配になって声をかけた。

『お母さま。わたし、どこかに行かなければいけない？』

『……もし。もし、ね。とても綺麗で広くて、豪華なお屋敷で、何でも好きな物を着られて、いつでもお腹いっぱい食べられて、雨漏りの心配もなく、柔らかいベッドで眠ることができる――そんな所に住んでいいよと言われたら、エル――はどうする？』

『お母さまは一緒？』

『いいえ』

『それなら、何もいらない！　お父さまがいなくなってしまったばかりなのに、お母さままでいなくならないで！』

　エルマはわあっと声を上げて泣き始めた。母は慌てて振り返り、ぎゅっと娘を抱きしめる。

『エル――。ああ、わたしの可愛い子！　わたしも嫌！　アーレスを失った今、あなたまで手放さないといけないなんて……！』

『それなら、逃げようよ、お母さま。ね、逃げちゃえばいいの。違う？　あの人が来る前に、二人で別の所に行くの！』

　母は泣きながら幼子の提案に頷いて、その日のうちに荷物をまとめた。

明くる日、朝靄《もや》の中で父に最後の挨拶をして、二人は親子三人で暮らしていた街を出て行った。

『お母さま、これからどこに行くの？』

エルマが聞くと、彼女はもの憂げにどこか遠くを見つめた。

『……そうね。もう二度と足を踏み入れることはないと思っていたけれど……里帰り、してみましょうか』

『それって、お母さまのふるさとに行くってこと？』

『ええ、そうよ。わたしの始まりの場所であり、あなたのもう一人のお祖父《じい》さまとお祖母《ばあ》さまのいる所――タルコーザへ、行ってみましょう』


母娘二人で旅を続け、人の多い町から、のどかな田舎の方までやってきた。タルコーザは牧歌的な場所で、空気が澄んでいた。

しかし、人が少ないせいか、なんだか寂しい雰囲気だった。道は舗装されておらずでこぼこして、建物はどれもぼろく歪んでいる。たまに見かける農民達は、よそものを見るとヒソヒソ囁き合い、バタンと家の扉を閉じてしまった。お世辞にも歓迎されているとは言えない。

母は歩みを進めるほどに表情を険しくしていった。エルマはぴったりと彼女に身を寄せる。

やがて、見違えるほど立派なお屋敷が現れた。エルマは目を丸くして棒立ちになりかけていたが、母はどこか勝手知ったる様子で話を進め、やがて客間に通される。

バタンと扉が開き、でっぷり太った大きな男と、天使のような女の子が入ってきた。

『おきゃくさま！　ねえさま！　あそんで！』

可愛らしい女の子に抱きつかれて困惑し、エルマは助けを求めるように母を見上げた。

母は硬い表情で、太った男を見つめ――いや睨み付けていた。ニヤニヤといやらしい、下卑た笑みを浮かべた男は、わざとらしくもったいぶったように手を差し出してみせる。

『やあ、シルウィーナ――姉さん。恥知らずなできそこないのあばずれが、今更出戻りかい？大方頼った男に逃げられたんだろう。女ごときが余計な浅知恵を働かせようとするから――』

幼いエルマに下品な侮辱はわからなかったが、姉という言葉は当時でも容易に意味を理解できた。

（そうだ。タルコーザは、母の実家だった。だとしたら、あの二人は――タルコーザ家は、わたしの――）

◇◇◇

「――姉さま。姉さま、起きて」

うっとりするほど優しい声に呼びかけられ、意識が浮上する。

息苦しい。何かの煙だろうか？　むせてしまいそうだ。

くらくらする重たい頭を上げると、見知らぬ小屋の様子が目に入ってきた。硬いベッドの上でエルマはゆっくり瞼を上げる。

「ここ、どこ……？」

「どこだっていいじゃない」

とすん、と誰かが側に腰掛けてきた。プラチナブロンドの髪に、空色の目、鈴のように転がる愛らしい声。

キャロリン＝タルコーザだ。確か、彼女はエルマの……。

「姉さま、あたしを助けてくれるわよね？　だって、あんたは、あたしの姉さまなんだもの」

「……え？」

寝起きにしても、思考がはっきりしない。体を起こそうとしても、うまく力が入らなかった。ぼーっとしていると、キャロリンはエルマの手を握ってくる。珍しい――ことのようにも思うが、どうだったろうか。

「パパはね、失敗しちゃったの。でも、あたしは共倒れするつもりはない。だから姉さまに協力してほしいの。してくれるわよね？　姉さまはなんでも、あたしの言うことを聞かなくちゃいけないいんだから」

「なにを、言っているの……？」

「姉さまこそ、まだ寝ぼけているのね。まあ、そういう薬なんだけど――ともかく、聞いて？今までのルールを思い出して。タルコーザ家の一番はあたし、キャロリン＝タルコーザ。姉さまのものは全てあたしのもの。姉さまはタルコーザ家のできそこない。母親を殺したあんたは、あたし達家族に一生奉仕して償うの。ね、そうだったでしょう？　思い出してきた？」

そうだ。エルマ＝タルコーザは、一人だけ仲間外れのできそこない。母を殺した恩知らず。美人でもなく、魔法も使えぬ役立たず。そんなエルマが自らの存在価値を示すには、死ぬまで父と妹に尽くす以外にない。

――本当に？

頭に靄《もや》がかかったようで、うまく考え事ができない。けれど、以前のエルマなら何の疑いもなく飲み込んだ言葉が、今は引っかかって腑に落ちない。

キャロリンは笑っているが、エルマがすぐに頷かず、困惑しているような様子にぴくりと眉の辺りをひくつかせた。

妹を不愉快にするべきではない。わかってはいるのだが……。

「姉さま。姉さま思い出して。あんたの全てはあたしのもの。あんたが持っていて、あたしが持っていないものなんてない。ドレスも、美味しい料理も、お菓子も、大きな家も、贅沢な暮らしも――エルマ＝タルコーザにはいらない。キャロリン＝タルコーザに与えられるべきもの。ね、そうでしょう？」

キャロリンの言葉を、否定はできなかった。分不相応――その言葉は常にエルマにつきまとう。けれど肯定もできない。ずっと違和感が、きしきしと心を引っかき続けている。何か、何かがおかしい……。

キャロリンは焦れるように、握る手に力を込めた。爪が食い込むが、痛みはさほど感じない。

「姉さま。ねえ、いい加減にして？　あれはおかしいことだったの。何も持たない姉さまが、選ばれるなんて。そうでしょう？　認めてよ」

「選ばれる……わたしが……？」

「そんなのあり得ない。でしょ？　選ばれるのはあたし。タルコーザ家で優れているのは常にキャロリン。だから姉さま――あんたがあの人に会ったことは間違いだったのよ。そうでしょ――」

（あの人。あの人って――）

「ユーグリーク＝ジェルマーヌはあんたのものじゃなく、あたしのもの。そうでしょ、姉さま？」

その名前が、顔が浮かんだ瞬間、靄が晴れた。エルマの目に光が、頬に血の気が戻ってくる。

キャロリンが気圧《けお》されたように身を引いた。

エルマは起こせぬ体のまま、けれど目線はしっかりとキャロリンに向ける。

「それは違う――それはおかしいわ、キャロリン」

「……は？」

「わたしは何者でもない。あなたと比べるまでもなく、あの人に到底釣り合わない。いずれ別れる時が来るでしょう、住んでいる世界が違うのだもの。それでも――出会ったことが間違いだったとは思わない。あのお屋敷に連れて行っていただいたことを、否定なんかしない」

「な、何よ！　世界が違うのよ！　あんたみたいな馬の骨が、次の公爵を好きだなんて、身の程知らず――恥を知りなさいよ‼」

「どうして？　結ばれたい、だなんて傲慢、それはそう。身の程知らずな行動はとるべきではない、それはそう。でも――想う気持ちは偽れない。恥じる必要もないわ……違うかしら」

その言葉はまっすぐ放たれた。

キャロリンに――かつてあれほど、逆らうことは許されない、絶対的だと思っていた相手に向けて、何ら臆することなく告げられる。

「わたしはユーグリークさまが好き。あの人の心はあの人のもの。でも、あの人を想うわたしの心は……わたしのもの。物扱いして、勝手にしようとなんかしないで！」


『――君、は』

『私の顔を見て、何ともならないのか？』


あの日、月明かりの下で彼を見た。その時から、エルマの世界は変わった。

最初は戸惑うだけだった。何を考えているのだろう。なぜこんな自分に優しくしてくれるのだろう。申し訳ない気持ちは、けれどあくまでエルマを大切にしてくれようとする態度に触れ続け、好意へと変わっていった。

ユーグリークにとって自分がふさわしくないという言葉なら、同意する。

だが、彼のくれた幸せは否定できないし、誰にもさせない。この先何があろうと、けして忘れることはない。

エルマの毅然《きぜん》とした態度に、キャロリンの顔が険しくなった。徐々に状況を思い出してきたエルマは、じっと彼女を見上げる。

「キャロリン……ねえ、ここはどこ？　ジェルマーヌのお屋敷は……皆は、どうしたの？　それにわたし、あなたに聞きたいことが――」

突如、破裂するような音が響き渡った。

驚いたエルマは、それがキャロリンの笑い声であることを知る。

狂ったように笑っていた女は、エルマを見下ろした。いつか見た時と同じような、ぞっとするほど冷え切った目で。

「だからパパに言ったのよ。あたしの思った通りじゃない！　でも、仕方ないわね。あの人は自分が一番可愛くて、娘のことなんて昔からちっとも興味がなかったんだから。それに、あんたにあそこまで執着する男が現れるなんて、思わないじゃない？」

「キャロリン……？」

「ほら、もうさまもつけない。思い出したんでしょ？　あんたはエルマ＝タルコーザじゃない。本当の父親はとっくの昔におっ死んでる。あたしのパパはあんたの叔父、あたしはあんたの従姉妹《いとこ》。そうよ、それが本当のことよ！」

エルマは言葉を失った。あまりにもあっさりした種明かしだった。十年以上――エルマの人生の半分以上、常識だったことを覆《くつがえ》したのに、キャロリンはちっとも気にした風情でない。

「お姫さまだった。あたしは確かに、お姫さまだったの。ようやく、いるべき所に戻ってこられそうだったのに。全部、あんたのせい。こき使ってやれば、少しは気分も晴れるかと思えば……

母親もあんたも、本当にあたし達の邪魔しかしないのね」

妹――ではなく、従姉妹は、ギラギラと目を輝かせ、エルマの髪に指を通した。不安な眼差しでエルマが見守っていると、歪んだ笑顔からふっと真顔になる。

「あんたさえいなければ、あたしはきっともっと幸せだった。あんたが不幸にならないと、あたしの気が済まないの。どうせもうこの先なんてないなら――汚しきって、道連れにしてやるわ」

キャロリンはそこで立ち上がり、一度部屋を出て行く。

エルマも起き上がろうとしたが、まだうまくいかない。さすがにおかしい。ぴくりといった程度しか、体が動かないのだ。なんとか頭を動かして、屋内の様子を探ろうとする。

窓はなく、天井からシンプルな灯りが吊されていた。ベッドの他に、道具らしきものが乱雑に散らばっている。倉庫みたいな場所なのだろうか？　床に綺麗な香炉が置いてあって、それだけ場違いに浮いていた。目を引かれたエルマは、はっとする。

（煙……そういえば、わたし……！）

そもそもジェルマーヌ邸でキャロリンと話をしようとした時に、何かの瓶から吹き出た煙で意識を失ったのだ。

（もしかしてこれのせいで、体が……）

そこまで思いついた所で、キャロリンが戻ってきた。今度は一人ではなく、顔を隠した男達をぞろぞろと引き連れてきた。いかにもならず者風情な彼らに見下ろされ、エルマはぞっと寒気に震える。

「へへっ……この女、好きにして構わないんで？」

「ええ。楽しんでちょうだい」

舌舐めずりしそうな勢いの男が問いかけると、キャロリンは妖艶《ようえん》な笑みを浮かべて答えた。驚愕してエルマが目を向けると、従姉妹は美しく——天使のごとく微笑んだまま、小首を傾げた。

「昔のあんたなら誰も相手にしなかったでしょうけど、今なら食いでもあるんじゃないの？　たっぷり可愛がってもらいなさいな」

「やめて、キャロリン……！」

「そうよ、泣いて許しを乞い、生まれてきたことを詫びなさい。あたしは全部見ててあげる。あんたが壊れる所を、全部」

うっとりと彼女は言う。下卑《げび》た笑いを浮かべ、男達がエルマに手を伸ばしてくる。

「いや……やだ、さわらないで……！」

抵抗も逃亡もできない。エルマはぎゅっと目を閉じた。

（ユーグリークさま……！）

その瞬間、外で野太い悲鳴が上がった。

「な、なんだ⁉　見張りはどうし——」

突然の物音に、男達は振り返って身構えた。

一瞬驚いた後、はっと目を大きく見開いたキャロリンが、エルマに向かって手を伸ばそうとする。

しかし、小屋の中の誰が動くよりも早く、エルマの前に氷の壁が出現した。

それはすぐに、半球の形に変化し、彼女を優しく包み込む。

直後、小屋の壁が――いや天井が吹き飛んだ。

「んなっ――ぐえええっ‼」

男達が悲鳴を上げた。ある者は上から降ってきた塊の下敷きになり、ある者は強靱《きょうじん》な後ろ足に蹴り飛ばされて飛んでいき、そしてまたある者は応戦する前に跳び蹴りを食らって地面に伸びる。

純白の天馬が、ふんっ！　と大きく鼻を鳴らし、首を上げた。

その背から飛び降り様、ならず者を撃退した覆面の主人は、大股にベッドに歩み寄ってくる。

エルマは大きく目を見開き、ついで潤ませた。

「――ぐりーく、さま……？」

氷の壁が消え、ユーグリークがエルマの頬に触れる。じっと彼女を見つめ、目立つ外傷はないと悟って、ほっと息を吐き出したのが伝わってくる。

できすぎていて、もしかして状況に耐えられなくなった自分が作り出した幻なのかとも思った。しかし、指先から伝わるひんやりとした手の感触が、どうやらこれは現実らしいと伝えている。

安心したエルマの目からほろほろ涙が零れ落ちると、おそらく覆面の下で困った顔になったのだろう。彼が宥《なだ》めるように、不器用な手で撫でてくる。

「すまない……私がふがいないばかりに、こんな」

「いい、え……ちゃんと、きてくださいました。あなたはいつも、わたしを助けて、くれ、

「…………」

「……エルマ？」

「もうしわけ、ございませ……安心したら、もう……」

「うん。もう大丈夫だ。誰にも君を傷つけさせない。ゆっくりおやすみ」

極度の緊張からの安堵に、おかしな煙の作用だろうか。エルマの体からくったり力が抜け、瞼が閉じられた。

なおも彼女の顔をぎこちなく撫でていた男は、物音にゆっくりと振り返る。

翼を広げて威嚇《いかく》するフォルトラの向こう、よろよろと女が立ち上がった。突入の際の瓦礫《がれき》を完全には避《よ》けられなかったようだが、直撃は免れたといった所だろうか。

「く、そ……なんで、あんたがここに――⁉」

「さっさと仕事を終わらせて帰ってきたらあの有様だ。正直君を侮《あなど》っていたよ、キャロリン＝タルコーザ。もっと早く拘束しておくのだった」

「だからってこんな……到着が早過ぎる！　いなくなったことにすぐ気がつけたのだとしても、どうやって場所を特定したっていうのよ！」

「君がそれを知る必要はない」

ユーグリークは以前対峙した時よりも、更に冷ややかに答えた。

（この女にわざわざ教えてやる義理はないが……でも、無理矢理にでも指輪を渡しておいて、エルマがずっと身につけていてくれて、本当に良かった）

最初に別れてから、翌日エルマを発見できたこと。雨の日に、すぐ泣いている彼女に追いつけたこと。そして今日、屋敷の異常を悟ってフォルトラを駆けさせ、取り返しのつかないことになる前にこの場にやってくることができたこと。

これらはもちろん、偶然の幸運によるものではない。

というのも、ユーグリーク自身がその昔、彼の顔に惑った知り合いに、誘拐未遂を起こされている。幸い何事もなくすぐ発見されたが、動揺した両親はすぐ、王国最高の宮廷魔道士に掛け合って、元々彼に持たせていた身分証に、居場所探知機能を付与してもらった。

それが彼がエルマに最初に渡したあの指輪、というわけである。

度重なる貞操《ていそう》の危機にうんざりしたユーグリークは、青春を自己鍛錬に捧げ、痴情のもつれに巻き込まれた場合は徹底して相手を諦めさせるように――すなわち二度と近づきたくなるぐらい叩きのめした。

ヴァーリスに見込まれてからは、不本意ながら彼の風除けにされ、ますます容赦がなくなっていった。降りかかる火の粉を払い続けていれば、成人する頃には〝氷冷の魔性〟と一目置かれるようになり、もう指輪でわざわざ見張る必要もない。

そこで両親に返却しようとした所、まあせっかくだから、と逆に発信機とセットの受信機の方を手渡された。

『ほら、どんなに強くて賢い人間にも不慮の事故は起こるものだから。保険は大事だぞ？　ジョルジー辺りにでも預けておいて、行方不明になった時だけ使ってくれ、とか頼んでおくといいんじゃないか』

『それにね……もし、あなたにも一緒にいて大事にしてあげたいと思う人ができたら、今度はあなたがその子の安全を確認できるようになるんじゃないかしら？』

偉大なるジェルマーヌ公爵夫妻は、慈愛の眼差しで息子を見つめ、そのようにのたまった。

が、幾分か先見《せんけん》の明《めい》のある人生の先輩達とて、さすがに実際の使用方法が「気になった相手（初対面）をこのまま逃したくないから無理矢理押しつけてきた」なんてことになったとは、夢にも思うまい。

彼らはこの状況を知ったら、でかした愛息子《まなむすこ》！　と賞賛するのか、そんな不良息子に育てた覚えはありません！　と嘆くのか。

何にせよエルマの危機に間に合ったのなら、充分な有効活用であるように思える。

「勝敗は決した。ほどなくして騎士団も到着するだろう。大人しく連行されろ。ゼーデン＝タルコーザは既に確保されている。横領、身分偽造、違法売買――よくもまあこれだけ暴れてくれたものだ。恐喝や暴行、詐欺といった余罪もきりがない。君も、男を次々に誘惑する程度ならまだしも……いささかやり過ぎたようだな」

ちら、とユーグリークが一瞥《いちべつ》を送るのは、フォルトラが踏み抜いて粉々にした香炉だ。

一度程度の服用なら頭がぼーっとするぐらいで済むが、繰り返し吸っていると依存性が高まり、やがて完全な廃人になってしまう。この煙はそういう類いの麻薬だった。

屋敷やエルマの様子といい、小屋の内外にいたならず者達といい、何も知りませんでした、全部パパが悪いんです——で貫き通すには、あまりに行いが悪質に過ぎる。

　だがキャロリン＝タルコーザは父親同様、なかなか諦めの悪い人物のようだった。土埃で薄汚れた顔を歪める。

「いいの？　あんたは、あたし達の援助者……あたし達に裁きが下るなら、そっちだってただじゃ済まないわ！」

「ご心配どうも。その点については問題ない。君達が少しばかり、私に協力してくれていた——それだけの話だ。おかげで芋づる式に怪しい奴を押さえられて、ヴァーリスが踊り出しそうな勢いだったよ。ご苦労だったな」

「ぐ……最初から掌の上だったとでも言いたげね。でも、あ、あたしはあんたの大事なエルマの妹よ！　身内を罪人にしていいわけ⁉」

「親戚ではあるが、実の姉妹ではない。ただ幼い彼女を追い詰めて洗脳したにとどまらず、虐待を続けただけだ。正式な養子縁組もしていないな。エルマが君達に縁も恩も感じる義理はないし、尽くさねばならない義務も何一つとして存在しない。……もっとも、彼女自身は優しいから、心を痛めることはあるかもしれないが」

　キャロリンはぎり、と奥歯を噛みしめた。力でも権力でも、そしてどうやら情報でも、この男には勝てなかったらしい。せめて当てつけにエルマを男達に犯させてやろうと思ったのに、それも失敗だ。だがこのままで終われるものか。

「納得できないわ……あたしがこうなったのは全部、エルマのせいよ！　エルマさえ——いいえ、シルウィーナがタルコーザに帰ってさえこなければ、あたし達はずっと、幸せでいられたのに！」

「いいや、正しかった。ゼーデン＝タルコーザはかつて確かに貴族であり、領主だったらしい。だが、その地位に甘え、領民を、領地を荒らし、姉シルウィーナの告発を受けて不適格処分が下された。その後、心を入れ替えてきちんと働いていれば、没収した地位と財産を返還する、という話もあったようだが――君の父親は与えられた場所から逃げ出し、ずっと人を騙《だま》して楽をしようとし続けた。自分で機会をふいにしたんだ。どうしようもないな」

「……知らないわよ、そんなこと！　やっぱり、おかしいんだってば！　世界が間違っているのよ。だってあたしが――このあたしが、エルマに劣る要素って、何一つないでしょ⁉　あたしの方が、綺麗で、魔力があって、必要とされていて……幸せじゃなきゃ、おかしいのよ！　なんでいつも、エルマばかり、エルマばっかり！　ねえ、待ちなさいよ――」

ユーグリークは喚き散らす女を無視して背を向け、ベッドの上のエルマを抱えようとしていた。

もはや相手にすらされないと悟ったキャロリン＝タルコーザは、下品な哄笑《こうしょう》を上げる。

「わかったわよ！　そいつ、そんなにお貴族さまをくわえこむのが上手だったってことね。そうとしか考えられない。世間知らずの坊ちゃまが、初めての女に間違ったんだわ！」

ありったけ、思いつく限り下品な言葉を並べ立て、キャロリンは男を傷つけようとした。

思惑通り、ユーグリークの動きが止まる。興奮しているキャロリンは、危機感を覚えるより相手の反応を引き出せたことに増長し、ますます饒舌《じょうぜつ》になっていく。

「だってあたし、社交界で聞いたもの。あんた、人に見せられない顔をしているから、誰からも相手にされたことなかったんでしょ？　それを何よ、エルマに慰めてでももらったの？　いかにもその女が得意そうなことじゃない。誰だってできる簡単なことを大袈裟に振る舞うだけで、経験不足の男はすぐに騙されるのね――」

「そう言うなら、確かめてみるか？」

「――え？」

男はゆっくりと、キャロリンに向き直る。あんなに注意を引きたくてまくしたてていたはずなのに、キャロリンは体を向けられただけで息が止まった。

「別に私のことなんか、いくらでも勝手に想像していればいい。だが、よくもエルマのことを――誰だってできる、だと？」

「――あ、え」

キャロリンの舌は凍り付いたように固まり、うまく言葉が返せない。体中に悪寒が走って、ガタガタと歯が鳴り出す。

男が一歩一歩近づいてきた。後ずさろうとするが、気がつくと足が凍りづけになっている。

ぶぶぶ、と彼の愛馬が不安そうに鼻を鳴らした。

ユーグリークの手が――ため息を吐き出したくなるほど美しい形をしたそれが、ゆっくりと頭に向かっていき、そして彼は閉ざされた布を暴く。

月の光のような銀髪が風に揺れた。傷も染みもない肌は陶器のように滑らかで、どこもかしこも均整が取れすぎている。押し殺した激情が揺れる銀色の瞳に、キャロリンの目は吸い寄せられた。見たくないのに、覗き込んでしまう。

聞いたことのない楽器の音が聞こえ、嗅いだことのない香りが鼻をくすぐる。この世ではない場所に、連れて行かれる。行ってはいけないと本能でわかるのに、止められない。頭の中が銀色になる。

「さあ、もう一度同じことを言ってみろ。……この顔をその目に焼き付けた後で、できるものならな」

女は魅入られたようにまじまじと男の顔を覗き込んでいた。耳に痛いほどの沈黙が流れ――やがて甲高い絶叫が一つ上がった。

◇◇◇

エルマはまた、夢を見ていた。

母と小さなエルマは馬車に乗っている。これはタルコーザ――母の実家に向かう途中の出来事だっただろうか。

『エルマにしましょう。あなたは今日からエルマ。お母さまもそう呼ぶことにするわ』

娘がきょとんと目を瞬かせると、シルウィーナは優しく頭を撫でる。

『念のためよ。本当の名前は、お母さまとだけの秘密。お母さまがいいと言うまで、誰にも内緒』

『……秘密なの？　あの怖いおじいさんから、隠れるため？』

『そうよ、賢い子ね。それに……きっと今から行く場所では、平民みたいな名前の方が安全なの』

　大人になってから思い返してみれば、あれはきっと、叔父からエルマを守るためのささやかな嘘だったのだろう。姪が貴族の血を引いているとわかれば、彼は必ずそれを利用しようとしたはずだ。あるいは、勝手に父の実家に連絡されて、母と引き離されてしまっていたかもしれない。

　全くなじみのない名前を急に偽名として名乗れと言われたら戸惑ったかもしれないが、〝エルマ〟はあだ名の一つだった。元々本名は平民街の子ども達には呼びづらいと不評で、だから愛称で呼んでもらうことにしていた。母の提案を受け入れることは容易だった。

　タルコーザ家に戻り、ゼーデンとキャロリンと初めて会った時のことは、既に思い出している。不愉快な再会を手早く済ませたシルウィーナは、広い屋敷ではなく、村の方に寝泊まりした。最初は離れてはいけない、と言いつけられていたエルマは、よく言うことを聞いて母を手伝った。最初はよそ者を警戒していた村人達も、シルウィーナが根気良く働きかけていると、次第に打ち解けてくれるようになった。

　母はあらゆる人に話を聞いたり、手紙を書いたりして、毎日忙しそうだった。

　ある日、立派な身なりの人達がやってきた。彼らは辺りを歩いて回り、屋敷を見て――そして、ゼーデン＝タルコーザから領主の資格を、屋敷を取り上げることを決めた。

『何をした、シルウィーナ‼』

大人の男の大声が、エルマは昔から苦手だった。びくっと体をこわばらせ、母の背に隠れる。

タルコーザの屋敷には多くの物が乱雑に置かれ、大勢の人間が青い顔で働いていた。けれど今はがらんとして、置物達には皆、差し押さえの印がつけられている。

母は――シルウィーナは静かに、取り乱した様子の弟を見つめた。その冷ややかな目には、怒りと、悲しみと――そして憐憫《れんびん》のような感情が浮かんでいた。

『最初に言っておくわ。わたしを害すれば、あなたは必ず捕まります。魔法で痛めつけても、あなたの立場が悪化するだけよ』

『ぐっ……は、はったりだろう！』

『いいえ、事実よ。わたしは嘘を言っていないし、言っていなかったでしょう？』

叔父は今にも母に殴りかからん勢いだったが、顎にぐっと力を入れ、血管を浮かせたまま停止した。

母の忠告を全て聞き流した結果、人と書状が送られてきて、ゼーデン＝タルコーザは領主ではなくなった。家中の張り紙が、先ほど命令をしてきた格上の男達の存在が、彼を踏みとどまらせている。

『何をした？　わたしが聞きたいぐらいよ、ゼーデン。父から領地を受け継いだ数年間、あなたは何をしてきたの？　……何もしなかったんでしょうね。どこもかしこも酷い有様――』

『やかましい、生意気を言いやがって。様はどうした。ゼーデン様、だったろうが！　なぜ呼び捨てにする？　ワタシがこの家の長男だぞ！　雌犬《おんな》ごときが口答えするなっ‼』

ばちばちとゼーデンの掌が発光した。エルマは震え上がったが、シルウィーナは相変わらず全く動じる気配はない。

『そう。それがタルコーザ家。成り上がり商家の父と、落ちぶれた貧乏貴族の母の張りぼての城。あなたは待望の男児――しかも魔法の才能があった。それに比べて、わたしは無能の添え物。女らしく従順であれ。それが我が家の美徳だったわね』

『わかっているなら、なぜ――』

『あなたこそ、どうしてまだわからないの。わたしはここを自分の意思で出て行ったのよ。タルコーザの姓も使っていなかったわ』

『だが帰ってきた！　自分が間違っていたと認め、ワタシを当てにしにきたんだろう⁉　なぜ邪魔を――ワタシから地位と財産を奪うんだ⁉』

『元々援助してほしくて帰ってきたわけじゃない。ただ、わたしの始まりであり終わりである場所に来て、思い出したかったの。鞄一つ持って家を飛び出した、あの頃の気持ちを。わたしはまだ、エルマと生きていかなければならないのだから』

シルウィーナはもの静かで、穏やかに微笑みを浮かべる女性だった。エルマの父が死んでからは、儚げな印象がより強くなっていた。

けれど今、彼女は淡々と、毅然と振る舞っている。そこには何者にも曲げられぬ、断固たる自分の意思が存在していた。

エルマは気圧されていたし、真っ赤な顔をしたゼーデンも、母の迫力に押し負けているような感じがあった。ぐるりと広い屋敷を見回して、シルウィーナはふっと寂しげな笑みを浮かべる。

『結局、タルコーザはあの頃から何も変わらなかったのね。わたしは全て搾取され、あなたは愛《あい》玩《がん》されるだけだった。それに、わたしもまた、あなたを見捨てた無責任な大人の一人。だからこれは、わたしなりの清算……姉としての、最後の務めです。あなただけが悪いのではない。けれども、わたしがあなたの我儘や暴力を我慢すればいいだけの時は過ぎてしまったのよ――ゼーデン』

エルマの手を引き、歩き出そうとする母を、慌てて叔父が呼び止める。

『待て！　どこに行くつもりだ、シルウィーナ‼』

『どこに？　そうね……明日へ向かうのよ。もう一度この家を出ます』

『何を馬鹿なことを！　ワタシ達から身分と家を取り上げておいて、勝手は許さんぞ！』

『住む場所は手配した。身の丈にあった暮らしをすれば、三月程度はなんとかなるお金も渡した。平民街で暮らしなさい。あなたももう、娘のいる大人なんだから』

『このワタシに、汗水垂らして働けというのか？　アレの面倒を見ろと言うのか⁉』

『そうよ。働かなければ人間は生きられないの。もし貴族を続けたければ、貴族なりの働きをしなければならなかった。それはあなたの蔑《さげす》む、地道な肉体労働とは異なるかもしれないけど……でも、遊んでいるだけでいいわけではなかった。それから、キャロリンのことは安心して。あなたに世話ができるとは思えないから、教会の方に引き取っていただくよう、頼みました』

そこでシルウィーナはふと目線を落とし、憂いの表情で睫毛を震わせた。それまでの言葉はゼーデンに向けてのものだったが、小さく零れるのは彼女の本音のようだった。

『タルコーザ家に対して責任を取るというのなら、姪である彼女も、本来わたしが世話をすべきなのかもしれない。でも……ごめんなさい、キャロリン＝タルコーザ。わたしはエルマを守らなければならない。そして全てを選べるほど、力がない。あなたは連れて行けない……』

『何をごちゃごちゃと言っているんだ！　返せ！　ワタシから奪ったものを全部、返せぇっ‼』

太った男は地団駄を踏んだが、シルウィーナはエルマの手を引いて背を向けた。

『いいか。この借りは、必ず返してやるぞ。必ずな……！』

恨みの声が恐ろしくて、エルマはぎゅっと母の手をつかんだ。体に冷たさがじんわりとまとわりついて取れない……そんな嫌な感覚がつきまとった。


タルコーザを再び出たシルウィーナは、町で働き始めた。父と母がコツコツ貯めてきたお金の大部分は、タルコーザ家の後始末のあれこれに消費されてしまっていた。

生きていくために、母はすぐに、そして毎日働く必要があった。

エルマは大人しく留守番した日もあれば、母についていった日も、仕事を手伝う日もあった。運が良いと、頑張ったご褒美にと、お小遣いを貰えることもあった。

エルマは少しずつ貯まっていくお金を、母のために使いたかった。いつも疲れた彼女を、なんとかして喜ばせたい。日に日にその気持ちは強くなっていく。

留守番の日、お外に出てはいけないという言いつけを破った。母の誕生日が近かった。父は毎年、綺麗なお花を贈っていたのだ。エルマも貯まったお小遣いで、母に花をあげたかった。一人で出歩くのは危ないと言われていたし、心細く恐ろしくもあったが、この日のために色々と準備をした。全てはシルウィーナに、心からの笑顔を取り戻したくて。

花を買うまでは順調だった。大きな達成感を胸に、後は帰るだけ、と足を踏み出そうとしたエルマの体が凍り付いた。

『やあ、エルマ。久しぶりだね』

目の前に、ゼーデンとキャロリンが立っていた。ゼーデンは不気味な笑みを浮かべ、キャロリンは恨めしげな目をエルマに向けてくる。どうしてここに二人が――エルマは怯えて後ずさる。

『ママはどこかな？　叔父さんとお話をしよう』

『……！　いや！』

手を伸ばされると、花を抱えて逃げ出した。大人達の驚く声。待て、と響く怒号。死にもの狂いで足を動かした。

『――エルマ⁉』

会いたい、という気持ちが通じたのか。母の姿が目に入った。背後からは、まだ追ってくる気配がする。エルマは一目散に、母の腕の中に飛び込んでいこうとする。

『お母さま――』

『駄目！　エルマ、止まって‼』

人。人。人。知らない人の群れ。それがぱっと開けた。

がらがらがら――大きな、とても大きな車輪の音。

気がつけばエルマは、誰かに突き飛ばされ、地面に転がっていた。

振り返ると母が倒れている。石畳を血糊が汚していく。

『……お母さま？』

人が轢《ひ》かれた、と騒ぐ声が遠くに聞こえた。震える瞼を開き、シルウィーナは弱々しく微笑む。

『エル――。良かった、無事で……』

『お母さま。ごめんなさい。言いつけを守らなくて。ごめんなさい。勝手にお出かけして。もうしません、もう絶対に約束を破りません。だから……！』

エルマは母に取りすがり、必死に謝った。

けれど打ち所が悪く、出血が酷かった。泣きじゃくる娘の前で、シルウィーナは目を閉じ、事切れてしまった。

そして、エルマの後ろに、ゼーデンが立って。

『全部お前のせいだ――お前が悪い、責任を取れ！』

雷のような声で怒鳴りつけられ、エルマは気を失った。

恐怖と混乱は、エルマに記憶の混濁をもたらした。

母は自分を庇って死んだ。その恐ろしい事実は、幼子には認めがたい。だから父の死因と混ざり合って、病死した、と認識された。

眠りから覚めると、ゼーデンとキャロリンが側にいた。男は幼子の親族を気取って——実際そうではあるのだが——手元に置き、エルマが混乱していると悟るや否や偽りの物語をすり込んだ。

『お前が悪いんだよ。お前が母さんを殺したんだ。だからお前は、家族に償わねばならない。そうだね、エルマ』

エルマに自分こそが父親だと誤認させたのは、その方がゼーデンにとって都合が良かったのだろう。シルウィーナがエルマに残した財産をすぐに絞り上げ、忘却してもなお残る罪悪感を盾にこき使った。

キャロリンもまた、彼女の都合でエルマを虐げた。単純な理屈だ。虐げる側でいれば、虐げられずに済む。

（……そういう、ことだったのね）

思い出を閉ざしていた霧が晴れていく。

真実は痛く切なかった。母はエルマのせいで死んでしまった。あの日、エルマが勝手に外出しなければ、ゼーデンに会わなければ、馬車の前に飛び出さなければ——彼女はきっと、死なずに済んだ。

（でも……これで全部わかった。ずっと引っかかっていたことが……）

意地悪な叔父が自分の父と思っていた間、時折夢に見る優しい過去は嘘で、エルマが作り上げた幻想なのではと思う時もあった。

けれど、父と母は確かに幸せで、愛し合っていて、エルマのことをいっぱい愛してくれたのだ。二人に優しく名前を呼ばれていた。家に笑いが溢れていた。歌声を聞いていた。母と自分で、いつも父の、歌声を……。

あれらは嘘ではなく、確かにエルマの中にある大切な思い出だ。そのことを、ようやく実感することができた。

◇◇◇

エルマが瞼をゆっくり開けると、じっと覆面が覗き込んでいる光景が目に入ってきた。彼女が起きたことに気がついたユーグリークが、ぱっと身を引く。右手が急に寂しくなった。どうやらエルマが寝ている間、握りしめられていたらしい。

「ユーグリークさま……？」

「……もう、大丈夫だ」

エルマは彼に向かって手を伸ばす。しかしこちらから重ねる前に、引っ込められてしまった。ぼんやりしたまま辺りを見回すと、この一月で慣れてきた部屋の様子が目に入る。ゆっくり体に力を込めようとすると、今度はちゃんと上半身を起こすことができる。

ユーグリークは彼女に手を貸そうとしたが、触れようとした自分の手に気がつくと、再び引っ込めて膝の上で握りこぶしを作った。

「ここは……ユーグリークさまのお家、ですか……？」

「……ああ。どこまで覚えている？」

「キャロリン、は……あの後、どうなったんですか？　お屋敷の人達は……」

「屋敷の連中なら大丈夫だ。煙を吸って、気を失っていただけだから。もう皆元気になっているさ。ただ、心配なら後で声をかけてやってくれ」

「……！　はい……！」

エルマが安堵して笑みを零すと、ユーグリークも釣られるように表情を緩めた。しかしすぐまた真面目な顔に戻る。

「……ゼーデン＝タルコーザ、及びキャロリン＝タルコーザは、両名共に連行された。特にゼーデンの方は、随分と手広く悪事を重ねていたようだ。正式な審理などが行われるのはこれからだが、行いの悪質さからして――おそらく監獄島送りになる」

「監獄島……」

エルマは震えた。半ば伝説のようにこの国に伝わる場所で、極めて悪質と判断された罪人が収容される絶海の孤島だ。送られた罪人は、二度と帰ってこないとされている。

ユーグリークは一度言葉を区切った。顔を隠す布の下で、そっと目を伏せる。

「……キャロリン＝タルコーザについて、だが。いささか精神が不安定な状態になっている。施設での観察、という形になるのだろうな」

「観察……？」

「ああ」

（精神が不安定、って……）

エルマは違和感を覚え、首を傾げて聞き返す。ユーグリークは短く返し、それ以上言葉を続けようとしない。瞬きしたエルマは、そっと手元に視線を落とした。

「わたしも、ずっと二人と一緒に暮らしていました。わたしにも、何かの罪が――」

「君はむしろ、彼らの被害者だ。洗脳され、騙されて、十年以上搾取され続けた。仮に本当に血が繋がっていたとしても、ゼーデンは保護者の義務を放棄している。君に何の罪もあるものか」

きっぱり、はっきりとユーグリークは言う。エルマはぎゅ、と両手を握りしめた。

「いいえ……あるんです。わたし、忘れていた昔のことを、全部思い出しました。確かに、叔父はわたしに嘘をついていた。けれど、わたしのせいで、母は馬車の前に飛び出した。だから、わたしが母を殺したのだと……その断罪は、確かに正しい。わたしは罪人です、ユーグリークさま」

ユーグリークはエルマが告白をした瞬間に何か喋ろうとしたらしいが、なかなか言葉が出てこないようだった。彼は何度も口を開いては閉じ、目をさまよわせた。

けれど最終的に、黙り込んだまま俯くエルマを見かねてだろうか。沈黙の末、わずかに震える手を伸ばし、迷う素振りを見せつつ、そっと彼女に重ねる。

「少しだけ……少しだけ。君の気持ちがわかるような気がする。俺も昔……取り返しのつかないことをした。大事な人を、自分の浅慮で傷つけた。……でも、誰も俺を責めなかった。仕方のないことだからと、お前は悪くないと言われた。だけど――いっそ悪人として扱ってくれたら良かったのにと、思ったこともあった。俺の中に、確かに罪はあったのに」

彼が目を伏せると、銀色の睫毛が震える。

「君が自分を許せない気持ちを、なくしてしまえとは言えない。でも、代わりに君が犠牲になれば良かったなんて言わないし、思ってほしくもない。俺は今、君がここにいてくれることが、この奇跡が——どうしようもなく幸せで。だから感謝している。君にも、君を守ってくれた君の母上にも」

切れ切れの言葉に、エルマはじっと聞き入っていた。彼が考えながら、一言一言紡《つむ》いでいく。それが肌にぽつりと落ちて、乾いた土に雨がもたらされるように、体の奥深く、心の底まで、深く、広く、染み透っておく。

「俺にできることなら、なんだってする。だから……たとえ自分が許せないままでも。笑ってもいいんだと、思えるようになってほしい。——君が俺に教えてくれたように」

エルマの目からほろりと涙が零れ落ちた。ほろほろと小さな涙の粒を零し続けながら、ぎこちなく笑みを作ろうとする。

「ユーグリークさま……できることならなんでもする、と仰ってくださいましたね。一つ、お願いしてもよろしいですか？」

「もちろん。何をすればいい？」

「背中を……お借りしても、いいですか？」

彼はすぐ、椅子を移動させて座り直した。エルマの言う通りに背中を向けようとするが、一度考えるように動きを止め――再び向きを変えると、エルマに向かって大きく両腕を広げた。

ぎこちなくも、彼女を迎えようとしてくれるその姿に、ついに涙腺が完全に決壊する。

エルマはわっと大声を上げ、ユーグリークの胸に飛び込んだ。

（ごめんなさい。どうして。わたしが全部悪かったの。戻ってきて。だけどもう、会えない。言葉を交わすこともできない。お花をあげたかった。ただ、それだけだったのに……）

母が死んだ時、流せなかった涙。言えなかった言葉。感じられなかった心。それが十年以上経った今、ようやく溢れ出してきている。

これでは彼の服を汚してしまう、と今更気がついたのだけど、嗚咽は止まらない。

エルマは生まれたばかりの赤子のように、ただただ泣きじゃくった。

ユーグリークはいまいちどうすればいいのかわからないらしく、時折宥める手を出そうとしては止めてを繰り返す。

やがて、行き場に迷って途方に暮れる彼の手が、ようやくエルマの肩に触れた。ぽんぽん、と不器用に背中に触れられると、ますますエルマの泣き声は大きくなる。

彼は困ったような、それと同時に愛おしむような目をして、ただ彼女の気が済むまで――何もかも出し尽くして、疲れ切って眠ってしまうまで、じっと胸を貸し続けた。

◇◇◇

ジェルマーヌ邸での日常が戻ってきた。穏やかで、何も不安も恐れも感じなくて良い、かけがえのないありきたりな日々が。

キャロリンに眠らされてしまった使用人達も、全員無事を確かめることができた。料理番がケーキを焼いてくれて、階下でささやかなパーティーも催した。

ただ、一つ気になるのは、あれ以来ユーグリークがまた姿を見せなくなってしまったことだ。

「閣下は、どうなされたのでしょうな？　取りかかっている仕事が一段落したら、しばらくは屋敷の方にいられるからと、励んでいらしたはずですが。もうその一段落の所でしょうに……」

「あたくしも、ちっともわからなくて……ああ、でも！　エルマ様をお嫌いになったなんてことは、絶対にありませんよ、だって相変わらず、お願いされたらなんでも取り寄せる気概ですもの！　ただ……うーん……」

ジョルジーやニーサに聞いてみても、二人とも困ったように顔を見合わせる。

エルマは考えた。何か、彼の気に障るようなことをしてしまっただろうか。

（変わられたのは、事件のあった日からだわ。わたし、みっともなく取り乱したりしたから、不愉快に思われたのかしら。……いいえ。そんな方ではないわ。わたしが醜態をさらしたのは事実だけど、それで嫌われたと考えるのは……違う気がする。でも、だとしたら……？）

思い返してみると、一つ気になることがある。

エルマはキャロリンに連れ去られた時と、小屋でユーグリークに救出された時、二度意識を失っている。注目すべきは二度目の方だ。おそらく彼はあの後、意識を失ったエルマを運び、そしてキャロリンを連行した。

（あの時のキャロリンは、追い詰められて、とても攻撃的だった。何か、とんでもない無礼を働いたのでは……）

もしキャロリンのせいでユーグリークが嫌な思いをしたのだとしたら、謝りたい。どうしても会えないのだとすれば、手紙を書いて届けてもらう手もある。だが、できることなら直接確かめたかった。

（ユーグリークさまは、わたしにはずっと優しくて親切に見えていたけれど。他の人には、冷淡だという話を聞いたこともあった。冷たいというのは……こんな風に、話す機会を与えてくれない、ということなのかしら）

もどかしい日々が続いた後、ようやく彼が姿を見せた。エルマはぱっと顔を輝かせて駆け寄る。

「ユーグリークさま……！」

「すまない、エルマ。ゼーデン＝タルコーザについて、証言——というほどのものではないんだが。いくつか君にも確かめることができてね。出かける支度をしてほしい」

彼ときたら随分素っ気なく、業務連絡したらもう別の部屋に行ってしまった。

ここまであからさまに避けられてしまうと、エルマも積極的な行動は躊躇する。お出かけの馬車も、ユーグリークとは別の車だった。

「まあ、なんでしょうね、あれは！　照れ隠しというには冷たすぎますっ‼」

しゅんとしたエルマを前に、お供に選ばれたニーサは憤慨し、それからふっと不安そうな顔になった。

「でも、坊ちゃまは本当に、どうしてしまったのでしょう。なんだかまた、昔に戻ってしまったみたいで……」

閑話★タルコーザ親子の顛末

エルマが連れてこられたのは、どうやら城の一角らしい。騎士達とはまた異なる服装――ゆったりしたシルエットから察するに、文官達だろう――が、忙《せわ》しなく大勢行き来している。

見知らぬ場所に緊張したエルマだったが、担当官は朗らかな女性で、聞き出し上手だった。エルマがタルコーザ家にいた時のことをするする引き出し、手元の書類に書き留めていく。

「……このぐらい、かな。まあ、一つ屋根の下で暮らしていましたし、色んなことに使いっ走りさせられていたみたいですから、細かい部分を見ていけばね、全くの無関係ではないですけど。でも、虐待などの件からしてあなたに責任は発生しませんし、むしろまた彼の罪状が増えそうですねえ」

実の親子ではないことを思い出したとは言え、身内ではある。そう言われると、ほっとする一方で、どこか落ち着かない気分にもなる。

エルマの据わりが悪そうな表情に、眼鏡をくいっと押し上げ、文官は笑った。

「なんかすっきりしないってことなら、会います？」

「……え？」

「まあ、申請しても、面会によって著しく状況を悪化させる可能性があるとか、あちらが突っぱねるとかだと、無理になっちゃうんですが。ただ、キャロリン＝タルコーザはともかく、ゼーデン＝タルコーザは、罪が確定したら二度と会えなくなる未来が濃厚です。言い残したこと、話し損ねたことがあるなら、今のうちに済ませておくのも選択肢の一つ。まあ、被害者が加害者に会いに行って、すっきり収まった件もあれば、更に拗《こじ》れた件もありますので、おすすめ、とまでは言えないんですけどね」

エルマは少し考えた後、提案を受け入れることにした。不安もあったが、このまま終わらせてしまうと、自分の中にずっとモヤモヤが残りそうだと思ったのだ。

ゼーデンとキャロリンに会ってみたい意思を伝えると、ユーグリークはわかりやすく、渋そうな空気を醸し出した。しかし、彼はエルマが望むことであれば、配慮しつつ優先してくれる。

ゼーデン＝タルコーザとの再会は、一月半ぶりぐらいになるだろうか。拘置所で規則正しい生活を送らされているためだろうか、少し痩せたようだった。エルマを見ると、見張りが注意するのにも構わず、エルマと彼を隔てる鉄格子にすがりついた。

「エルマ！　なあ、ここから出してくれるんだろう？　ワタシは何一つ間違ったことをしなかった――いや、むしろワタシが騙された方なんだ！　お前はワタシに逆らわない。パパのことを可哀想だと、思ってくれるだろう⁉」

ずっとエルマのことを支配し続けてきた男は、こうして見ると、とても小さく見えた。あれほど抗いがたい存在に思えていたのに、なんと無様で弱々しいことか。まるで魔法が解けたようだ。

エルマはすうっと息を吸い、吐き出す。自分でも驚くほど、落ち着いていた。それはけして、ゼーデンが自分に手が出せないという環境だけが与えるものではない。

「あなたはわたしの父親ではなく、叔父です」

「お……思い出したのか？　だが、些細な問題だ。ワタシは母親の死んだお前を育ててやった。父親も同然ではないか！」

「母がわたしに残したお金が欲しかったからでしょう。キャロリンをわざわざ手元に置いていたのも、その方がお金になるから。違いますか？」

「……だったらなんだと言うんだ！　男ができた途端、母親と同じ生意気な口利《き》くようになりやがって！　全部思い出したというのなら、それこそお前がシルヴィーナを殺した事実から逃げられないことだってわかっているだろう‼」

男は自分の旗色が悪くなった途端、唾を飛ばしてまくしたて始めた。

先ほどから何度も見張りの係が注意して、面会者にも気づかわしげな目を向けているのだが、エルマ自身は落ち着き払ったものだ。

全て思い出したからこそ、気持ちは整理できている。他人が何と言おうと、揺るがない。

「わたしが母の死を招いたことは事実です。けれどそれなら、わたしが償うべきは母であって、あなたではない。取り返しのつかないことをした――罪悪感は消えません。それでも……わたしのお母さまなら必ず、ならば生きて幸せになれと、言ったでしょう。けして、あなたとキャロリンの奴隷になれだなんて、言わない」

「黙れ黙れ黙れええっ！　お前達母娘は、ワタシから権利を不当に奪った！　無能の分際で！女の分際で‼　ワタシに使ってもらわねば何の価値もない雌犬の分際で‼　一生かけて償うのが当然だろうが、なぜその程度のこともわからん――」

　バチバチバチッ、と閃光が走った。ゼーデンではない。激高した男を大人しくさせるために、見張りがついに動いたのだ。

　エルマもまた、用意された椅子から立ち上がる。

「母も、言っていました。あなたがそんな風にしか考えられなくなったのは、きっとあなただけのせいではない。……でも、考え直す機会は、何度だってありました。それに、母は確かにあなたから地位と財産を取り上げましたが、あなたの行い次第では、領主に復帰できる可能性だってあった。……叔父さま。あなたはもっと、他人も自分も……大切にするべきだったと、思います」

　ゼーデンはもはや何も言い返さず、うずくまったままだった。すすり泣くような声が漏れている。

「何故だ。ワタシは男だ。貴族だ。魔法が使えるんだ。その分、自由があるはずだった。なのに、なぜ……」

　エルマはそれ以上、振り向くこともなく、部屋を出て行った。

◇◇◇

　キャロリンはゼーデンとまた違う施設にいるようだった。最初は男女で建物が分かれているのかと思っていたが、療養所の看板を見て違うことに気がついた。

ここではきびきびと働く女性達の姿が多い。なんとなく母を思い出しながら行き交う彼らを眺めていたエルマだが、ふと視界の端に映り込んだものに何気なく目を向け、驚愕した。

真っ白な患者用の服を身につけているのも違和感だが、そんなことは些細な問題に過ぎない。最初は老婆かと思った。見事なプラチナブロンドの髪は、今や全て白髪に変わっている。自信満々に胸を張って歩いていたはずが、びくびく背を丸め、怯えた目をさまよわせている。よくよく見てようやく彼女だとわかったが、変わり果てて、別人のようだった。

「……キャロリン？」

声をかけると、ヒッと女は息を飲み、あろうことかエルマの足下にすがりついた。

「ごめんなさいごめんなさいごめんなさい、もう悪いことしません、あたし謝ります、だから許して――！」

困惑したまま立ち尽くしているエルマに、慌てて施設の女性が駆け寄ってきた。

「ま、ミス・タルコーザ。いかがなさって？　あなた、お知り合い？」

「ええ……」

「この子、ご覧の通り、不安定でねえ。何かとっても怖いものを見てしまったらしくて。落ち着くまで、少し待ってくださる？」

落ち着きたいのはエルマも一緒だった。案内された席で待つ。

（あれは……何かの間違いだわ、きっと……）

けれど再びエルマの前に姿を現わした元妹は、やはり白髪のままだった。かつてエルマを風で切り刻み、支配した面影はどこにも見当たらない。

「あなた、姉さまね……姉さまでしょう？　大丈夫、ちゃんと覚えているの……」

「え、ええ……そう、わたしはエルマ。あなたに姉さまと呼ばれていたこともあるわ。あのね、キャロリン――」

「ごめんなさい、姉さま。ごめんなさい。あたしが悪い子だから、怒ってるんでしょう？　ごめんなさい。ずっと羨ましかったの。だってあたしが自分をお姫さまだと思い込んでいられた頃から、姉さまはいつだって、あたしが一番欲しいものを持っていたんだもの。だからたくさん意地悪したの。ずるい姉さまなんか壊れちゃえって思ってた。ごめんなさい、ごめんなさい、ごめんなさい……」

　思いもしなかったキャロリンの言葉に、エルマは声が出てこない。

　きっとゼーデン同様、エルマのことを罵倒し、怒り、自らの境遇を嘆くのだろうと思っていた。演技派の彼女のことだ、からかっていて、本気にしたエルマを馬鹿にしようとしているのかとも一瞬疑う。

　だが、やはりどうしても、嘘をついているようには見えない。もし仮に本人が自分を偽っているのだとしても、施設の係の人間達が皆キャロリンに哀れみと慈愛の目を向ける――あれは明らかに、昔の彼女ではあり得ないことだ。ならばこの言葉は本心ということになるのではないか。

　羨ましかった――エルマはようやく、妹と思っていた人が執拗に敵意を向けてきた理由を知った。思いつきもしなかった。だってキャロリンは、エルマより何もかも優れていたはずなのに。

『ねえさま、あそんで！』

ふと、初めてタルコーザ家に行った日のことが頭に浮かぶ。

大人達が話をしている間、年が近いこともあって一緒に遊んだ。エルマの方が一つ年上だったから、キャロリンはねえさまと呼んできた。

広いお屋敷、大きな部屋、たくさんのお洋服に人形、お菓子……そういった物を贅沢に与えられていたはずなのに、天使のような女の子はどこか寂しげだった。

『エルマ、帰りましょう』

母が迎えに来た時、空色の瞳に浮かんだ、羨望の色。

口さがない大人達の言葉を、子どもはきちんと聞いているものだ。

タルコーザで過ごしていれば自然と、キャロリンの母親が贅沢目当てで結婚したものの、夫の横暴ぶりにすぐ愛想を尽かし、キャロリンを産んだら役目は果たしたとばかりに出て行ってしまった――そんな事情も耳にした。

「でも、わたしだって。ずっと、あなたって天使みたいな子って思っていたわ。あなたにわたしが勝ることなんて何一つないと……今だって、そう思っている所もあるわ。あなたは可愛くて、綺麗で、愛想良く振る舞うのが得意で、風の魔法が使えて……そんな人だったから、劣ったわたしが尽くさなければいけないのは当たり前のことと、思っていたのよ」

今のキャロリンに、言葉はどれだけ届いているのだろう。

不安そうに目を揺らす彼女は、壊れたオルゴールのように、同じ音を何度も繰り返す。

「あの時、わたしが馬車の前に飛び出さず、お母さまが今でも生きていたら……わたし達も、何か変わったのかしら。それとも、お母さまがあなたを教会に任せず、引き取ると決めていたのなら。わたしがもっと、あなたと話をできていれば。わたし達、本当の姉妹に……」

エルマは途中で言葉を止めた。どれだけ悔いても過去は変わらず、今を進んで行くしかない。思いも寄らぬ方向に見違えてしまったキャロリンだったが、謝罪の言葉をエルマに向けたことで、少しは落ち着いたのだろうか。

帰り際、無邪気な笑顔を見せ、ばいばい、と手を振ってくる。出会ったばかりの小さな女の子の姿を思い出させた。痛ましくもあったが、あの頃の彼女はきちんと〝お姫様〟だった。

きっとしばらくは施設での療養が続くのだろうが……いつかは元気になってほしいと思う。そして、自分の犯した罪と向き合い、償ってほしい。

それはエルマのエゴなのだろうか。けれど、従姉妹が最終的には納得して新たな道を歩んでくれることを、願わずにいられなかった。

第五章 ★ 魔性の最愛

エルマがタルコーザ親子に対し心の整理をつけてからも、ユーグリークの素っ気ない態度は変わらなかった。

転機が訪れたのは数日後だ。からりと気持ち良く晴れた日の朝、エルマは慌ただしく客人を迎える準備をしていた。

「ニーサさん、お客さまはどんな方なのでしょう？」

「詳しいことは……ただ、坊ちゃまが、とても大事な方がいらっしゃるから、きちんと支度をするように、と」

（ヴァーリスさまが押しかけてきた時だって、ここまで念入りな準備はしなかったのに。……あの時は、できなかった、の方が正しいかしら）

予想できない客人についても不安はあるが、それよりエルマは館の主のことがもっと気にかかっていた。

「ユーグリークさまもおいでになると思う？」

「そのようです。全く、今日という今日は、捕まえてやりませんとね！」

ぎゅ、とコルセットの紐を締めて、ニーサは鼻息荒く言う。

「いかがでございましょう？」

「ありがとう。とてもいいわ」

鏡の中を見て、エルマは微笑んだ。

髪は半分ほど上げて、垂らす部分はふんわりと巻かれている。全体的に薄く施された化粧のうち、唇に乗せたリップはお気に入りの桃色だ。ドレスは珍しい紫色で、袖や胸元に華奢なレースがあしらわれている。

少し前まで、自分がこのように着飾る日が来るなんて、思いもしなかった。

「……少しは、ちゃんとしているように見えると思う？」

「エルマ様は最初からお綺麗でしたとも！　まあ、最初は華奢に過ぎると思いましたが、お屋敷にいらしてからは、装いにも振る舞いにも磨きをかけて、今ではどこに出しても恥ずかしくないご令嬢です。坊ちゃまもこれなら、一言二言言わずにいられませんとも！　ええ！」

ニーサは随分買いかぶっていると思うが、心強くもあった。気合い充分の侍女に送り出され、エルマは覆面姿のエスコートを待つ。

ユーグリークもまた、いつになくきちんと身なりを整えていた。記憶が正しければ、ゼーデンとキャロリンに、エルマをこの家に迎える旨を告げたときと同じ服装だ。

彼は着飾った令嬢を見た瞬間、はっと息を飲んだ。

エルマははにかんで頬を染めるが、反応に満足もしていた。

ニーサだけではない。今日は他にも手伝いを呼んで、ああでもないこうでもない、と皆で悩んで仕上げたのだ。

驚いてほしい。そして満足して……褒めてほしい。

エルマが見た目に気をつかうのは、ユーグリークのためなのだから。

「君は本当に……綺麗だ。初めて会った時から、ずっと」

望む言葉が得られたはずだった。けれど何故だろう、違和感を覚える。

（どうしてそんなに、寂しそうなのですか……？）

「行こう、エルマ」

彼が手を差し伸べる。相変わらず優しい。

触れられるほどの距離なのに、なぜだろう、とても遠くに感じた。


客間に見慣れぬ男女が来ていた。上品な雰囲気の中年の男と、真っ白な頭の老婦人だ。

エルマがユーグリークに連れられて部屋に入ってくると、二人とも立ち上がる。

「ジェルマーヌ閣下。この子が……？」

男性がユーグリークに尋ねる一方、老婦人は口元にハンカチを当てたままエルマを凝視している。

「エルマ。ファントマジット魔法伯と、その母上だ。挨拶をして」

「……初めまして。エルマと申します」

タルコーザは偽りの姓だったから、今のエルマはただのエルマだ。ユーグリークに促されると、奇妙な緊張感の中でも、見事に優雅な礼を披露した。

（良かった、頭が真っ白になりそうでも、体が動きを覚えている……ジョルジーさんやニーサさんと、何度も練習したおかげだわ。それにしても、ファントマジット？　どこかで聞いたような――）

エルマの思考は途中で打ち切られた。老婦人が、ハンカチで覆われた口元から、嗚咽するような声を漏らしたためだ。隣の男性が苦笑し、老女の肩に手を置く。

「母さん、まだ早いよ」

「ええ、でも……」

「あの……わたし、何かご無礼を……？」

「いいえ、いいえ！　違うのよ、大丈夫……」

困惑したエルマは、助けを求めるようにユーグリークの方を向く。彼が穏やかな雰囲気のままだったので、致命的な失態を犯したわけではないようだ、とひとまず安心する。

ユーグリークは近くの席にエルマを座らせた。そこには小さな小箱が置いてあり、開けるとオルゴールらしいことがわかる。

「エルマ。そのオルゴールは、構造上はきちんと整えられているにもかかわらず、音が鳴らない。……直せるかな？」

優しく言われ、エルマはふと既視感を覚えた。あの時は無理だ、と答えたが、今は自然と手が小箱に伸びる。

やり方はもう思い出した。頼まれたなら、それ以上躊躇する理由はない。

箱をなぞれば、内部の様子が浮かんでくるようだった。

（心臓部分が空っぽだわ。この子が動けない理由はここ……）

作り物の構造はわからないが、魔力が欠けている場所なら誰に教わらずとも自然と手に取るようにわかる。空いた穴の中に、指先からゆっくりと欠落を補う。

集中を深めていくエルマの顔を見ていた客人達が、手を取り合った。

「おお……！」

しかし外野が少しばかり騒いでも、集中しているエルマには何ら障害にならない。

（……懐かしい）

父の仕草を、歌をなぞり、在るべき場所に歯車を戻していく。

それにしてもなんだろうか、この郷愁というか、ずっと薄まらない、むしろ増していく既視感のような感覚は——。

仕上げに断絶した部分を繋ぎ合わせると、カチ、と音がして、オルゴールが歌い出した。

それが耳に慣れた、つい少し前まで無意識に口ずさんでいたメロディーだったから、エルマは危うく直したばかりのオルゴールを取り落としそうになる。

（そうだ、この歌……いつもお父さまが歌っていた、歌は）

点と点だった過去の思い出が結ばれていく。


『いつものお歌は、何の歌なの？』

『何だろうねぇ。子守歌らしいけど。ぼくの家に昔から伝わっているんだってさ』

『お家って、ここじゃないの？』

『ここもそうだけど……昔は別の所に住んでいたんだよ』

幼いエルマが聞いた時、父はそう答えていた。

つまり彼が口ずさんでいるのは、生家に伝わるものなのだと。

『その子がアーレスの子？』

『──後を追って家を出て行かなければ──アーレスはもっと、もっと長生きできた──』

彼が早過ぎる死を迎えてから、背の高い紳士と、ヴェールを被った女性が訪ねてきた。

男の人は怖かったが、ヴェールの女性は優しそうだった。二人とも父のこと──それから母のことも、知っているようだった。

今ならあれがどういうやりとりだったのか、理解できる。両親は身分違い──おそらく母は父の家で、元々メイドとして働いていたのだ。けれど二人は恋に落ち、駆け落ちした。

だからお墓の前にいたのは、エルマの祖父母だ。そして祖父は母に、エルマだけなら引き取っても良いと告げ、母はそれを拒絶した。

『君はファントマジットを知っているか？』

既視感──そうだ。ヴァーリスは何か確信を持ってジェルマーヌ邸を訪れ、エルマに壊れた時計を直させた。そして最後に、そんな質問を投げかけてきたのだ。

指先が震える。オルゴールを机の上に戻し、箱を閉じる。留め金の部分に今更ふと目が留まった。何か小さく文字が書かれている。

――アーレスバーン＝ファントマジット。

「おお、アーレス……！　この導きに感謝いたします……あなたの残したオルゴールを、捨てずにいて本当に良かった……！」

老婦人が泣き崩れる音で、エルマは我に返った。

驚いて目を見張ると、彼女を支える紳士がユーグリークに顔を向ける。男性の目もまた真っ赤に染まり、今にも泣き出しそうな様子だった。

「十代後半から二十代前半の娘。茶色の髪と目。加護戻しの力を有し、菫色に瞳が変色する。極めつけに、我が一族のみに伝わる歌を知っている……これだけ揃えば充分過ぎます。間違いない。彼女こそ、我が弟アーレスバーンと、彼が愛し抜いたシルウィーナの娘――本物のエルフェミア＝ファントマジットです！」

エルフェミア。

その名を呼ばれて、全ての点が繋がった。

欠けていた最後の記憶のピースが埋まり、靄が晴れていく。

（父はアーレスバーン＝ファントマジット。母はシルウィーナ。わたしの本当の名前は、エルフェミア＝ファントマジット……）

呆然としている彼女に、客人達が近づいてきて、手を握る。

「まあ！　あの時も思ったけれど、シルウィーナによく似ていること。でも、目元はアーレスそっくりね」

「その……急なことで、君は驚き、混乱しているかもしれないが……私は君のお父さんの兄、つまり君の伯父さんなんだよ。そしてこちらは、お父さんの母親……君からすると、お祖母様にあたる方だ」

「覚えているかしら？　小さい頃、一度だけ会ったことがあるの。あなたのお祖父さまがね、頑固な人で……お母さまからあなたを取り上げようとした。けれど、何日もかけて説得したら、自分のしようとしていることが八つ当たりだと、ようやく気がついてくれたの。けれど、もう一度話をしに行った時、あなた達はどこにもいなかった……」

「ようやくシルウィーナの消息を突き止めた時、彼女は既に事故で亡くなっていた。私は、その……正直に言うとね、君も既に死んでしまったのだろうと、諦めていたんだ。ただ、母はどうしても探し続けると言って……本当に、良かった。無駄ではなかったんだ」

つい先日、偽りの家族と手を離したと思ったら、今度は本当の家族が名乗り出てくることになるとは。しかしエルマも、老婦人の声には聞き覚えがあった。オルゴールに書かれている文字も、父の筆跡だ。おそらくあれは彼の持ち物で、メンテナンスできる持ち主がいなくなったために歯車を止めていたのだろう。

「ユーグリークさま……！」

しかし、喜びよりは困惑の方が圧倒的に大きい。

エルマは最も頼れると思っている人の方に振り返った。ところが彼は、エルマを安心させるように微笑むことはなく、むしろ数歩下がって距離をとった。

「長い間、私の我儘に付き合わせてすまなかった。だが、これで君はもう自由だ」

「ユーグリーク、さま……？」

「お別れだ、エルマ――いや、エルフェミア嬢」

彼は礼儀正しく腰を折った。とても、他人行儀に。

「本物の家族と、幸せに」

その日のうちに、エルマはファントマジット一家に連れられ、わけもわからないまま、ジェルマーヌ邸を後にしたのだった。

◇◇◇

ファントマジット家は温かくエルマを――エルフェミアを迎え入れた。

あの恐ろしかった祖父は、既に他界していた。そのため、当主は伯父が継いでいる。

伯父はエルマと会ってからすぐ、まだ仕事が残っているからと、領地に帰っていった。

ファントマジット魔法伯の領地には、本邸の他に、祖母が暮らしている別邸があるのだそうだ。

祖母は自分の暮らす別邸にエルマを迎えたいと話した。

「一人暮らしにはね、少し広過ぎるのよ。本邸は男ばかりだから、落ち着かないでしょうし。でも、今年はこのまま王都《こちら》にいるつもりよ。その方があなたが過ごしやすいかと思って」

この人も、エルマのことを随分と考えてくれる人物のようだった。あるいはそういう人だとわかったから、ユーグリークはエルマをこの家に任せることにしたのだろうか？

（ヴァーリスさまは、家にいらしたあの時には既に、わたしの素性をわたし以上にわかっていたのでしょう。ユーグリークさまも……）

我儘とは、エルマがファントマジット家の探している娘とわかっていて、ずっと自分の手元に置いていた――そういうことなのだろうか。

ならばそのままで良かった。エルマはちっとも構わなかったのに。

本物の家族に会えて――しかも今度は優しく、温かく接してくれる人達で、嬉しくないわけではない。だが、同時に訪れた別れがあまりにもショックだった。すぐには立ち直れない。

「エルフェミア、良い天気よ！　お出かけでもする？」

「すみません、あまり体の調子が良くなくて……」

祖母もエルマの元気がないことは察しているのだろう。度々気晴らしの提案をしてくれるのだが、いまいち楽しめない。優しさをうまく受け取れない自分に罪悪感も覚えるが、顔を曇らせるとすぐ、老婦人はすぐ優しい声をかけてくれた。

「いいのよ。だってまだわたくし達、赤の他人ですもの。急に馴れ馴れしい方が不自然よね。わたくしもね、孫を可愛がりたいけれど、お節介と親切って紙一重で難しいもの。嫌なことがあったらすぐに言ってね。わたくしにできることなら、なんでも手伝わせてちょうだい。アーレスとシルウィーナに何もしてあげられなかった分、あなたを幸せにしたいの」

彼らはまだ、エルマにとって他人なのだ。祖母とも伯父とも屋敷の他の人間達とも、互いに気をつかいあっている。この一月半——もうすぐ二月にさしかかるほどの時間、ユーグリークの方がずっと、エルマと多くの時間を過ごしてきた。

けれどよく考えてみれば、十九年間の中の、たった二月に満たぬ時間に過ぎない。そしてこの先ファントマジットの令嬢として生きていくのなら、一瞬の出来事として、いずれは忘れ去られるのだろうか。

ファントマジットの令嬢として祖母達と過ごすうち、今更ながらユーグリークの立場も改めて知ることになった。離れてみてようやく、世間からの彼の姿がわかったとも言える。

彼はジェルマーヌ公爵家——王族の傍系にあたる由緒正しい貴族の嫡男であり、王太子ヴァーリス（これもかなりの驚き情報だったのだが）の近衛騎士だ。将来は公爵領を治めることになるだろうが、ヴァーリスが側に置きたがるのと、あのやんちゃに過ぎる男の首根っこを押さえに行ける貴重な人材として周りが重宝しているため、長く城勤めを続けているらしい。

ファントマジットも古い家柄なのだが、領地は可もなく不可もなく、魔法伯の名の通り、〝加護戻し〟の力を細々と繋いできたことぐらいしか特色がない。度々王女の降嫁先としても選ばれる公爵家は、やはり格が違うのだ。

漠然と知っていた、住む世界が違う感覚に、ようやく実態が追いついた。最初から手の届かない人。そもそもエルマがあの家にいられたこと自体が、奇跡のようなもの。本当に幸せだった。だからいつ放り出されても、感謝こそすれ、恨むことはけしてない。

……頭ではわかっている。理屈では納得している。

だが、どうしても気持ちが追いつかない。エルマの心はずっと、このまま割り切ってしまいたくない、と叫び続けている。


深夜、ふと目が冴えた。与えられた寝室には、未だ慣れない。ジェルマーヌ公爵邸でも馴染むまでには時間が必要だったが、あの時はユーグリークがずっと側にいた。彼のいない場所、いない時間に慣れなければならないのに……本当にそんなことができるのだろうか。

そっとベッドから抜け出し、灯りをつけて引き出しを開ける。

そこには、ジェルマーヌ公爵邸からごっそり持ってこられた、エルマの持ち物があった。

エルマはその中からハンカチの一つを――その中身を手に取り、じっと見つめる。

装飾こそ華美ではないが、虹色に輝く指輪だ。とうとうここまで持ってきてしまった。

何しろ急な別れで、返す暇もなければ、思い出す気分でもなかったのだ。ファントマジット邸で着替えをした時にようやく、まだ自分が〝落とし物〟を借りたままだったことを知った。そしてまだ、ここに置かれ続けている。

（でも、あの人の名前も知らなかった頃とは違う。持ち主がわかっているのだもの、直接でなくとも、返す方法はいくらでもある。それでわたし達は、全部おしまい。でも――）

ぎゅ、と因縁の一品を握りしめる。

あの日彼がこれをエルマに握らせなければ、何も始まらなかった。

ゼーデン＝タルコーザは領主としての資格を失っていたのに、身分を偽装してキャロリンを玉の輿《こし》に乗せようと計画していたらしい。ユーグリークと関わりがなくとも、どのみちどこかで破綻を迎えることにはなったのだろう。

だが、あの家――タルコーザ家にいたままでは、エルマはきっと昔の自分を思い出せなかった。ファントマジットとの繋がりも、忘れていたままだっただろう。

エルマの幸せは、今は、全部ユーグリークがくれたものだ。

静かにカーテンを開けて、夜の月を見上げた。闇を照らす、優しい月明かり。

（やっぱり、このまま終われない。終わるのだとしても、こんな終わり方は、いや！）

もし、変わる前のエルマだったなら、大人しく諦めたことだろう。自分の分を悟って身を引いたことだろう。

相手はジェルマーヌ公爵家の嫡男で、王太子の右腕で、近衛騎士様だ。エルマにはつい最近、ファントマジットの令嬢の身分と、加護戻しの特技という長所ができたが、きっと彼の持つあれこれに比べたら、些細に過ぎないことなのだろう。

だが、それらはもう好意を否定する理由にならない。別れをぞんざいにしていい理由でもない。

「わたしはユーグリークさまが好き。あの人の心はあの人のもの。でも、あの人を想うわたしの心は……わたしのものよ！」

いつかキャロリンに放った言葉が、もう一度するりと口から滑り出た。

酷くさっぱりした気分だった。眠れぬだけの夜が変わっていく。

エルマは大急ぎで机に向かうと、指輪を握りしめたまま、考え事を始めた。

◇◇◇

最初は目を奪われたのだ。物音のした方に何気なく顔を向けたら、闇の中に菫色が浮かんでいた。

たっぷり魅入ってから、覗き込んだのが人の目だったことを知る。しまった、と思うがもう遅い。

欲情する程度ならまだ可愛い方だ。頭が冷えるまで取り押さえておけば、それ以上害はない。

だが、ユーグリークの顔は、視線は、単に相手を誘惑するにとどまらず、精神を強く揺さぶる。

本人も周囲も知らない奥底の獣性を、無理矢理引きずり出してしまうことがある。

傾国の相――お前の顔は、人の他愛ない平常の世を乱すのだ、と言われた。

（また一人、俺のせいで不幸にしてしまったかもしれない――）

それが杞憂《きゆう》に終わったと知った時の感情は、簡単に言葉では表せない。

驚き。不安。期待。感動。恐怖。歓喜――ありとあらゆる気持ちがない交ぜになり、全身が震えた。

「……君の目から見て、私は人間に見えるか？」

「違うのですか？　角も牙も翼も尾も、ないように見えるのですが……」

近づく人間には化け物と、遠ざければ人でなしと罵《ののし》られてきた。

その言葉を、「ただの一人の人間に見える」という言葉を、どれほど切望していたか。

話せば話すほど、娘への興味は増していく一方だった。

思いもかけない面白いことを言うし、あっという間に覆い布は直してしまうし、それなのにずっと何かに怯えていて、自分に対する評価が極端に低い。

どうせできないと思って、気軽に約束などするのではなかった、と後悔した。

だが一度言ったことを反故《ほご》にするのも不誠実だ。

だから指輪を握らせた。

ついでに、お腹を空かせていた様子だったから、ちょうどヴァーリスに押しつけられたラティーが手元にあったので、それも渡した。

「おねだりされたらラティーぐらいいくらでも買ってあげるけど、さすがに同時に五股かけてくる子とはね。付き合えないからね」

などと抜かし、護衛達に余ったラティーをばらまいたあの王太子は、本当、そろそろ、痛い目を見ればいいのにと思う。

もちろん、渡した指輪とラティーがどちらも捨てられてしまう可能性も、あるいは別の人間の手に渡る可能性もあった。

けれど、とにかく、彼女がどこにいようと、必ずもう一度見つけ出す――ユーグリークの決意は固く、指輪の実際の在処《ありか》はさほど問題ではないと考えていた。

とは言え、翌日早速様子を見に行ってしまったのは、我ながら堪え性がないと笑ってしまう所だ。

煩わしいことなんて、指輪の気配を辿っていった先に彼女を見つけたら、全部忘れた。

それにしても、日の出ている所で改めて観察すると、華奢を通り越して痩せ過ぎている。顔色も悪く、明らかに食べる量が足りていない。

二度目に会った時は手元に食べ物こそなかったが、娘が立ちくらみを起こしたので、近くの飲食店に連れて行った。

本当はもちろん病院に行きたかったのだが、大人しめの彼女にしては頑とした拒絶を示されたので、妥協案だ。

つぎはぎだらけの服、わざわざ街外れのおんぼろ屋敷を住まいに選ぶなどからして、どうもあまり余裕のない家なのだろう。主人の器量も小さいと見えた。

ろくな注文をしないのは、見ていて痛々しかったが、まだ自分が信頼されていないことが理由なのかもしれない、とも考えた。見知らぬ相手から出された物に安易に手をつけないのは、しっかり者の証拠だ。

そんな彼女が襟に手をかけた時は、まさかまた魔性が悪さをしたのかと、一瞬焦りもした。大切そうにしまわれていた指輪を見ると、今度は感動を覚える。

しかしユーグリークは彼女に対して興味と好意を募らせていくばかりなのに、相手はどうも、目の前の不審人物との繋がりを断ちたがっていた。

困った。ユーグリークはこの娘を逃がしたくないのだが、彼は自他共に認めるコミュニケーション苦手派である。一体どうしたら彼女とこれ以上進展できるのか、わからなかった。

しかも余計なことをしたせいで、危うくそのまま逃げられてしまう所だった。

明るい所で向かい合った娘の目は、焦げ茶に見える。前に会った時は菫色に輝いていたはずだが、見間違えたのだろうか？

会話をしている間に、平凡な焦げ茶が菫に変わった瞬間があった気がして——思わず手を伸ばしていた。娘の方からしてみれば、急に触られそうになって、さぞ驚いたことだろう。

慌ててとにかく引き止めようと——思わず正直に自分の事情を話してしまった。

〝魔性〟という自分の性質を説明しても、鼻で笑う人間もいる。

彼女はそうではなかった。一笑に付され、振りほどかれないならばと話を進めようとすれば、ラティーをもう一度欲しいなんて今度は言い出す。

つくづく予想がつかなくて面白い。

もう一度娘に会えるなら、この先も会う約束を取り付けられるなら、ヴァーリスのお小言程度、安いものだ。

王城にとって返し、

「頭痛と胃痛と吐き気に高熱が一度に襲ってきてさぞ忙しかったのでは？」

という、露骨な仮病への嫌味をまるっと無視して、単刀直入にラティーを強請《ゆす》る。

「いやまあ、めんどくさいけど不可能ではないが、なんでそんな急に。というかこの僕を使いっ走りにするつもりか？」

「嫌なら構わない。ところで今から、お前がこの前口説きかけた、さる隣国貴族の奥方の件について、国王ご夫妻の所に赴いてもいいだろうか」

「やめろ。娘の方だと思ってたんだよ！　だってあんな、ふんわりした喋り方だったし！」

「俺が割って入って追い返さなければ、さぞ面倒なことになっていただろうな。国王夫妻もさすがに、王太子が人妻に手を出したとなれば、今までの見て見ぬふりはできなくなるだろう――」

「出してねえよ、未遂だよ！　今までだって、洒落にならない相手は、上手にかわすか、縁を切ってきてるよ！」

「…………。とにかく俺は、事実を報告するのみだ。陛下がどういった判断を下されるか、見物《みもの》だな。だが、ラティーを籠一杯くれるなら、ひとまずその件は忘れることにする」

「くそったれ……お前、一応ジェルマーヌ公爵家の跡継ぎだったもんな。久しぶりに思い出したよ」

「それは良かった」

ひくつく笑顔を横目に籠をひったくり、夜の闇を嫌がる愛馬をなんとか宥めて駆けさせる。

幽霊屋敷の庭に飛び込めば、ちょうど迎えるように扉が開いた。

――エルマ。

ようやく彼女の名前を知る。

素朴だが真面目でもあり、可愛らしい。

次は雨が降ったらと約束したが、ユーグリークは氷魔法の使い手だ。あまりに晴天が続くのなら、少し早めの雪を降らせることも辞さなかった。

幸い、今度は前と違って正式な〝友達〟となった後だし、今か今かと待ちわびている間に雨は降った。

けれど雨の中、浮かれた気分で見つけた彼女は――目に見えて憔悴《しょうすい》していた。

酷い目に遭ったのだと、一目でわかる。黙ってなんかいられなかった。

今までだって、何度もお腹を空かせている状況を見ていたのに――相手にも事情がある、性急にしすぎては嫌われる――そんな体《てい》の良い言い訳を装って静観していた、自分自身に腹が立つ。

連れ去ったのは強引だと思うが、後悔はなかった。

お風呂に入って、着替えを済ませ、きちんと温かい物を口にした彼女は、それだけで見違えた。お仕着せを選んできたのには驚いたが、遠慮がちな性格は既に知る所だ。変わらず控えめな態度はむしろ好ましい。

それなのに、執拗に帰りを気にされて、ユーグリークの機嫌は傾いた。

家族のことを口にする度、彼女の目には怯えの色が浮かぶ。腕を組み、背を丸めるのは、暴力を受けたことのある人間が取る姿勢だ。実際、彼女の体には傷がある。

説得には苦労したが、たとえもし嫌われることになっても、ユーグリークはもう、エルマを元いた場所に戻す気はさらさらなかった。

使用人達からは発言が過激だと顰蹙《ひんしゅく》を買ったが、嘘偽りないただの本心だったのである。

実際に彼女の家族と会って、ますます自分は間違っていないと確信する。

似ていない親子――そんなものは世に溢れているが、それだけにとどまらない歪《いびつ》さを感じた。

話す気はないとしっかり態度で示しているのに、秋波らしきものを出し続ける女にもげんなりした。どれほどエルマと話すことが楽しいのか、改めて身に染みる。

必要な会話だけ済ませてさっさと追い返した後、執事と少し会話した。エルマのことを気に入っているのかと、わざわざ確認してくるような言葉に、思ったままのことを返す。

嫌いな人間にお節介を焼き、身近に置き続けられるほど、ユーグリークは器用な男ではない。

エルマのことは最初から好きに決まっている。

――自分が誰かを好きになることも、誰かに好かれることもないと思っていたから、その言葉がどういう意味を持つのか、深く考えていなかった。

嫌いではない。興味・関心がある。好ましく思っている。だからそれは、好きと呼ぶものだろう。

最初は不安な目をしていたエルマが、次第に打ち解けて、いつの間にか屋敷で出迎え、見送ってくれることが当たり前になって――ずっとこの時が続けばいいと、続くのだと、思い込んでいた。

だからそれが当たり前でないことを思い出させられて、はっとした。

ヴァーリスが勝手に城を抜け出して屋敷に押しかけたのは、ラティーの件の意趣返しも含んではいたのだろう。

だがそれ以上に、男女関係に詳しい友人は、ユーグリークのエルマに対する不誠実さを理解していた。友人は容赦なく、不都合な事実を突きつけてきた。

「エルマ＝タルコーザは特定の状況で、目の色が菫色に変わることがある。その特定の状況の一つは、加護戻しを行うこと」

「加護戻しは、ファントマジット魔法伯家に継承されてきた、古い時代の魔法だ。崩れた魔法を――特に加護を読み取って修復し、増強する。この力を持つ者は、必ず菫色の目をしている」

「ファントマジット家では、かつて子息の一人がメイドと駆け落ちし、勘当された。息子の夭折《ようせつ》後に考えを改めた魔法伯は、残された家族を庇護すべく探したが、メイドは既に事故死しており、孫は行方知れずとなっていた――」

「――つまりエルマ＝タルコーザこそ、行方不明の令嬢、エルフェミア＝ファントマジットその人である」

ユーグリークは元々、ファントマジット家の話を知っていた。その力のことも、行方不明になった魔法伯の孫娘のことも。

加護戻しは希少な魔法だ。菫色の目というのも印象的な特徴である。思いつかないはずがない。

それなのに、わざと縫い物だけをさせて、時間を浪費させた。

エルマがエルフェミア＝ファントマジットと証明されてしまえば、都合が悪いから――自分の手元にそのまま置いておけなくなるからだ。

ヴァーリスは、彼女の身分を確定させた上で、きちんと付き合えと、どうやら勧めてきていた。真剣に想っているのなら、平民でなく正式な貴族であった方が、釣り合いが取れてかえって好都合だろう。そんな風に彼は考えているらしい。

だがユーグリークは、自分が欲望のままにエルマを近くに置いていたことに、無意識にその行いを正当化していたことに、衝撃を受けた。

（好意も、執着も。自覚はあった。……自覚していた、つもりだった）

自分の〝好き〟は、どうやら考えていたほど純粋な〝好き〟ではない。それがわかると、今度はどんな風にエルマと向き合ったらいいのか、わからなくなった。

今までやたらとベタベタ触っていたのも、酷く馴れ馴れしく、卑怯なことに思えてくる。気軽に口にしていた「好き」の重さが、喉に胸にへばりつく。

だが、急に態度を変えれば、エルマは悲しんだ。彼女のせいではない、ただユーグリークが身勝手なだけなのに。

――少し、時間が欲しいと頼んだ。彼女は健気に、待つと答えてくれた。

日々の仕事に打ち込んでいれば、余計なことは考えずに済む。

まずはタルコーザ親子の正体を明らかにし、エルマを自由にしなければならない。

そして、その後――不当に虐げられ続けた娘を、本当にいるべき場所に、帰さなければ。

ファントマジット魔法伯家に一つでも嫌な所があれば、ユーグリークはまた自分を正当化できたかもしれない。

けれど、ずっと孫を探し続けている彼女の祖母も、今の当主も、感じのいい人物だった。エルフェミアの存在を知れば、きっと喜んで、大事にしてくれるだろう。

それでいいはずだ。なのに何が引っかかっているのか。別の家の人間になったって、友情は続いていくだろうに、エルマの本当の家族が優しげなことに、腹立たしさすら感じてしまう。

（──ああ、そうか。俺は最初から、友情なんか求めてなかった）

かつてお前の顔は魔性なのだと告げた人は、こうも言っていた。

「愛の始まりとは独占と独善──」

独占──閉じ込めて、本当は誰にも見せたくない。あの目に自分だけ映してほしい。

独善──彼女のためと言いながら、全部が全部、自分のため。

（それなら、俺のエルマへの〝好き〟は、）

──ああ、これが、人が恋と呼ぶものか。

望んでいたのは、友愛なんて生やさしいものではなかった。

あの時、初めて目を奪われた時、とっくにもう、心も一緒に墜ちていた。

ずっとずっと好きだった。優しくしたのは、同じく優しくしてほしかったから──つまりは好意を返してもらいたかったのだ。代わりの利かない、彼女の〝特別〟になりたかった。

──だが、これはユーグリークが始めたこと。他でもない彼自身が、言ったのだ。友達になろう、と。たとえ本心は別のものを求めていたのだとしても、そう言葉にした。・・・・・

エルマはそんな彼を信じて、笑ってくれるようになった。邪心なく、頼りになる人だと、思ってくれているのだ、きっと。

（また、余計なことなんて言うんじゃなかった、だ。俺はいつも、間違ってばかりだな……）

この気持ちは、関係は、始まりすらしない。最初から最後まで、友人を貫き通す。

家族に――そう思い込まされていた卑怯な連中に虐げられている姿を見て、救いたいと思った。

（奴らと同じ所に墜ちるな。俺は本当に、素晴らしい人と〝友達〟になれたんだから……それで充分だ。そんな風に、付き合っていこう……）


――けれど、その決意すら、容易に砕かれる。

また、ユーグリークは独占と独善に走った。してはならないことをした。

これが幾多の賢人を破滅に導いてきた、恋という怪物の本分なのだろう。

しかも問題は自分だけにとどまらない。周りも巻き込んで、皆不幸にしかねない衝動。

こんな危うい感情は、忘れなければならない。そしてかほど弱く愚かな化け物は、もう二度と彼女に近づいてはいけない。

そう結論づけて、日々の仕事を続けていた。

◇◇◇

「フォルトラがハンストしてるんだって？」

ヴァーリスのからかうような声に、ユーグリークは顔を顰めた。

お騒がせ王太子からは二重の意味で顔が見えていないのだろうが、なんだかわけ知り顔にニヤニヤ笑っている。

「……ハンスト？」

「ハンガーストライキ。要求が通るまで食べないぞ！　って奴。いや天馬って本当に面白、もとい賢いな」

「いつものことだが、どこから聞きつけて――いや、いい。言わなくていい。質問してるわけじゃない。まあ、確かに最近、色々試しているんだが、あまり食べてくれない。それは事実だ」

「元々竜退治に使われていた生き物だ、空腹に対しても耐性はある。とは言え、いつまでも続くのは心配だろう？　僕がいい医者を紹介してやる」

「医者……？」

「獣医になるのかな、この場合。ま、ともかく素晴らしい名医を連れてくるので、明日はちゃんとピシッとめかしこんでくるように。これはお前のために言ってるんだからな？　僕に信用がないのはわかっているが、聞かないと後悔するのはお前だと念押ししておこう。じゃっ」

あからさまに怪しい。が、ヴァーリスが計画したからには、下手な抵抗を試みるより、素直に聞いておいた方が最終的な被害が少ない。腐れ縁の付き合いで骨身に染みていたユーグリークは、言われた通りにすることにした。

翌日、早起きして指定通りのきちんとした格好になった彼は、フォルトラを城に連れて行く。

ここ数日特に反抗期真っ盛りな天馬は、耳を伏せて馬房内をぐるぐる逃げ回り、散々やだやだとごねた。しかし、我慢比べならユーグリークの方に分がある。そしてなんだかんだ、フォルトラは気性が優等生な天馬である。

最終的には平常時通り、お行儀良く飛んだ。ボリボリ歯軋《ぎし》りして不満を訴えることはやめなかったが。

しかしそんな天馬が、城に近づくにつれて上機嫌になっていく。伏せられていた耳もいつの間にかぴんと前を向いていた。到着する頃には足取り軽く、いそいそと駆け下りて行く勢いになっていた。出かける際、こんな様子を見せることは今までなかったので、ユーグリークは首を傾げる。

天馬の厩舎に向かうユーグリークは、待ち構えるように仁王立ちしていたヴァーリスを見て足を止めた。

奴は神出鬼没だが、一応れっきとした王太子でもある。なぜわざわざこの朝早くから、満面の期待顔でそこにいるのか。

元々乗り気ではなかったが、急激に嫌な予感がこみ上げてきた。しかしフォルトラの反抗期も悪化した。ぶんっと勢い良く首を振り、手綱を離させて走って行ってしまう。

「おい、こらっ――！」

慌てて追いかけようとしたユーグリークだが、愛馬の突撃先を見て再び足が止まる。

いつかの時と同じ紫色のドレスに身を包んだ彼女は、フォルトラの挨拶に顔を撫でて応じてやる。

　フォルトラはすんすん鼻先を鳴らしたが、服を汚してはいけないことを心得ていたのだろう。過剰なスキンシップをすることはなく、ゆで卵を出されると綺麗にぺろりと平らげた。

「いい医者って言っただろ？　ついでにお前も腑抜けと間抜けを治してもらうがいい。最近見ていられなかったからな」

　バシーン、と良い音を立てて友の背中をひっぱたいた王太子は、スキップで去って行った。杖で足下を探らねば歩けないはずなのに、器用なことだ。

　立ち尽くしたままのユーグリークに、やがて彼女——エルマが顔を向け、おずおずと近づいてくる。

「……ヴァーリス殿下に、わたしからお願いしたのです」

「君から……？」

「はい。直接頼んでも、逃げられてしまうかもしれないので、お会いできるように手配していただけませんか、と……驚きました？」

「……すごく、びっくりした」

　てっきりまた奴の余計なお節介かと思えば、想定外すぎて何の緩衝もない本音が飛び出た。エルマはクスリと笑う。

　用意されたゆで卵を全て綺麗に平らげたフォルトラは、満足したのだろうか。機嫌よさそうにいななくと、自分で厩舎の中に入っていった。子馬から面倒を見ただけあって、飼い主に似ている馬だとか言われることがあるが、勝手なものだ。ユーグリークはあんな風に、喜びを前面に押し出せない。

「少し、歩くか？　近くに庭があって……人も来ないし、座る所もあるから」

けれど、せっかく会いに来てくれたのを、無下に追い払うこともまたできなかった。提案すると、彼女は嬉しそうにきらきらと目を輝かせる。直視できず、また目を伏せた。

歩いている途中は無言だった。互いに何を喋ればいいのか、はかりかねているという所だろうか。芝生を過ぎ、迷路のような生け垣を越えた先に目的地はあった。小さな池があるだけの、周りは壁で囲まれているが、暗い感じはしない。不思議な空間だった。

「なんだか、秘密の場所みたいですね」

「ああ。こうやって奥まった所にあるから、知っている人間以外は来ない」

池の縁は腰掛けるのにちょうど良かった。座るとエルマの方が切り出してくる。

「今日は、ユーグリークさまにお渡しする物があって、来たんです」

「――なるほど。〝落とし物〟、だな」

ユーグリークはすぐに思い当たり、納得した。

彼女との別れは急だった。思い切ってやらなければ、未練で引き止めてしまいそうだったからだ。預けていた物を返してもらいそびれたのは、わざとだったのか、忙しさで忘れていたのか。

冷たくされて、彼女は戸惑いもしただろうが、愛想も尽かしただろうと思った。

指輪は――きっとそのうち、忘れた頃に人づてに返ってくるのだろう。別に捨てられてしまっても構わなかった。身分証なら他にもあるし、また作れば良い。

居場所を知りたい人間なんてこの先現れない。ならばもう、あれは意味のない物なのだ。そんな風に考えた。

しかしエルマが出してきたのは、ハンカチだった。中に指輪が包まれているのかと思えば、そうでもないらしい。

「……？　これは――」

何だ、と尋ねようとした声が止まる。無地ではなく、刺繍が施されていた。

それは天を駆ける純白の天馬だ。誰が見たって一目でわかる。フォルトラだ。

――だからこれは、ユーグリークのために作られたハンカチなのだ。

「本当は……何か刺してみたら、と言われた最初の日に、できあがっていたんです。でも、渡せませんでした。喜んでもらえなかったら……耐えられそうになかったから」

言葉を出せずにいるユーグリークを、エルマはしばし見守った。彼女はなおも待つ。覆面の下の銀色の目が、きちんと自分に向くまで根気よく。

ようやくその時が訪れると、はっきりと目を見据え、エルフェミア＝ファントマジットは静かに、けれどはっきりと彼に告げた。

「いけないことだとも、わかっていました。未練がましく持ってなんかいないで、すぐ捨てるべきだと。あなたがわたしを突き放したのなら、特に。でも――どうしてもできなかった。ユーグリーク＝ジェルマーヌさま。それがわたしの気持ちです。お慕いしています。ずっと……お慕いしていました」

ユーグリークは固まった。エルマは焦らず、彼を待つ。

顔を見た瞬間、帰れと言われるのではないか……ここに来るまでの間は、そんな不安もあった。だがやはり、彼はエルマの話をきちんと聞いてくれようとするのだ。最初から今に至るまで、ずっと。

「エルマ、私は……」

「はい」

「私は……だけど、君と一緒にいられない」

「それは、キャロリンが関係していることですか？」

びく、と彼の体が震えた。エルマはゆっくり、深呼吸してから続ける。

「……わたし、あの子に会いました。別人のようだった。あなたがわたしから急に距離を取り出したのも、同じ頃。あの日、わたしは途中で気絶して――あの後キャロリンは、あなたの顔を見たのですね」

「……そうだ。そこまでわかっていて、何故会いに来た？」

ユーグリークの声が途端に硬くなる。エルマはパッと口を開いたが、まだ言葉がまとまりきらない。すると今度は、ユーグリークが低い声を絞り出した。

「私は魔性の男だ。比喩ではなく、実際に。私の顔を見た人間は、頭がおかしくなって、正気を失う。……化け物なんだ」

「でも……キャロリンのことは、事故で――」

「違う！　あの時、自分で布を取ったんだ。君を侮辱したあの女が、どうしても許せなかった。君がしたことが誰にでもできることだと言われて、我慢ならなかった。見知らぬ人も、親しい人も、両親以外は駄目だった。何も心配せずに一緒にいられるなんて、君が初めてだった！　それをあの女は――俺はあの女が狂ってしまえばいい、そのまま死んでも構わない、当然の報いだと、本気で思ったんだ！」

血を吐くような言葉だった。聞いているだけで胸が痛む。

『事情によっては、制裁を受けることも覚悟していた。私は知らない間に他人を傷つけていることがあるらしいから――』

『今日、私は何も見なかったし、何も聞かなかった。だから君も、振り返らずにそのまま帰れ。〝氷冷の魔性〟の虜になんか、なりたくないだろう？』

初めて会った時、彼の言っていた言葉を思い出す。

優しい人なのだ……優しいから、傷つけることを恐れ、他人との間に壁を作る。

（あなたを特別視することが、あなたを傷つけるからと、気持ちを伝えるのはやめようと思った。でも、違う……わたしがあなたを傷つけるかではなく、あなたがわたしを傷つけるか。あなたはずっと、そんなことを恐れていたのですね……）

「……私は魔性だ。人を不幸にしかできない男だ。君が……あまりにも、当たり前のように笑ってくれるから、忘れかけていた。だが――」

「『私は君にふさわしくない。君を傷つけるから』――ですか？」

「……ああ」

ようやく、何が彼にとって問題なのかつかみ取れた気がする。だがエルマが感じたのは、悲しみでもなく、戸惑いでもなく――強い、怒りだった。

「――馬鹿に、しないでください‼」

エルマは叫んだ。思わず勢いのまま立ち上がっていた。きょとんと目を丸くしたユーグリークに、拳を握り、肩をふるわせ先を続ける。

「何が……何ですか、それは。あなたにふさわしくないのは、わたしの方です。だからずっと、ふさわしくなりたいと思って、見た目も、振る舞いも、少しでも良くしようとして。ハンカチだって渡せなかったのは、わたしがあなたと比べて劣っていることがわかりきっていたからです！でも、想う心ぐらいはせめて、と――」

「エ、エルマ……？」

「大体、あなたがいつ、わたしを傷つけましたか⁉　あれだけわたしのことを大事にしてくれたのに！　あなたより優しい人なんていないのに！　あなたより綺麗な人なんていないのに！　あなたより素敵な人なんて、この世にいないのに‼」

「いや、あの、わかったエルマ、いったん落ち着こう――」

「わたしは落ち着いています！　嫌われたのなら、諦めます。邪魔だというなら、身を引きます。指輪だって、返せと一言言うだけで、あなたのものですもの、そうします。でも、こんな……こんな……！」

　ユーグリークは何もわかっていない。彼がどれほど素晴らしい人間で、だから自分がなかなか諦められないのだということを。

　あまりにも悔しくて、エルマの両目からほろほろと涙が零れ落ちてきていた。彼の広い胸に何度も手を振り下ろすと、ぺちぺち音が鳴る。

　されるがままになっていたユーグリークは、おろおろ両手をさまよわせ、ちょうど手にしたハンカチを差し出した。エルマはますますきっと眼をつり上げる。

「これはユーグリークさまにさしあげたんですっ！　わたしで汚さないでください！」

「いや……しかし私の物なら、なおさら今使うべきだと思うんだが……それにエルマは汚れてない、大丈夫だ……」

「ばか！　ユーグリークさまのばか！　おおばかものっ！」

「その……うん、きっとそれは事実だが……でも、顔は拭こう、な……？　ああ、どうしてこうなるんだ。いつも泣かせてばかりだ。参ったな……」

　常になく駄々をこねるエルマをなんとか宥めすかし、ユーグリークは彼女の顔を拭く。それでもまだエルマの鼻は赤く、ぐすぐすと鳴らしている。

「エルマ……困るよ。本当に困る。嫌っているなんて、言えない。俺が君を嫌いになれるわけないじゃないか。だけど……」

「わたしだって同じです。わからず屋のユーグリークさまは、いっぱい困ってしまえばいいのだわ」

「……駄目だ。君のことになると、俺は駄目なんだよ。他のことなら我慢できるし、諦められる。だけど君が傷つけられるのは……耐えられない。自分が抑えられなくなる。それで余計に君を傷つけてしまう……」

「わたしのせいと言うなら、なおさらお側を離れるわけにいきません。あなたが獣になってしまうというなら、わたしがそれを引き止めてみせる。今度は気絶なんて失態は犯しません。あなたの罪は、わたしの罪でもある」

「俺は恨みも買っている。背負わせたくない。大事にしたい、誰よりも幸せにしたいと思っているのに、こうやってすぐ泣かせてしまう……」

「ユーグリークさまなら本望です。ユーグリークさまだからすぐに泣くんです。あなたが何より大事だから、心が簡単に動くの。他の人なら、こうはなりません。わたしがあなたに傷つけられるのは、わたしがあなたを愛している証拠です」

自然とエルマはユーグリークの膝の上に座り込んでいた。彼は愛しい壊れものを扱うように、エルマの顔を包む。エルマの指が伸びて、彼の顔を隠す邪魔な物を取りのけた。銀色の目が揺れ動いている。泣き黒子まではっきり見える距離だ。

「もう一度言います、ユーグリークさま。お慕いしています。ずっと好きです。ずっとずっと、あなただけ……」

「そんなこと言うな、後悔するぞ。俺は……こう、色々、不得手で。君は俺のものじゃない、そうなるべきじゃないと思っていたから、抑えてきたんだ、離れようと思えたんだ。だけど君がそんなことを言うなら……自重が外れる。俺は君が思っているよりたぶん、ずっと駄目な奴だぞ。傷まで愛しいなんて言うな、本当に我慢が――」

「わたし、体が丈夫なのが、数少ない取り柄なんです。あなたの氷を、全て受け止めてみせる。それに、あなたの側にいられないなら、誰もいらない。あなたを失うより重たい後悔なんて、この世にないもの」

ユーグリークはエルマの手を取った。ぎゅっと握りしめ、エルマ以外の人間であれば幻惑されて我を失う魅惑の目で、彼女をまっすぐ覗き込む。

「そこまで言うなら、エルマ……エルフェミア＝ファントマジット。俺も君を――愛している。愛している！　好きだ。ずっと側にいてほしいんだ。いや……もう、君がいやだって言ったって、二度と離すものか。魔性をここまで虜にした責任を取ってもらうぞ」

怖くなるほど美しい男の情熱的な言葉に、エルマは微笑みで応じた。そうして自然と、あるべきものを収める所に――二人は互いの体に腕を回し、唇を重ねた。

◇◇◇

ふらふらと戻ってきたユーグリークの顔を見た途端――いや視力がないので、おそらく雰囲気を感じた途端というのが正しいのだろうが。

とにかくヴァーリスはその場で一言、

「うん、お前もういいから今日は帰れ？」

と簡潔に言いつけた。魔性の男が漂わせる尋常でない何かの圧に、周囲の人間も誰一人として異を唱えない。むしろ、

「土産話を待っているぞー」

なんてひらひら手を振って見送った王太子に、余計なこと言うんじゃないよ！　と皆で取り押さえにかかる程度の連携力である。

そんな周囲の慌てぶりはさておき、すっかり上機嫌になったフォルトラにまたがり、令嬢を伴った騎士は、まずは紳士的に彼女を家まで送り届ける。

「あらあら、まあまあ……！」

出迎えにやってきた老婦人は、覆面の男が即座に跪《ひざまず》き、「彼女と婚約したい」と申し出ると、驚きより喜びを露わにした。

「ええ、ええ！　もちろんですとも。きっとこうなるんじゃないかって、思っていましたとも。ま、正式なお約束は後になりますけれど……ファントマジット家、王都代表者としてお答えします。うちの孫を、どうぞ末永くよろしくお願いいたしますね」

快諾された娘は、頬を染めて男を見上げた。彼がわずかに体をかがめ、囁きかける。

「指輪は今、持っているか？」

エルマはこくこくと頷き、急いで手元のポーチから取り出した。チェーンを外したユーグリークは、迷わず右手の薬指にはめ込み、次いでそこに唇を落とす。

「これで本当に、俺のものだ」

「ユーグリークさま……」

待たされている天馬が、ぶぶぶ、と不満げに地面を掻く。おほん、と老婦人が咳払いした。

「さ、外で立ち話もなんですから。中にお入りになって。お茶を出しましょう」

「――お祖母さま」

老婦人は驚いて振り返る。初めて祖母のことをそう呼んだ孫は、もじもじと手をすり合わせ、これまた初めてのささやかな我儘を切り出した。

「少し……お出かけしてきても、いいですか……？」

これは断れない。老女は苦笑し、肩を竦めた。

「ま、人前で仲良くするのも、デートなどお誘いいただくのも結構ですけれど……一応嫁入り前の娘なんですからね、ほどほどに」

しかし老人のうるさい忠言など、夢中になっている若者達にどこまで聞こえているものか。

「晩餐までには戻ってくるのよ、エルフェミア。閣下もちゃんと、送り届けてくださいませね」

「はい、お祖母さま！」

「心得た」

返事だけは元気がいいものだ。飛び立つ天馬を見送り、老婦人は目を細める。

「本当に……あなたの子ね、アーレス」

かつて息子は、『シルウィーナのいない人生に意味はない』と啖呵《たんか》を切って屋敷を出て行った。

けれど娘は父親と違い、ちゃんと意中の相手を連れて帰ってきた。今度の二人は祝福され、認められている。きっと待っているのは悲劇ではなく、幸せだろう。

温かな気持ちを胸に、祖母は鼻歌を口ずさみながら家の中に戻っていった。

◇◇◇

「ジェルマーヌ公爵邸に向かうのですか？」

「ああ。その……特にニーサが、全く口を利いてくれなくなって」

「まあ、大変！　わたしになんとかできるといいのですけど」

「皆、俺より君のことが好きなぐらいだ。頼むよ」

ふふふ、とエルマは笑い声を零す。フォルトラを駆けさせながら、ユーグリークは彼女を抱え直し、耳に囁きかけた。

「エルマ」

「はい」

「……エルフェミア」

「……はい」

「どちらがいい？」

「ユーグリークさまがお好きな方で」

「君はそうやってすぐ俺を甘やかす」

「ユーグリークさまの方がいつも甘いです。蜂蜜みたい」

「そうか？　ならもっと溶かしてしまおう」

二人で笑い合ううちに、視線が絡む。

「キスしてもいいか？」

「……お屋敷についてから」

「二人乗り用の鞍《くら》が必要になりそうだ……」

そうして身を寄せ合い、幸せの余韻に二人で浸る。向かう先は希望の光で満ちて、いつまでも優しく最愛達を照らしていた。

思い出のパンケーキ

番外編

ユーグリークの婚約者となってから、エルマは再びジェルマーヌ邸で日々を過ごすようになっていた。以前のように、一つ屋根の下で四六時中——とはいかないが、都合が合う日は必ず、ユーグリークと一緒に食事を取っている。

今日の二人は、楽しそうに鍋をつつき合っていた。

本来、手が届かないほど離れた席でお行儀良く給仕を受けるのが貴族流だが、この場では婚約者同士イチャイチャしたい、という発注者の願望が優先されている。

エルマはせっせと、煮込みチーズに串を刺した温野菜をくぐらせては、ユーグリークの皿によそっていた。どうにも性分なのである。

ユーグリークはエルマが満足するまで見守っている。自分の皿が一杯になると、今度は彼が添えられたパンや野菜、ソーセージの中から好きな物——というよりエルマに食べさせたい物を選んでは、チーズを絡ませる。

「ユーグリークさま、わたしの分はいいですから。冷めてしまいます……」

「いいんだ。俺も熱過ぎる物は苦手だって、知っているだろう?」

実はこの二人、両方ともが、いわゆる猫舌なのであった。

ユーグリークは両親に可愛がられたため、エルマは両親を亡くしてから家族に冷遇されたため。それぞれ理由は異なるが、熱々の料理をそのまま口に——という経験をあまり多く積まなかった結果、二人ともちょっとだけ、冷めるまでの時間が必要なのだった。

「ですから、少しだけチーズを少なめにしたのに」

「……！　そうか、その手があったか。しまったな、たっぷりつけてしまった。これだとしばらく熱いままだ」

「後でいただきますから、お先にどうぞ」

「エルマがこっちを食べればいい。ほら」

「だ、だめです……！　それはユーグリークさまの分なんです……！」

「君は変な所で時々強情だな。じゃあ半分ずつにしよう」

「ユーグリークさまだって、時々強引です……」

「私のそういう所も、嫌いではないだろう？」

　エルマは渡された皿から串の一つを手に取り、ぱくりとソーセージで口に蓋をしてしまった。惚れた弱み、答えてしまったら負け、というものだ。強引さに救われたこともあるし、どきどきするのは嫌だからではない。

　むくれたような表情は、すぐにとろとろのチーズの幸せに蕩けてしまう。

　微笑みを深めたユーグリークは、野菜を口に放り込む。熱を通された根菜は、チーズと共に優しい甘さを舌に伝えていた。そのわずかな甘みが、ふとした記憶を呼び起こす。

「そうだ、エルマ。忘れていたことがある」

「……なんでしょう？」

「前に、お菓子を作ってくれると言っていなかったか？」

「あ……」

話題にされると、エルマの方もすぐ思い出せた。

「陛下ではエルマの帰還祝いで、もう二度もケーキを焼いたと聞いた。仕事で機会を逃したのは私の失態かもしれないが、いつまでも仲間外れは寂しいな」

「あれはその……わたしだけが作ったわけでは――」

（でも、あれは皆で作ったものだし……ユーグリークさまはなんというか、過剰な期待をわたしに抱いているような……こんなに美味しい物ばかり普段口にされている方を満足させられるお菓子なんて、作れるのかしら……？）

目を逸らした彼女の手が、いつの間にか捕まえられていた。

息を飲んだ時には遅かった。迫力のある美貌が接近する。

「エルマ。エルマの手作りお菓子が、どうしても食べたい。駄目か？」

ユーグリークは絶世の美男子である。そして彼の低く掠れた声には色気がある。そんなものを甘く耳に吹き込まれたら、腰が砕けかねない。

かろうじてエルマにできたことは、息も絶え絶えに、「わかりました、必ず作ります、作るから許して……！」と命乞いすることだけだった。

◇◇◇

「本当に、どうしよう……期待が重いわ……重過ぎる……」

「あらあら、まあまあ」

数日後。今度はファントマジット魔法伯家である。

エルマがお悩み相談をしているのは、先代魔法伯夫人――彼女の祖母だ。上品な老婦人は膝掛けの上でせっせと編み物を続けながら、刺繍の手が止まりっぱなしの孫を優しく見守っている。

「どうするの？　家で作って持って行くつもりなら、協力は惜しみませんよ。それとも、あちらでまた、仲良しの皆さんと楽しく作ってみる？」

「……悩んでいます」

ジェルマーヌ公爵邸でいつも通り、階下の皆と作る――たぶん一番安全なのはそのやり方だ。

「家で作っていくなら、それこそ我が家の優秀な料理人の手を借りることもできるし、何なら外部からお呼びしてもいいわ。でももし、そのお菓子を閣下が気に入られたら、エルフェミアは素直には喜べないのでしょうね」

「うっ……」

「それにやっぱり、できたてを食べていただきたいわよね？　あちらでしたら、エルフェミアもある程度勝手を知っている。けれどあちらの家で作れば、自然と階下の方々が手を貸して――あなたは好意で申し出られるとなかなか断れないものね。ふふ。手伝ってもらったら、お菓子作りが失敗することはまずないでしょうけど、閣下は恋人に甘えたいのですもの。自分以外との仲の良さを見せつけられたら、拗《す》ねてしまうかもしれないわね？」

「う、ううっ……！」

結局、エルマが腹をくくって、彼のために全力でお菓子を作るしかないのだ。

それだけで許されると考えるか、それが難題に過ぎると思うかは、人によるのだろう。

（微妙な反応をされたら立ち直れない……いいえ、まずかった時に素直にまずいと言っていただけるならまだいいの。本当は気に入らなかったのに、すごくいい、なんて言われたらどうしよう。嘘がわかってしまってもショックだし、嘘だってわからなくて本気にして、微妙に思っている物を頻繁に送りつけるようなことになってしまったら……！）

ユーグリークはエルマに甘い。甘過ぎる。色んな意味で。油断していると甘美なる退廃と堕落の日々へすぐ誘ってくる。

愛されている証でもあるが、だからこそ溺れられない。彼に素晴らしい人間と言われるのなら、ちゃんとその通りの人物でありたかった。

エルマがぐるぐると悩んで唸っていると、あっという間に編み物の最後まで辿り着いた祖母は、端処理を進めながら何気なく零した。

「そういえばアーレスも昔、シルウィーナに料理のおねだりをしていたかしら。懐かしいこと」

「……お父さまが、お母さまに？」

「ええ、そうよ」

懐かしそうに目尻に皺《しわ》を作り、老女は語り始める。

「アーレスの体が弱かったことは、あなたも覚えているかしら。夫は――あなたのお祖父さまは、息子を愛していたけれど、その分過保護だった。少しでも咳をすると、ベッドに縛り付けて起こさない勢いだったわ。冬が来るごとに熱を出す子だったし、大事にし過ぎたのね……」

エルマは最近、本当の父親のことを思い出した。けれど物心ついた頃に儚くなった彼の思い出は、あまり多くはない。祖母の語る思い出話に、夢中になって聞き入っている。

「シルウィーナはそんな、まるで囚人のような姿を、哀れに思ったのでしょうね。最初は花を持ってきてくれたのよ。夫にわかると捨てられてしまうから、内緒で摘んできたり、買ってきたり。それであの子は、季節を知るようになった。シルウィーナは窓を開けて、お菓子を焼いて……あの子の世界を広げていってくれたの」

祖母の言葉を聞いているうち、エルマの脳裏にある光景が浮かぶ。じゃれ合うようにして笑っている、両親の姿だ。

「お祖母さま、ありがとうございます……！」

「何か思いついた？」

「はい！」

ぱっと顔を輝かせたエルマは、急いで刺繍道具を片付け、立ち上がる。

(何を作るか、メニューは決まったけど……大変、練習しなくちゃ！)

◇◇◇

数日後、再びジェルマーヌ公爵邸である。

いつも、ユーグリークとその婚約者は、食堂を貸し切り状態で使っている。ユーグリークの顔を、エルマ以外の人間は見られないためだ。

今日はいつもと場所が違い、二人がいるのは厨房である。ついでに言うと、時間も晩餐の頃合いではなく、もっと早い、午後を少し過ぎた時分だった。

折良く休みが取れたユーグリークを誘い、エルマは真剣な表情で材料に向き合っている。

服も今日は、お洒落ではなく実用性重視だ。久しぶりのお仕着せ姿である。

念入りに手を洗って、まずは卵白を分け、砂糖と混ぜる。

（泡立て器に、しっかりとついてくるぐらい……）

それが終わったら今度は分けておいた卵黄に、小麦粉と牛乳を加え、これもまた充分に混ぜる。

（さっきのと、合わせて……）

ここまでは順調そうだった。生地ができあがったら本番である。フライパンに薄く油を引いて一度温めてから、布巾に当てて温度の調整を行う。

（熱くなり過ぎると、焦げちゃうから……）

ボウルの中身を必要なだけ準備の整ったフライパンに注ぎ、表面に泡が出てくる程度までしばし待つ。

エルマの瞳はすっかり菫色になっていた。今日は鼻歌すら歌わない。余裕がないのだ。

ユーグリークの方は、厨房の隅っこでごくりと生唾を飲み込んでいる。元々エルマの集中時は、邪魔をせず作業が終わるのを待っている彼だが、今日の彼女は一段と迫力があった。台無しにでもしたら、この先一生口を利いてもらえないのではなかろうかという真剣さである。

いよいよその時が来た。運命の瞬間だ。エルマは大きく深呼吸する。

（お母さま、どうか力を貸して……！）

ヘラで少し隙間を作り、息を止め、柄を握る手に力を込める。

手首をくっと返し、フライパンを操った。

宙を舞った生地は、飛び散ることなく軽やかに跳ねると、くるりと優雅に回転し、再び熱い鉄の上に帰って行く。着地すると、ほどよく焼けてきつね色になった面が上を向いた。

「すごい、エルマ！」

固唾《かたず》を呑んでいたユーグリークが、返しの妙技に思わず歓声を上げているが、エルマは応じる余裕がない。心臓は全力疾走した直後のように激しく高鳴っていた。

（せ、成功した――練習しておいて、本当に良かった……！）

ここ数日、ファントマジット魔法伯家の台所を、そこそこ悲惨な状況にしてきた甲斐はあった。

生地の具合や混ぜ方ならばアドバイスも受けやすかったが、フライパンを使ってひっくり返す技術だけは、自分で会得する他なかったのだ。

ちなみにもちろん、練習中の失敗作は、責任を持って自分で片付けている。

しかし、まだ佳境を過ぎたわけではない。裏面を焼く作業も残っているし、残りの生地だって片面ずつ――つまりあと三回ほど、また運命の反転を繰り広げないといけないのだ。

（本当は、ヘラを使う方が確実なのだけど……）

ちら、と背後を窺い見れば、ユーグリークは目を輝かせ、エルマの次の勇姿を期待して待っている。これはもう、やるしかない。保身に走ったら彼は無言でしゅんとなる。

（……でも、今なら少し、お母さまの気持ちがわかる気がする）

実の所、ただパンケーキを作るという目的を達成するためなら、今までの工程にはいささか無駄がある。生地を混ぜる所も焼く所も、もっと簡略化しようと思えばできるはずだ。ダイナミックにひっくり返すやり方も、いくらでも他に確実な方法がある。

だが、記憶から必死に掘り起こして復活させたこの作り方は、結果だけでなく過程も重要なのだ。

父と母は、いつも狭い台所に並んで、楽しそうに生地を混ぜていた。母がうまくひっくり返すと――たとえ失敗した時でも、家の中には笑いが溢れ、二人は心の底から幸せそうに、休日の食卓を囲んでいた。

『アーレス、またパンケーキが食べたいの？　飽きない？』

『飽きる？　どうして。さあ早く、シルウィーナ――君の魔法を見せて！』

あの情景を思い出したら、どうしても、フライパンでひっくり返す所まで、再現してみたくなった。

一枚目を無事に仕上げたエルマは、次の戦場へと向かうのだった。

「い、いかがでしょう……？」

四枚中一枚だけ生地がフライパンから旅立ちかけたものの、なんとか残りの三枚は綺麗に仕上げられて、ユーグリークの前に並べられている。

　バターとシロップは本来好みに任せるが、今日はエルマが用意した。母が小さなエルマにしてくれたことを思い出しながら。

　ユーグリークは神妙な顔でナイフを進める。大きな塊を一口、パクリと口の中に入れた。

「……美味しい」

　ふーっ、とエルマは崩れ落ちそうになり、慌てて近くの壁に手をついた。

「どうした、エルマ⁉」

「いえ、あの、すみません……安心したら、ちょっと……」

「すごく……本当に、一生懸命作ってくれて。ありがとう、嬉しい……くそ、月並みな言葉しか出てこないな。感動した――なんでこんなに安っぽい言葉なんだ、ちっとも伝わらない」

「い、いえ！　あの……ご満足いただけたのなら、それで。わたしも、どうしてもユーグリークさまに喜んでいただきたかっただけですから……」

　ユーグリークは真顔でナイフとフォークを皿に戻し、立ち上がった。エルマは後ずさる。

「あの、ユーグリークさま……どうなさいました……？」

「今、無性にエルマとたくさん、キスがしたくなった」

「パンケーキを！　食べてからにしましょう⁉」

「……後で良くないか？」

「良くないです！　わたし、一生懸命、作りました！」

「わかった。それならエルマも食べれば問題なくなるということだな」

「どういう意味でしょうか……⁉」

その後、パンケーキのほとんどがユーグリークの腹に収まったり（エルマは事前に練習作を散々食べたので、遠慮したのだ）、失敗してしまった一枚を巡って、「俺も食べる」「これはわたしの分です‼」の攻防を繰り広げたりしたものの、二人とも心と腹をたっぷり満たすことができた。

「エルマ、そういえば、ちゃんと全部食べたぞ。キスはまだ駄目なのか？」

「お腹いっぱい、でしょう……？」

「別腹って奴だ」

「でも――」

なおも恥ずかしがって抵抗しようとしていたエルマの言葉が消えた。

その後、厨房本来の管理人が「もうそろそろお夕食の支度を始めますから！」と追い出しに来るまで、二人の影はぴったり重なり続けていた。

本書に対するご意見、ご感想をお寄せください。

あて先

〒162-8540 東京都新宿区東五軒町3-28
双葉社　Mノベルスｆ編集部
「鳴田るな先生」係／「鈴ノ助先生」係
もしくは monster@futabasha.co.jp まで

家族《かぞく》に役《やく》立《た》たずと言《い》われ続《つづ》けたわたしが、魔性《ましよう》の公爵《こうしやく》騎《き》士《し》様《さま》の最愛《さいあい》になるまで

2021年2月17日　第1刷発行

著　者　鳴田《なるた》るな

発行者　島野浩二

発行所　株式会社双葉社

〒162-8540　東京都新宿区東五軒町3番28号

［電話］03-5261-4818（営業）　03-5261-4851（編集）

http://www.futabasha.co.jp/（双葉社の書籍・コミック・ムックが買えます）

印刷・製本所　三晃印刷株式会社

［電話］03-5261-4822（製作部）

ISBN 978-4-575-24373-4 C0093　

冤罪で処刑された侯爵令嬢は今世では
もふ神様と
穏やかに過ごしたい
雪野みゆ
ill. ゆき哉
王太子に婚約破棄され、無実の罪で処刑されることになった侯爵令嬢リオ。「来世では穏やかに過ごせますように」と神様に祈りながら一生を終えたはずが、気づいたら7歳の頃に時が戻っていました。破滅回避のため、できることを探していたら、偶然にも森の神様に出会い……えっ、神様ってもふもふしているの!? 可愛いもふもふ神様の協力もあって、もふもふ穏やかな日々を過ごすことができていたのだけれども、破滅の原因である王太子がリオの家にやってきて――!? 「小説家になろう」もふもふ人気作、待望の書籍化！